AF168336

La Malédiction du Maëll

Maxime PETIT

FSC
www.fsc.org
MIXTE
Papier issu
de sources
responsables
Paper from
responsible sources
FSC® C105338

Né en 1991 à Nancy, Maxime PETIT a vécu son enfance dans le petit village meusien de Brabant le Roi. Contrôleur qualité et écrivain à ses heures perdues, il est en couple et papa d'un petit garçon. Il consacre une petite partie de son temps à sa passion, afin de pouvoir la partager à son entourage mais aussi par la suite à son enfant. Amateur de fantastique et de l'imaginaire, il a dans un premier temps, étanché sa soif du genre dans les jeux vidéo avant de réellement écrire et inventer des histoires. Ayant créé son propre monde fictif : Erildor, il désire en écrire ses histoires pour faire découvrir et partager son univers.

Le Code de la propriété intellectuelle interdit les copies ou reproductions destinées à une utilisation collective. Toute représentation ou reproduction intégrale ou partielle faite par quelque procédé que ce soit, sans le consentement de l'auteur ou de ses ayants droit ou ayant cause, est illicite et constitue une contrefaçon, aux termes des articles L.335-2 et suivants du Code de la propriété intellectuelle.

©2023 Maxime PETIT
Édition : BoD • Books on Demand GmbH, In de Tarpen 42, 22848 Norderstedt (Allemagne)
Impression : Libri Plureos GmbH, Friedensallee 273, 22763 Hamburg (Allemagne)
ISBN : 978-2-3224-7794-4
Dépôt légal : octobre 2024

À Noémie pour m'avoir soutenu tout le long de mon aventure.

À mon fils Mathéo.

Prologue

Avant toute chose, si je devais raconter le pourquoi du comment, il serait bon de préciser que la perfection n'est à jamais qu'un mythe. Tous le comprirent lorsque La Première Guerre débuta sur Erildor. Lancée par le seigneur elfe du royaume d'Olevent depuis sa cité à Dor, son but était simple : gouverner l'ensemble des terres créé par la déesse Aériis.

Possédant un des territoires les plus vastes ainsi que l'armée la plus puissante, ce seigneur commença par exterminer les nains du mont Feryld. Face à l'échec, ils durent quitter leur terre natale.

Les batailles auraient pu s'arrêter là. Mais, le combat fit rage et se poursuivit durant des mois : cette fois-ci, dans le royaume d'Ellisé.

Devant ce redoutable adversaire et pour protéger ce vaste empire : hommes, elfes et magiciens du Sud se mirent ensemble au combat.

L'un d'eux était le premier Archimage, magicien à la fois guide et protecteur du monde. Après de nombreux conflits à la frontière, il comprit qu'il devait prendre le mal à sa source. Son idée était plutôt osée, à savoir se rendre directement à Dor et détruire la cité de ce seigneur avide. Méthode que beaucoup d'entre eux refusèrent, jugeant l'attaque trop risquée. L'Archimage n'était donc plus écouté par les Elliséens.

Le magicien passa outre et rassembla une troupe pour envahir Dor. Avec plusieurs mages, ils invoquèrent un portail de téléportation magique pour se rendre devant la cité du conquérant. Malgré bien des efforts, la bataille conduisit l'Archimage à sa perte, tué par le seigneur elfe lui-même.

Pourtant l'idée était bonne ! La force d'attaque beaucoup moins. Lorsque le royaume d'Ellisé se rendit compte de son erreur, les Elliséens se regroupèrent, afin de lancer une dernière offensive.

La Première Guerre dura un an et deux mois et ébranla le monde dans une froideur sans précédent.

Aériis, honteuse de ce triste événement orchestré par un de ses premiers enfants, comprit que les elfes n'étaient pas dignes du don qu'elle leur avait octroyé : l'immortalité. Elle les priva de ce précieux pouvoir, jurant que plus aucun nouveau-né ne l'aurait. Pour aller plus loin, elle enferma le pouvoir des elfes et toutes leurs connaissances dans un arbre magique appelé : Maëll, caché dans un endroit mystérieux, qu'aucun homme n'oserait rejoindre…

Après plus de mille ans, ces nombreux chamboulements sur le monde ne furent pas sans conséquence. Les derniers nains s'exilèrent au nord-ouest, ce qui les obligea à s'attaquer aux gobelins, contraints de devoir fuir les montagnes de Worke. Les robustes petits hommes s'approprièrent rapidement l'endroit en lui donnant le nom de Monts Rodin.
Voyant les erreurs passées, de nouveaux Archimages firent leur apparition, afin de protéger Erildor d'éventuelles menaces.
De nouveau, les guerres contre Olevent et Ellisé éclatèrent. Certes, moins violemment qu'auparavant, mais toujours à cause de rois avides. Cent ans plus tard, la guerre prit fin et un traité de paix fut signé. Un accord, espérait-on, durable !

Beaucoup oublièrent l'histoire de La Première Guerre et pour la plupart, l'arbre magique n'était qu'un simple mythe. Mais certains prétendirent que les Monts Rodin étaient le seul lieu de passage pour rejoindre le Maëll et y découvrir tous les pouvoirs qu'il renfermait…

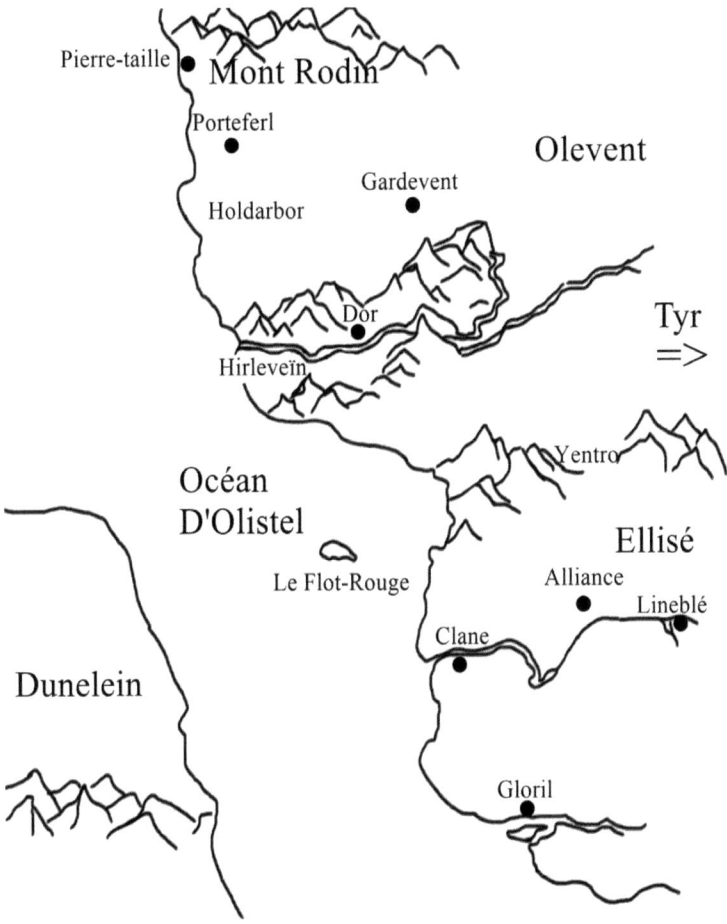

Pierre-taille • Mont Rodin

Olevent

Porteferl
•

Gardevent
•

Holdarbor

Dor
•

Tyr
=>

Hirleveïn

Océan
D'Olistel

Yentro

Ellisé

Le Flot-Rouge

Alliance
•

Lineblé
•

Clane
•

Dunelein

Gloril
•

Chapitre 1 : Un départ inattendu

Je me nomme Ector et je suis un pirate. Ou, du moins, je l'étais lorsque j'étais jeune, beau et… non juste beau, enfin j'espérais l'être. Mais pour vous aider à mieux comprendre qui je suis, il me faut vous conter mon histoire.

L'aventure se déroule dans le monde d'Erildor, un lieu peuplé de magie, de monstres et de guerres. Oh ! Ne vous attendez pas à ce que je sois un dur à cuire, bandant les muscles et faisant chavirer les femmes. Que je devienne riche et célèbre, épousant une belle princesse… Non ! Mais même si je n'y ai pas trouvé la célébrité, couvert d'or et d'argent au bras d'une belle princesse ; j'y ai trouvé autre chose qui m'a rendu bien plus riche. Laissez-vous embarquer dans cette aventure qui fut la mienne

Cela remonte à une trentaine d'années. Si vous pensez que cela me vieillit, figurez-vous que j'ai encore l'impression d'avoir quinze ans lorsqu'à cette heure, je ressasse mon passé. Je vivais dans ce temps-là, au milieu de la ville de Clane, dans une maison d'accueil pour les jeunes sans famille comme moi. Physiquement, je n'étais ni très grand ni trop petit. Disons que j'étais de taille normale pour un adolescent. J'avais des cheveux bruns, mi-longs, me descendant légèrement sur le visage, avec le regard d'un bleu profond. Mes vêtements, loin d'être à la pointe de la mode, étaient simplement identiques à ceux de mes camarades : une chemise grise glissée dans un pantalon de toile marron foncé ainsi qu'une paire de sabots. Sans oublier une petite veste noire lorsque je sortais. Pour parler du dortoir, il rassemblait une dizaine de petits lits aux matelas durs, accompagnés d'une couverture beige qui, à mon simple souvenir, me redonne de l'urticaire. Pourtant, la pièce sombre, dont l'unique grande fenêtre était à barreaux n'était pas si désagréable que cela. Disons que je m'y étais accommodé ; à partir du moment où l'hiver n'était pas trop rude. Parfois, les soirs, lorsque l'on ne tombait pas de fatigue, nous chahutions entre camarades à faire des batailles de polochons ou nous nous racontions des histoires d'horreur.

Rapidement, la directrice de maison intervenait, levant la voix pour que l'on dorme. Oh ! C'était une méchante femme à la robe noire, aux cheveux tirés en arrière, dégageant son visage ovale et son grand nez crochu. Cette méchante sorcière (nous l'appelions ainsi) de son vrai nom Madame Turtula, n'avait rien pour plaire. Même son odeur de vieille personne était désagréable. Sans oublier que, pour chaque ordre et chaque salutation, nous devions ajouter : « Madame Turtula ».

— Oui, Madame Turtula… Bonjour, Madame Turtula… Tout de suite, Madame Turtula.

Je ne vous cache pas que nous en avions par-dessus la tête de l'entendre nous houspiller.

Pour parler de nos journées, nous les passions à travailler, essayant de récolter de l'argent pour l'orphelinat. Tous les moyens étaient bons, tant qu'ils étaient légaux. Faire la manche, aider les citoyens dans leurs besognes, se faire embaucher pour nettoyer les trottoirs de la ville ou aider les agriculteurs lors des moissons. Ce n'était pas de tout repos, pas comme ces jeunes enfants ayant la chance d'aller à l'école et de retourner chez leurs parents bien heureux. Du moins je le suppose. Même si, en vérité l'école n'aurait pas été faite pour moi ! De longues heures à rester assis… L'horreur !

Notre petit groupe d'enfants abandonnés ne comptait pas que des garçons, vous vous en doutez bien. Mais pour les filles, le travail était différent : laver le linge, la vaisselle, tricoter ou encore s'occuper de la taverne. Oui, en effet, je ne vous l'ai pas dit, mais l'orphelinat disposait d'un lieu où les hommes venaient s'alcooliser ou passer du bon temps devant un verre ou une assiette chaude, parfois les deux. Les filles avaient la responsabilité de ce lieu, sous le regard de la sorcière, évidemment ! Le domaine comptait trois filles d'âges presque identiques dont une m'ayant particulièrement marqué : Adeline. Qu'est-ce qu'elle était belle avec ses longs cheveux blonds et ses yeux bleus. Bien entendu, c'était ce crâneur de Morin qui recevait ses faveurs. Il me détestait et ne se privait pas de me le faire savoir des pires des manières. Oui, c'est vrai, je lui avais mis des vers de terre dans ses sabots ! Mais, est-ce une raison valable !? Je ne l'aimais pas et il sortait avec Adeline, de quoi le détester encore plus !

Je me souviens d'un après-midi où nous devions comme toujours entretenir le jardin placé à l'arrière de la grande baraque rectangulaire. Du dehors, on voyait que la maçonnerie n'était pas toute jeune. La façade de pierre était usée, les escaliers craquelés et pire, la charpente avait quelques fuites obligeant à utiliser des seaux si l'on ne voulait pas inonder certaines pièces lors des jours de pluie. Le jardin n'était pas très grand, néanmoins en cette journée ensoleillée, nous transpirions à grosses gouttes. Arracher les mauvaises herbes, ramasser les navets, les carottes, les potirons qui finiraient en soupe ou en conserve. Ce jour-là, c'est un peu ma faute si tout a dérapé. Que voulez-vous, cet imbécile de Morin n'en manquait pas une pour m'attaquer en m'insultant de fillette. Oh ! Je la vois encore, la motte de terre, voltigeant à travers les plantations. J'avais choisi le coin le plus humide pour modeler mon projectile et il s'envola à toute vitesse vers ce fier Morin. Je me mis à rire aux éclats, avant de m'apercevoir que ma cible était ratée.
Paniqué, les yeux ronds, je vis le projectile dépasser Morin et poursuivre sa trajectoire. Je ne vous laisse pas plus de suspens, je devais y avoir mis toute ma haine à ce moment-là, c'est certain ! Lorsqu'elle termina son envol, la terre s'écrasa sur la robe de la sorcière.
Sa voix se mit à résonner dans tout l'espace :
— Ector ! cria-t-elle. Vous êtes incorrigible ! Venez ici tout de suite petit garnement !
— Oui Madame Turtula.
Ma foi, je ne pus m'empêcher de sourire en marchant tellement la scène était amusante, de quoi l'énerver d'autant plus.
— Vous trouvez cela hilarant, petit brigand ! Vous allez me suivre immédiatement, je vais vous montrer les bonnes manières, moi ! gronda-t-elle.
Je ne répondis rien, hormis « *Aïe* !! » lorsqu'elle me choppa l'oreille pour me tirer jusqu'à l'intérieur de l'orphelinat, tandis que cet idiot

de Morin ricanait.

Pourquoi était-elle venue nous surveiller à cet instant précis ?… Le manque de chance sûrement. Ou peut-être le destin, car, sans cette motte de terre, jamais je n'aurais vécu ce qui en suivi.

Je fus abandonné dans les latrines. Corvée de nettoyage pendant un an, en plus de mon travail habituel. Le pire, c'étaient celles de la taverne où la population qui venait s'y soulager n'était pas des plus propres. Ensuite venait l'heure de la vaisselle, au grand bonheur des filles qui me regardaient en rigolant. Parfois, c'était l'inverse. Mais, le plus agréable c'était de pouvoir être proche d'Adeline. Même si elle ne me parlait pas beaucoup. Non, en vérité, elle ne me parlait pas du tout.

Au bout de deux jours à cumuler l'aide chez le forgeron, le jardinage puis le nettoyage de la vaisselle et des latrines, je n'en pouvais plus. Sans oublier que l'odeur immonde des toilettes me restait dans les narines toute la nuit ; c'était à me demander si elle ne s'était pas accrochée à ma peau.

Le troisième jour, le programme des labeurs était beaucoup trop chargé pour moi. Oui, pour être honnête : moins j'en faisais, mieux je me portais. Jusqu'à ce jour, je n'étais pas le meilleur, quand il était question de ramener de l'argent. Parfois, je passais même des heures à attendre dans un coin pour éviter de me fatiguer. C'était déjà dur de supporter la vieille bique de Turtula, alors je n'avais nulle envie en plus de me briser les os. Surtout que d'autres le faisaient mieux que moi. Seulement, le soir lors de mon troisième jour, ma vie prit un tout autre tournant. Comme à chaque fois qu'il fallait rejoindre la taverne située au rez-de-chaussée, je descendis les marches d'escaliers grinçantes, avant d'emprunter le petit couloir. Les murs sombres – aussi vieux que la maison elle-même – encadraient un sol marron et un tapis poussiéreux…

Enfin, au bout du couloir, une fois la porte passée, j'arrivais à ma destination.

La taverne comprenait six tables avec chacune quatre chaises en bois simples, ainsi qu'un comptoir où l'on prenait les commandes. En revanche, il était interdit de s'installer dessus et la sorcière avait été bien claire là-dessus. Elle était exigeante sur la propreté de son bar. Personnellement, je pense qu'elle tenait surtout aux nombreuses bouteilles d'alcool qu'il renfermait. Sûrement qu'elle devait boire le soir, avant de rejoindre sa chambre située entre le dortoir des filles et le nôtre.

Dans tous les cas, après avoir passé la porte, je devais traverser la salle pour rejoindre la cuisine placée derrière ce fameux bar en bois rouge. Ce soir-là, il y avait du monde, ce qui donnait beaucoup de travail aux trois jeunes filles. Pour moi, c'étaient tous de vieux alcooliques ; d'ailleurs je n'y prêtais guère attention. Je ne détournais même pas le regard vers eux, attablés face à leurs commandes. Certaines tables étaient dotées d'une bougie qui ne suffisait pas à éclairer la pièce, laissant l'énorme chandelier accroché au plafond s'en charger.

Une fois à la cuisine, je pouvais m'attaquer à l'énorme tas de vaisselle sale qui m'attendait, et je peux vous dire qu'il y en avait !

Derrière, j'entendais l'autoritaire dame Turtula gueuler à travers la cuisine, pour le retard des préparations de commandes par les deux jeunes filles. Quant à Adeline, elle servait. Qui aurait pu le faire mieux qu'elle ?

Je passais deux bonnes heures à laver : verres à bière, assiettes, couverts, gamelles… j'étais en nage ! Sans oublier le feu, les gamelles qui chauffent et la cadence demandée. J'avais la sensation de ne jamais avoir eu aussi chaud. Le seul point positif : l'odeur de bonne pitance. Du bon poulet grillé, des petits légumes ou des délicieuses frites, quoi de mieux ? L'autre bon point : tout cela, on y avait le droit à la fin. Enfin, s'il en restait. Poursuivre ce rythme jusqu'à tard le soir sans manger, je peux vous garantir que c'était long et fatigant ! Lorsque sonnaient neuf heures, le coup de bourre était fini. On pouvait décompresser un peu. J'ai dit : « on » ? Non ! « Elles » pouvaient ! Mais pour moi, c'étaient les latrines qui m'attendaient. Le pire moment.

Équipé d'une brosse dont le manche pouvait être agrandi, d'un seau et d'un chiffon, je me mettais à la pire des besognes. Pourtant, la méthode était bien fichue. On comptait trois petits espaces fermés par des portes et une sorte de siège avec un trou. En dessous, bien plus bas, on trouvait les égouts qui rejoignaient la rivière. Aussi, je vous laisse deviner le déroulement de la chose lorsque l'on faisait ses besoins. L'odeur n'était pas des plus agréables, et ce malgré les fleurs sur l'étagère murale. Alors, à genoux, je m'employais à frotter, astiquer et retirer ce qui avait été fait à côté. Les gens ne sont pas toujours des plus propres, surtout avec plusieurs verres dans le nez. Du coup, je m'efforçais de penser à autre chose de plus réjouissant. Comme de voyager à travers les Océans et les royaumes, ou voir des elfes, des orcs… ou pourquoi pas des dragons ! J'étais un doux rêveur, il est vrai, mais cela m'aidait à passer le temps.

Tout à coup, une voix stridente me fit sursauter. Avec tout ce temps passé à réfléchir et la fatigue accumulée, je m'étais assoupi contre le siège. La sorcière débloula et me passa un savon, alors que le travail était pourtant fait. (son grondement fut entendu jusque dans la pièce principale.) Illico presto, je fus puni sans manger direction le lit. C'est qu'elle ne rigolait pas !

C'est là que je le vis, alors que je devais repasser par la salle pour quitter la taverne. Je pense que cette image restera à jamais gravée dans ma mémoire. Ce grand homme aux cheveux châtain foncé et à la longue barbe bien entretenue. Son regard était noir comme le charbon et son allure presque inquiétante. Assis face à plusieurs verres d'eau-de-vie vides, il semblait avoir bien trop bu, mais ne paraissait pourtant pas en ressentir les effets. Il était affalé sur sa chaise et portait des bottes hautes de bonne qualité ainsi qu'un long et sombre manteau marron, presque noir, orné de gros boutons dorés. Dessous, il avait une chemise blanche et un pantalon ample avec une belle ceinture à boucle. Une personne riche, sans doute.

Dès ma sortie des latrines, son regard ne me quitta pas, de quoi me déstabiliser, vous imaginez bien. Intimidé, levant et baissant les yeux à plusieurs reprises vers lui, je filai rapidement vers la porte. Quel malheur de devoir passer à côté de lui pour sortir ! À peine soulagé de l'avoir dépassé, je sentis une main me chopper par le col de ma chemise. Je crus voler tellement il avait tiré fort pour m'amener face à lui. Lorsqu'il s'adressa à moi, je me souviens de ses premiers mots. Il se frotta la barbe et d'une voix virile et sûre de lui, il me dit :

— Remets-moi deux verres, gamin !

Sa voix m'avait glacé le sang. Sans attendre, je répondis à sa demande en expliquant à Madame Turtula la situation.

De nouveau, face à lui, je ne pus m'empêcher de regarder son tricorne. Comme j'aurais voulu en porter un semblable pour m'imaginer capitaine d'un navire chassant un fabuleux trésor.

— Tu prendras bien un verre avec moi, j'en ai un de trop ! dit-il.

— Je… je ne bois pas d'alcool, monsieur.

Au même moment où ma voix hésitante venait de résonner, la dame de maison arriva.

— Excusez-moi Messire, ce garnement vous a-t-il importuné ?

Son regard fixé sur moi, il ne prit même pas la politesse de lui répondre.

— Tu as faim ?

Moi qui avais le ventre qui se tortillait, je ne pus que faire un signe de la tête pour acquiescer malgré la peur que je ressentais.

— Une assiette de ce que vous avez de mieux, ajouta-t-il avant de me faire un signe vers la chaise afin que je m'installe.

Après un instant, l'écuelle fut amenée et finie aussi vite que venue. Lui, il me regardait avec insistance, me faisant penser que mon visage lui était peut-être familier. Après mon repas, l'étrange homme reprit la parole :

— Tu t'appelles comment, gamin ?

— Ector.

— Comment te sens-tu, Ector ?

— Bien. Et vous ? répondis-je sans réfléchir, machinalement pris par le stress.

— Si je te dis que je vais bien, est-ce que ma réponse te fera te sentir mieux ou est-ce par simple politesse que tu me le demandes ?

Silence…

S'ensuivit un enchaînement de questions auxquelles je répondis franchement et simplement :
— Tu vis à l'orphelinat ?
— Oui
— Et tu as quel âge ?
— Quinze ans
— Tu te plais ici ?
— Pas vraiment.
— Tu aimes les femmes, l'alcool et les trésors ?
La réponse était un peu plus compliquée alors je ne répondis rien. Il était évident que j'aimais les femmes, enfin surtout Adeline ; quant aux trésors, je ne m'imaginais pas en avoir et n'avait aucune idée de ce que je pourrai en faire. Pour l'alcool, je n'y avais jamais goûté. Il me regarda de son air inquiétant puis ajouta d'un ton toujours aussi rauque et sinistre :
— Bois !
L'ordre était tel que je ne me fis pas prier pour avaler une gorgée d'alcool. Derrière un fort goût de miel amer, l'épaisse boisson glissa dans ma gorge avec difficulté avant de descendre dans l'estomac… Après une mimique d'écœurement et malgré un estomac en combustion, j'obéis à un nouveau signe de tête ajouté à son air effrayant. En un coup, le verre fut fini et ma gorge brûlée au troisième degré.
Il demeura passif puis fit un signe de la main vers Madame Turtula.
— Combien vous dois-je ? demanda-t-il.
— Votre repas, le sien, plus les nombreux verres d'alcool ? Trente pièces d'argent.
L'homme releva un sourcil vers la dame avant de répondre :
— Hé bien ! Ce n'est pas donné chez vous ! (Il fouilla dans sa poche puis posa un petit paquet sur la table.) Voilà pour mes commandes et l'achat du gamin.
Je remarquai bien qu'elle essayait d'en placer une. Mais lorsqu'elle ouvrit la petite bourse, son visage s'illumina et ses yeux devinrent ronds comme deux grosses billes. Je me suis toujours demandé combien ma tête avait coûté pour qu'elle n'en dise pas un mot. Elle

referma la petite besace marron l'air satisfait avant de la glisser dans son décolleté.

— Merci, cher visiteur. En espérant qu'il pourra vous servir comme il se doit. Si vous revenez, vous serez de nouveau le bienvenu chez moi !

Il fit un signe de la main sans la regarder. Je voyais bien que son air hautain n'était pas apprécié par Madame Turtula. Quant à moi, je restais choqué, sans un mot. Je venais d'être acheté…

— Prépare tes affaires pour demain matin, neuf heures devant le domaine, ordonna l'étranger.

Après ses paroles, il but son verre cul sec avant de mettre son tricorne sur la tête, ce qui lui donna une allure flatteuse qui me fit envie. Puis, il quitta la taverne en passant par la porte principale menant à l'extérieur. Il pleuvait légèrement ce soir-là. Il me sembla qu'il marmonna quelques mots en sortant avant de voir une silhouette se poser sur son épaule. Enfin la porte se referma.

Moi, j'étais toujours sur ma chaise sans un mot. Dame Turtula pointa le doigt vers la porte en direction des chambres.

Dans mon lit, proche de mes camarades, c'est avec une grande difficulté que je m'endormis. Imaginant le meilleur comme le pire, prenant presque peur pour le lendemain, je finis malgré tout par tomber de fatigue, plein d'inquiétudes et d'hésitations à l'idée de quitter l'orphelinat.

Ainsi, en quelques minutes, ma vie venait d'être chamboulée, acheté par un étranger dont j'ignorais tout. C'est là qu'allait commencer ma folle aventure.

Ector

Chapitre 2 : Un âne pour une mésaventure

Le jour de mon départ, je me levai au son des cloches de Clane sonnant sept heures et des cris de madame Turtula :
« Debout, il est sept heures ! On se lève et rapidement ! »
Sa voix stridente résonna du bas des escaliers jusque dans notre dortoir. Comme à mon habitude, je fis mon lit au carré, avant de suivre mes camarades vers la cantine située à l'opposé de la taverne et du hall. Le réveil avait été difficile, surtout avec les idées qui me trottaient dans la tête, aussi je pris mon temps.
Dans la pièce à manger, chacun récupérait son plateau, ses couverts et son bol. Pour ne pas changer, le petit-déjeuner se constituait de pain, de confiture de fruits, sans oublier un bol de lait tiède. Là, sur la table rectangulaire, dans cette salle au mur vert pâle, je vis Morin assis à côté de la belle Adeline. Il fanfaronnait déjà dès le matin. Toujours à se croire le plus fort, le plus beau et le plus malin. Le pire, c'est qu'il avait raison ! Le point positif à l'idée de partir d'ici, c'était que je ne croiserais plus ses regards moqueurs. En même temps, la seule fois où j'avais répondu à ses provocations, je m'étais retrouvé au sol avec un œil au beurre noir. Ça dissuade, forcément.
Après quatre tartines engouffrées, je débarrassai et lavai la vaisselle avec les autres. Nous étions tous habitués et raisonnables en ce qui concerne le nettoyage pour la simple et bonne raison que la sorcière veillait à ce que tout se passe comme elle le désirait.
Ensuite, ce fut la toilette. Je remontai à l'étage pour se rendre dans la salle de bain. La tête face au grand bac et le corps dévêtu, je me lavai grossièrement. En temps normal, la suite c'était le travail jusqu'à midi ou au soir selon l'endroit. Pour moi, il allait en être tout autrement ce jour-là.
La vieille Turtula me donna une besace usée pour y fourrer mes affaires. Un petit bonnet pour me couvrir les oreilles, des mouchoirs en tissu, une tenue propre, deux culottes de rechange et des chaussettes de laine. Je pris garde de ne pas oublier mon trésor ! Ma petite bourse de piécettes amassées durement que j'avais gardée soigneusement cachée. Il n'y avait pas de quoi s'extasier, mais pour

moi c'était énorme et cet argent devrait être utilisé avec intelligence. Mon sac était prêt ! En descendant, j'en profitai pour me faufiler en cuisine et y voler un morceau de pain au lard dans un linge humide et trois petites pommes.

C'est avec la boule au ventre que je m'avançai vers l'extérieur du domaine pour attendre devant la large porte en fer. Je me souviens bien de ce jour où un vent froid de mi-saison d'automne se levait, m'obligeant à me recroqueviller dans ma veste molletonnée.

Il était maintenant neuf heures et personne ne s'était présenté. Je décidai d'enfiler mon bonnet pour me couvrir mes oreilles qui avaient viré au rouge vif. Un quart d'heure plus tard, je commençai à me demander si cet étrange individu de la veille allait venir. Me retournant plusieurs fois vers la maison, je voyais par moment Turtula vérifiant par la fenêtre si j'étais toujours là. L'attente me parut longue ce qui me laissa de quoi gamberger.

— Et s'il n'arrivait jamais ? Au moins, je pourrais continuer ma petite vie dans l'orphelinat, espérant trouver un jour une bonne famille. Et si cet homme était un bandit recherché par tous les royaumes et qu'il m'obligeait à voler et faire le mal ? Sans oublier que je n'allais plus revoir mes camarades, en particulier Adeline. Et ce Morin, il me serait impossible de lui faire payer ces années de moqueries ! Ni rire dans le dos de madame Turtula ! (Les deux dernières raisons me firent sourire)

Finalement, je ne voulais plus partir. Et j'étais bien décidé de le dire à cet individu au beau chapeau. Une demi-heure après, je le vis arriver sur la rue adjacente.

Il avançait fièrement, faisant entendre un léger claquement de bottes sur le sol pavé. Sur son épaule, j'aperçus un gros corbeau. En observant les quelques personnes autour de nous, je constatai que je n'étais pas le seul à être intrigué. La population le regardait d'un air suspicieux.

Enfin, il s'adressa à moi :

— Te voilà prêt. Tu me sembles bien mal vêtu pour marcher à mes côtés, mais je ferai avec. Dépêchons ! Nous avons des choses à faire et une route à prendre.

Il me tendit une petite viennoiserie fourrée à la pâte d'amande qui me donna l'eau à la bouche.

Moi qui voulais refuser de partir avec lui, je me sentis bien idiot. Jamais je n'avais eu de sucreries ou de gâteau et là, je pouvais goûter ma première viennoiserie :

— Merci monsieur, dis-je.

Il détourna son regard noir puis se remit en marche par le chemin inverse à sa venue. Je regardai la maison derrière moi ressentant une certaine nostalgie. Je n'avais connu que cette vieille bâtisse depuis tout petit, alors en partir était plus facile à dire qu'à faire. Je me sentais partagé entre mon envie et la peur de partir.

— Allez, avance et mange donc ce que je t'ai apporté. Ne me fais pas regretter mon geste !

L'homme parlait d'une façon crue, son ton oscillant entre la colère et l'ordre. Pourtant, je sentais que ses intentions étaient bonnes.

— Je m'inquiétais de ne pas vous voir arriver, répliquai-je, entre la vérité et le mensonge, avant de prendre une bouchée.

— Tu comprendras pourquoi lorsque tu seras grand.

Il me regarda.

— Tu aimes ?

C'était délicieux ! Moelleux ! Avec goût du beurre persistant en fin de dégustation ! Loin du pain du petit-déj'. Mes papilles étaient en extase.

— C'est excellent monsieur, encore merci !

Il ne répondit rien et continua sa route. Je découvrais la petite ville de Clane avec un regard différent de celui que je lui portais d'habitude. Non plus comme un enfant partant travailler, mais comme un voyageur ou un aventurier. Malgré le froid, le moment était agréable. La ville aux rues droites regorgeait de monde. C'était jour de marché, la population venait acheter différents produits et profiter de l'arrivage au port de poisson frais. Face à la place principale, l'église dominait le lieu, surélevée de ses quelques

13

marches. Au-dessus de sa double porte, on pouvait apercevoir une main dans un cercle représentant la main de la déesse Aériis, dieu unique. Pendant que nous poursuivions notre avancée, il me parut que l'homme évitait les gardes, contournant certaines rues pour ne pas les rencontrer. Était-il recherché ? Je l'ignorais, mais cela ne présentait rien de rassurant. Enfin, après une petite marche sous une pluie fine, nous passâmes sous le porche des portes de la ville. À l'extérieur, la route pavée laissait place à un chemin de terre en mauvais état et les demeures constituées de bois et de torchis n'étaient pas très grandes. Elles accueillaient aussi bien les animaux que les paysans y vivant, un bon moyen pour procurer de la chaleur pendant les mauvaises saisons.

Soudain, il s'arrêta un peu avant la fin du village faisant partie de Clane. Le bâtiment qui nous faisait face était vieux et abîmé, l'herbe autour y était haute et l'ancienne parcelle servant de jardin ne ressemblait plus qu'à un grand espace en friche.

— Je dois voir quelque chose ici. En attendant, fais-moi le plaisir de montrer de quoi tu es capable, Ector.

De quoi j'étais capable ? Ses mots m'interpelèrent. De quoi devais-je être capable au juste ?

— Je suis capable de beaucoup de choses. Tout dépend ce que je dois faire, lui répondis-je. Je peux cuisiner, porter des sacs, labourer la terre ou encore…

— Voler ! me coupa-t-il. Nous aurons besoin d'une monture pour rejoindre ma destination. Après ce que j'ai dû donner à ta directrice pour acheter ta liberté, je n'ai plus les moyens de me procurer un cheval auprès d'un palefrenier. Donc tu dois m'en trouver un !

— Mais jamais je n'ai fait quoi que ce soit de la sorte ! dis-je interloqué.

— Il y aura beaucoup de choses que tu n'auras jamais faites. Oublie ton ancienne vie, ta nouvelle vient de commencer.

Son corbeau fixait sur moi ses grands yeux ronds et noirs tout comme ceux de son maître, ce qui me procura un léger frisson.

— Mais, où pourrais-je trouver une monture ? Et je ne me vois pas voler, ce n'est pas bien.

14

— Vole un cheval ou travaille pour amasser de quoi en acheter un. Débrouille-toi, il y a des fermes, des parcs. Mais fais vite ! Je te rejoindrai à l'écart des maisons plus loin sur le chemin. (Il glissa son doigt sous la gorge de l'oiseau pour le caresser avant de lui murmurer) Surveille-le.

Lorsque le corbeau quitta son épaule pour s'envoler, il se retourna puis entra dans le bâtiment en retirant son tricorne comme tout homme poli.

Je me retrouvai seul. Je jetai un regard sur les côtés, derrière, puis de nouveau devant. Certes, il y avait des chevaux, ceux des gardes ou ceux utilisés pour labourer les champs, mais, je me serais fait repérer sans attendre. Trouver l'argent ? Tout bonnement impossible en si peu de temps. Donc, voler. Il y avait les chevaux du palefrenier et cela me sembla le plus simple et surtout le moins dangereux. En espérant que leur propriétaire ne soit pas à côté de ses canassons.

Alors d'un pas rapide, ma besace autour de mes reins, je me dirigeai à l'extrémité du village vers une vaste grange accolée à un parc. Je fis un tour, deux tours, clairement, il était impossible de prendre un cheval sans se faire voir.

Après un instant, j'eus une idée… Peut-être pas la meilleure, mais une idée quand même. Je me souvins d'un jour où j'avais dû aider le meunier à l'extérieur de la ville. Il n'était qu'à quelques pas d'ici. Avec un peu de chance, s'il était absent un moment, je pourrais voler son âne. Effectivement, ce ne serait pas un cheval ainsi que l'ordre l'exigeait, mais après tout je ne voulais pas voler et je n'avais aucune expérience dans le domaine. Ainsi, je me dirigeai hâtivement vers le moulin. Avant même d'avoir commis l'acte, je me sentais déjà épié et observé par la population. Le moulin se trouvait à l'écart des autres maisons, ses longues ailes à l'arrêt. Il y avait une charrette juste devant, sans mule ni cargaison. Dans le ciel, l'oiseau de mon acheteur volait, surveillant mes moindres faits et gestes. Après avoir fait le tour deux fois de suite, et marqué une petite hésitation, je m'approchai de la fenêtre arrière donnant sur l'atelier. J'étais certain que l'homme disposait d'un petit âne pour l'aider dans ses besognes, dont celle consistant à faire tourner l'énorme roue servant à moudre le grain. Restant immobile quelques instants, je pointai le regard à l'intérieur. L'endroit semblait désert, une aubaine pour moi. L'âne était au fond du moulin dégustant du foin bien vert. Après une longue expiration, je me faufilai à l'intérieur par la fenêtre ouverte. Je me souviens avoir trébuché sur un seau, manquant de justesse de m'écraser la tête contre l'atelier.

— Parfait maintenant, plus qu'à prendre la bête et partir, pensai-je.

L'animal n'était pas méchant pour un sou. Je m'approchai de lui sans difficulté puis décrochai la corde le retenant. La porte arrière était ouverte, donnant sur la campagne. Parfait, il ne me restait plus qu'à quitter le bâtiment et c'était gagné. Mon cœur battait la chamade à l'idée de voler ce pauvre homme, sans oublier que je risquais d'y perdre ma main si je me faisais chopper. La corde en main pour tirer la bête, je fis un pas vers la sortie. J'étais proche de réussir.

Proche ? Pas vraiment, car soudain, un étrange personnage apparut devant moi en poussant un petit cri grave. Pendant un instant, nous nous regardâmes. Moi, les yeux ronds et ressentant des sueurs froides dans le dos. Lui semblant tranquille et calme. Il était de taille moyenne, portait une grande robe marron, légèrement tachée de terre sur le bas et un bâton noueux en guise de canne. Son visage était caché par une grande capuche et un rayon de soleil venant par l'arrière. Était-ce le meunier ? J'étais certain que non. La seule chose que j'apercevais de sa trogne était une petite barbe blanche, épaisse et mal entretenue.

Après une petite seconde, il se mit à rire avant de me parler :

— Alors gamin, comme cela, on vole la bête d'un pauvre meunier. Par mégarde, il semble que j'arrive au bon moment ! dit-il d'un air satisfait.

— Je… Je ne vole pas d'âne.

Ma réponse était légèrement stupide, vous y conviendrez.

— Ah ? Alors c'est toi l'âne et c'est lui qui te vole ? Il est vrai que tu m'as l'air particulièrement idiot pour voler en plein milieu de matinée.

Je ne répondis rien, restant figé, sans savoir quoi dire. Lui reprit de plus belle :

— Qui serais-je si je ne prévenais pas la garde ? Montre-moi tes mains, gamin, dit-il toujours jovial.

Sans réfléchir, je m'exécutai et l'homme me dit :

— Elles ne sont pas très usées, il serait dommage de les perdre. C'est donc moi qui vais te corriger.

Ce qui se passa après me laissa pantois. Sur un claquement de doigts de l'étranger, la bête robuste me poussa violemment de la tête contre la rambarde. Après un autre claquement de doigts, mon pantalon tomba en bas de mes genoux, laissant un petit vent me refroidir les guibolles. En culotte, choqué et honteux, je remontai mon bas à toute vitesse. Sûrement pas assez rapidement puisque je sentis un fouettement de corde sur mon arrière-train. Celle autour du cou de l'âne ? Comment cela pouvait-il être possible ?

« Aïe ! ». Le coup avait tellement claqué que j'en ressens encore la douleur et imagine sans peine la marque rouge qu'il avait dû laisser sur mes fesses blanches.

Pendant que je me frottais le derrière, l'étrange individu se mit à rire de plus belle. Quant à moi, je restai face à lui, ne comprenant pas ce qu'il se passait.

— Te voilà gracié ! Allez bourrique, attache l'âne et quitte cet endroit !

Moi qui n'avais jamais vu de magie, je venais d'assister à quelque chose d'incroyable (même si la scène avait été pittoresque). Le vieil homme quittant l'endroit, je me mis à courir vers la sortie.

— Vous êtes un magicien ?!

Trop tard, l'homme avait disparu. Après m'être pincé, je me rendis compte que ce n'était pas un rêve et je fis ce que l'homme m'avait ordonné.

— Dans un sens, c'est mieux ainsi. Voler est mal et si ce bonhomme au tricorne n'est pas content, c'est pareil ! Il n'est pas question que je devienne un hors-la-loi, me dis-je à haute voix.

Ce n'étaient que des paroles, mais elles me donnèrent assez de courage pour repartir bredouille vers l'extérieur de la ville. Après

quelques mètres, je me rendis compte que le corbeau avait disparu et après quelques mètres, je l'aperçus sur un arbre proche de son maître. Aux pieds du voyageur, il y avait un paquetage, sûrement des couvertures pour dormir et des vivres pour la route.
Lorsque je fus face à lui, je n'eus pas le temps de parler qu'il me rembarra sans chercher à comprendre.
— Et notre cheval ? Je ne t'avais pas demandé une lourde tâche pourtant. Mais peu importe, tu porteras le sac ! dit-il avant de prendre la route, tandis que son corbeau, après quelques croassements prenait son envol.
— Mais, je n'y suis pour rien ! Écoutez-moi !
— Parler n'a jamais empêché de marcher, répliqua l'homme toujours aussi désagréable et froid.
Alors, je chargeai le gros sac sur mon dos. Après quelques pas rapides, je fus juste derrière lui et malgré le poids, je lui expliquai la situation.
— J'ai essayé, je vous assure, mais on m'a pris sur le fait. Et il s'est passé des choses folles ! C'était de la magie, j'en suis certain. Un vieil homme très étrange et légèrement effrayant même. Et je me suis retrouvé les fesses à l'air ! Vous m'écoutez !?
L'homme se retourna en me dévisageant.
— Garde tes histoires, tu veux. Maintenant, porte ton sac en silence, nous avons de la route !
— Et où allons-nous ?
— Si ta question est « où allons-nous maintenant ? », nous nous dirigeons vers la côte au nord pour rejoindre mon embarcation. En revanche, si tu te demandes où nous irons ensuite, je ne peux que te répondre vers des endroits inconnus !
Ses réponses n'étaient pas très claires aussi j'en demandai plus sur lui et sur ces endroits dits « inconnus ». Après tout, je ne savais rien.
— Et qui êtes-vous ? Et où sont ces endroits inconnus ? Et pourquoi m'avoir acheté ? Nous avons beaucoup de route ? C'est votre corbeau ? Et vous faisiez quoi à Clane dans la maisonnette ?
Il s'arrêta de nouveau.
— On me nomme Corbin et je suis âgé d'un peu plus de trente

ans. Lui, dans le ciel (il leva le doigt en l'air), c'est Cendre (il posa sa main sur son manteau). Je devais récupérer quelque chose d'important que j'avais laissé caché là-bas. Maintenant, Ector, ferme ta boite ! Tu parles trop et tu me fatigues.

Moi qui m'étais imaginé une marche tranquille sans rien de compliqué, tout en dégustant de bonnes choses comme des pâtisseries, je découvrais le revers de la médaille. J'étais chargé comme une mule, regrettant amèrement de ne pas avoir chipé l'âne. De plus, j'étais gelé et trempé par la pluie froide qui tombait de plus belle. Le tout en voyageant non pas sur des chemins, mais en traversant la campagne. Pour une mésaventure, c'était une sacrée mésaventure !.

Chapitre 3 : Une soupe pas comme les autres

La pluie n'avait cessé de tomber. Nous étions trempés jusqu'aux os et malgré cela, j'avais suivi Corbin et Cendre. Je n'avais osé regarder l'état du sac et de ma besace, supposant qu'ils devaient être canardés et que mon petit pain aux lards était en miettes. Après un moment, nous fîmes une courte pause durant laquelle je me rendis compte de l'ampleur des dégâts. Mon casse-croûte était gorgé d'eau, ce qui m'obligea à l'abandonner au sol. Cendre, en profita. Il me restait les deux pommes que je mis de côté. L'homme que je suivais, lui, dégusta un fruit qu'il sortit de son grand manteau humide. Corbin écourta rapidement la pause, afin de ne pas perdre plus de temps.

En cours de chemin, nous passâmes la rivière du Lile sous un temps couvert et menaçant. Puis quelques collines, quelques fermes, des champs et des parcs. Corbin ne parlait pas beaucoup. Par moment, il s'adressait à Cendre en le caressant. La complicité entre l'animal et l'homme était extraordinaire, surtout avec un corbeau. C'était la première fois que je voyais un animal de ce genre domestiqué. Cendre était plus gros que la normale et semblait être doté d'une grande intelligence. D'après moi, ce n'était pas un banal corbeau. Je n'étais pas loin de croire qu'il y avait quelque chose de magique en lui et ce, d'autant plus lorsque je remarquai la petite perle en nacre accrochée à la chaîne qu'il portait autour de son cou. Le temps filait et la nuit commençait déjà à tomber. Corbin s'arrêta précipitamment et prépara un feu avant d'ouvrir le sac recouvert d'une fine couche de cire pour l'imperméabiliser. Il en sortit deux couvertures enroulées et une boite en fer contenant du lard fumé. Enfin, il s'installa. Je le sentais prêt à répondre à la question qui me trottait dans la tête depuis les premières heures passées en sa compagnie :
— Dites, pourquoi m'avez-vous sorti de l'orphelinat ?
— Il me fallait quelqu'un pour s'occuper des tâches désagréables : ramasser le bois, laver le pont du bateau, faire la cuisine ou cirer mes chaussures ! Toi, tu m'as semblé être la

personne idéale pour ce poste, répondit mon acheteur, le regard fixé sur le soleil couchant.

— C'est tout ? Je ne suis là que pour les tâches ingrates ?! Pourquoi m'avoir parlé d'or et de femmes, si c'est pour faire le ménage ?

— L'or t'intéresse plus que me rendre service ?

— Je n'ai pas dit cela, monsieur Corbin.

Corbin se mit à rire.

— Tu es avec moi, car ta place n'est pas dans un orphelinat. Ton regard me plaît Ector. Tu rêves d'aventure et de découvertes. Ce qui tombe bien, car c'est ce que je peux t'offrir. J'espère ne pas me tromper sur toi. Une fois arrivé à la côte, tu pourras choisir de partir ou non avec moi et mon équipage.

— Votre équipage ? Donc vous êtes vraiment un hors-la-loi ?

Il changea de position et s'allongea, la tête sur le sac et son tricorne cachant ses yeux.

— Tu parles beaucoup, gamin. Le terme ne me convient pas vraiment. Je suis un pirate qui a choisi de vivre libre, avec ses propres choix et ses propres règles.

Excité, je continuai à lui poser des questions :

— Alors, vous vous battez vraiment ?

— Lorsqu'il le faut, oui, dit-il tranquillement.

— Donc vous avez plein d'or, vous attaquez les navires et vous cherchez des trésors ? Oh ! Et vous avez déjà vu des sirènes ?

Corbin soupira :

— J'ai vu beaucoup de choses, allez, tais-toi, maintenant ! Nous avons de la route demain. Presse-toi de manger et de dormir, dit-il en me tendant la boite en fer.

J'obéis sans attendre et en peu de temps, le lard fut englouti. Je devais me reposer.

— Bonne nuit Corbin, bonne nuit Cendre, dis-je rassuré, abandonnant le « *Monsieur* » et me sentant davantage en confiance.

Je me calai sur le sol, la tête sur ma besace, près du feu, car j'étais toujours aussi frigorifié. La couverture, humide malgré le sac imperméable, ne me réchauffait pas pour un sou. Essayant de passer outre, je fis de mon mieux pour pouvoir trouver le sommeil. Cette nuit-là, fatigué par la route, je m'endormis profondément, et fis de doux rêves de piraterie.

À l'aurore, je me réveillai la tête dans l'herbe fraîche. Après un sursaut, je découvris des fourmis grouillant près de mon lit de fortune. Je me levai avec hâte. Le pirate (car je pouvais l'appeler comme cela maintenant) était à l'écart, ramassant des petites fleurs poussant au pied d'un arbre avant de les manger. Je fis mine de ne rien voir. Elles devaient certainement être comestibles, mais je ne pouvais ignorer le fait qu'un animal pouvait avoir uriné dessus. Pendant ce temps, je remplis mon ventre de mes deux uniques et petites pommes. Tout cela, s'accompagnant d'un « Bonjour ! » enthousiaste.

— Te voilà réveillé ! Parfait ! Nous pouvons reprendre notre route.

— Déjà ?

Ce n'est pas que je n'étais pas pressé de partir, mais mes jambes étaient lourdes et fatiguées par la marche de la veille.

— Tu t'attendais à quoi ? Un petit-déj' et une demoiselle aux jolies formes comme compagnie ?

Il me fit une petite tape sur l'épaule qui me fit reculer de quelques pas et reprit :

— Allez, on avance !

Nous commençâmes l'ascension de la forêt. Le temps plus doux me permit de retirer mon bonnet, et de laisser mes cheveux à l'air libre. Autour, les couleurs d'automne étaient sublimes. Mélange d'orange et de jaune, sous un léger voile doré par les rayons du soleil qui frappait les arbres encore feuillus. Observant autour de moi, je m'interrogeais sur la route que nous suivions. D'après lui, nous devions continuer sur le sentier avant d'arriver à un carrefour puis bifurquer vers la gauche. En vérité, j'avais davantage l'impression qu'il suivait Cendre, qui avait une vue plus large depuis le ciel. Malgré une petite crainte de me perdre, c'était la première fois que je pouvais me promener en forêt. C'était pourtant une chose banale, mais que je n'avais jamais eu l'occasion de faire et cela m'émerveillait. Cette belle saison, avec les oiseaux qui chantaient, donnait au paysage une apparence presque magique, surtout lorsque nous passions à côté d'un petit étang reflétant les couleurs d'automne. À plusieurs reprises, durant notre marche, j'insistai pour lui demander le but de son voyage. À chaque fois, il me répondit :

« L'occasion viendra d'en parler. »

Seulement, après un bon kilomètre, alors que je relançais une énième fois le sujet, il se retourna vers moi et me dit :

— Écoute garçon, je ne m'attendais pas ce que tu sois aussi têtu qu'un nain… Pour la dernière fois, il te faudra attendre de faire ton choix. Je veux d'abord savoir si tu m'accompagneras plus loin au-delà des océans ou non (il fronça les sourcils). Et ne t'avise pas de répondre « Oui », pour avoir plus d'explications. Tu attendras, point final, s'exclama Corbin.

Bien qu'il s'efforçât de donner l'impression qu'il était en colère, il ne le paraissait pas du tout. En vérité, c'était à se demander, ce qu'il ressentait, étant donné qu'il présentait constamment un visage sombre et sans expression. Je ne fis qu'un signe de tête. Il profita de cette petite pause pour aller faire ses besoins à l'écart.

C'est à ce moment-là que j'aperçus avec surprise, loin entre les branches et les arbres, un cerf. Grand et majestueux, avec des bois immenses. Stupide, je quittai le sentier, en espérant l'approcher.

Je passai quelques minutes à essayer de suivre l'animal au pelage marron clair qui semblait me fuir tout en me provoquant et je me perdis. Après quelques pas, la forêt d'arbres laissait place à une sombre étendue de conifères et soudain ce fut la panique ! Un regard derrière, à gauche, à droite, il n'y avait plus que des sapins. « Quel idiot ! » pensai-je.

J'étais perdu !

Tous mes sens en éveil, réagissant au moindre bruit par un regard effrayé, j'avançai prudemment, pensant faire marche arrière. Autour de moi, chaque son semblait plus fort, le grincement des arbres, le bruit des animaux, tout m'était suspect. Étrangement, j'avais l'impression que quelqu'un me surveillait. Était-ce ce maudit pirate qui essayait de m'effrayer ? Encore un de ses tests bidon ? Ou mon imagination ? Ou autre chose ?

Depuis que j'avançais à l'aveugle, une bonne demi-heure était passée. Enfin, à quelques mètres, j'aperçus une petite cabane. Vieillotte, mais habitée au vu de la fumée sortant de la cheminée. Peut-être allait-on pouvoir m'aider à remettre les pieds sur le sentier ? Je l'espérais bien !

La petite demeure en bois de pin était de plain-pied. Elle avait deux petites fenêtres entrouvertes avec des rideaux blancs, et une porte sur laquelle était accrochée une branche de houx. Un jardinet était entretenu sur le côté gauche. Sans attendre, je frappai à la porte.

Quelle surprise, lorsque je vis une vieille femme ouvrir la porte, habillée d'une robe marron recouverte d'un long tablier blanc ! Elle avait un foulard attachant sa longue chevelure grise d'apparence sale. Son visage était creusé et son nez long et crochu, de quoi imaginer de folles histoires mais à cet instant précis, je n'y pensais pas. En revanche, étant donné les poches rouges sous ses yeux, elle me sembla bien fatiguée.

Je m'adressai à elle de la manière la plus polie qui soit :

— Bonjour, madame, excusez-moi pour le dérangement, mais je me suis perdu. Je suis incapable de retrouver le sentier afin de quitter cette forêt. Pourriez-vous m'aider ?

La vieille dame eut un sourire avant de me répondre :

— Bien sûr, mon beau garçon, entre donc un instant. Je vais te donner de quoi manger et ensuite je te conduirai vers le sentier. Ne t'inquiète pas, entre ! dit-elle d'un visage conciliant.

Après être rentré, malgré une crainte vite dissipée, je m'installai sur l'une des chaises en bois, face à la table ronde où reposait une bougie éteinte. La pièce à vivre avait une grande cheminée à l'âtre où cuisait un bouillon dont l'odeur épicée embaumait la maison. Sur les murs étaient installées de nombreuses étagères sur lesquelles étaient soigneusement rangés de multiples pots aux contenus effrayants et intrigants. Des poils, des racines, ce qui ressemblait à des doigts dans un liquide transparent. Des contenus bien étranges ! Mes yeux s'arrêtèrent net face à un crâne placé sur le plan de travail. La peur me reprit subitement et je me demandai avec angoisse qui pouvait être cette dame. Peut-être n'aurais-je jamais dû entrer chez elle ?! Poliment, je me relevai en prétextant devoir partir.

— Merci de votre gentillesse, mais il se fait tard et on doit sûrement m'attendre. Je crois que je vais pouvoir retrouver ma route, merci encore de votre hospitalité.

Malheureusement, la vieille dame en avait décidé autrement et, en un instant, elle se plaça entre la porte et moi.

— Vous êtes venu, vous êtes entré, vous vous êtes installé, maintenant vous restez ! chantonna-t-elle en se frottant les mains.

Instinctivement, je me mis à reculer avant de buter contre la table. Alors que la peur se lisait sur mon visage, elle me frappa brusquement sur le front avec la paume de sa main. Immédiatement, je perdis connaissance. À mon réveil, j'étais ligoté dans un coin de la pièce. Les effluves de la mixture venant de la cheminée avaient maintenant envahi la pièce. L'odeur ressemblait à celle du bouillon de légumes mélangé à du vin. À mes côtés, j'eus l'immense surprise de découvrir Corbin. Lui aussi était attaché, les mains dans le dos. Le point positif, c'est que je l'avais retrouvé. En revanche, nous étions tous les deux prisonniers. Pourquoi ? Nous n'allions pas tarder à le découvrir.

— Que faites-vous ici ? demandai-je surpris.

Il soupira en me regardant avec un visage désespéré :

— Lorsque je suis revenu, tu avais disparu. Je t'ai appelé et cherché. J'ai d'abord cru que mon discours t'avait vexé et que tu avais fait demi-tour. J'ai fouillé les environs et je suis tombé sur cette bonne femme qui m'a m'affirmé qu'elle avait croisé un garçon un peu plus tôt. Elle me dit t'avoir offert l'hospitalité avant de partir chercher du bois. Je l'ai suivie et me suis laissé surprendre par son mauvais sort de sommeil. Et toi, pourquoi diable es-tu parti du chemin ? Tu ne connais donc pas les dangers que réserve le monde ? Tu crois que je n'ai que ça à faire ? Si tu ne suis pas mes ordres, tu peux repartir d'où tu viens !

Ses paroles blessantes me peinèrent. En plus de ressentir de la culpabilité, je me dis que, malgré son caractère, cet homme s'était sûrement attaché à moi. Corbin avait raison, à l'avenir, je serais plus vigilant et je suivrais ses ordres. Encore fallait-il sortir de là sains et saufs.

La sorcière arriva vers nous et claqua un chiffon contre le corps du capitaine :

— Vous êtes venus, vous êtes entrés, vous vous êtes installés, maintenant vous restez ! chantonna-t-elle à nouveau. À présent, fermez donc votre clapet. (Elle arborait un effroyable sourire qui me fit tressaillir de frayeur.) Je vais commencer par toi mon petit, tu m'as l'air bien tendre et bien juteux.

— Quoi ?! Vous voulez me manger ?! Mais vous ne pouvez pas me manger, je n'ai pas un bout de viande sur les os ! Et puis, je suis trop jeune !

— Vous êtes venus, vous êtes entrés, vous vous êtes installés, vous êtes restés et maintenant je vais vous manger !

Elle enchaîna sur :

— Cette fois, bouche close ! gueula-t-elle en me tirant jusqu'à la table à cuisiner, par les liens qui me retenaient prisonnier. Un bon coup de serpette entre les yeux et tu parleras moins, canaille !

Elle se mit à ricaner méchamment.

— Non ! Je ne suis pas bon à manger, je suis trop maigre.

— Libère-nous, vieille sorcière ! cria Corbin tout en s'agitant pour essayer de défaire ses liens.

Il est certain qu'après bon nombre d'années à être pirate et avoir risqué sa vie, finir dévoré n'était pas très valorisant !

Elle se mit à rire de plus belle tout en aiguisant son couteau.

— Ne t'inquiète pas, après le gamin ce sera ton tour ! Mais pour l'instant, laisse-moi donc préparer mon repas. Cela fait si longtemps que je n'ai pas eu de viande fraîche ! Oh oui ! s'exclama-t-elle. Une bonne soupe ou un bon hachis ! Ou même des petits morceaux de doigts frits dans une salade verte ! Je m'en lèche les babines à l'avance.

Alors qu'elle se préparait à me découper, je repris la parole essayant de gagner du temps, espérant que quelqu'un nous sauve ou que

Corbin puisse trouver une solution.

— Attendez ! l'interrompis-je. Pourquoi voulez-vous me manger maintenant alors que vous pourriez me faire grossir et me garder pour plus tard ? Quel gâchis !

Elle se mit à renifler mes cheveux tandis que moi, apeuré, je plissais les yeux, détournant le regard vers la fenêtre. C'est alors que je vis l'étrange individu du moulin, avec sa grande capuche marron. L'homme qui m'avait pris sur le fait lors de ma tentative de vol à Clane. Que faisait-il là ? Peut-être allait-il pouvoir nous sauver ! Ou peut-être était-il son invité… ? Dans tous les cas moi, j'étais terrifié comme jamais, car la présence de ce bougre ne me rassurait pas le moins du monde. Clairement, c'était la fin, c'était certain.

La vieille dame reprit la parole :

— Je me fous de ce qui est le mieux ! Dans mon chaudron, tu seras parfait ! Je garderai tes beaux yeux bleus pour mes potions :

— Mais attendez ! Si… (elle me coupa la parole)

— Ferme donc la bouche, maudit ver de terre !

J'avais la tête sur la table à découper, son couteau aiguisé était au bord de ma gorge. En quelques secondes, je revis Adeline. Je n'aurais jamais le plaisir de l'embrasser…

Heureusement pour moi, au moment où elle allait faire glisser sa lame, la porte s'ouvrit en grand, ce qui permit à Cendre d'entrer. Le corbeau, qui avait suivi Corbin depuis le ciel et attendu longuement que son maître soit sauvé, fila comme l'éclair vers la sorcière en lui donnant des coups de bec pour atteindre ses yeux.

« File ! » dit-elle.

D'un geste du bras, elle fit apparaître une sorte de brume noire. Le corbeau, désorienté, se cogna contre le mur. Brusquement, l'étranger entra. Sous un crépitement de flashes entre jaune et rouge si éblouissants qu'ils m'obligèrent à fermer les yeux, la vieille sorcière perdit l'équilibre et tomba au sol. Quant à moi, je m'écroulai sur le parquet, sans rien pouvoir faire, mis à part observer la scène.

Le magicien s'avança en pointant son bâton vers elle. Elle se releva. Avec son foulard détaché, ses longs cheveux gris tombant sur sa trogne à la peau plissée et blanche, elle offrait une image terrifiante.

Sans prévenir, elle se jeta sur notre sauveur. Son visage s'était transformé et paraissait craquelé de marques noires, comme une terre bien trop sèche. Ses yeux étaient nimbés de blanc, effrayants, et ses dents, aussi pointues que des lames de couteau. C'était donc cela, le véritable visage d'une sorcière. Poussant un cri aigu et strident, elle essaya de l'attaquer. L'invité surprise, sans crainte, attendit le bon moment pour riposter et frappa la maléfique femme du bout de sa longue canne. Projetée à terre, elle activa ses bras d'avant en arrière, en hurlant. Les ustensiles de cuisine et les vieux bocaux se mirent à voltiger à toute vitesse vers notre bienfaiteur.

Le magicien claqua sa main contre son bâton, créant une onde de choc et aussitôt les projectiles tombèrent devant lui. Époustouflant ! L'étranger pointa sa paume crasseuse vers notre bourreau qui était maintenant statique et immobile, prisonnière d'une puissante magie. L'homme s'avança vers elle tout en marmonnant des paroles incompréhensibles et, après quelques secondes, elle se mit à prendre feu en hurlant de douleur, finissant à l'état de cendres. Rapide et efficace ! Moi, j'avais aussitôt fermé les yeux ne voulant pas assister à l'effroyable scène. Une odeur désagréable de porc brûlé s'était répandue dans la petite maison.

— Vous n'avez plus rien à craindre, voyageurs, nous rassura le magicien.

Je rouvris les paupières. Tous deux, nous découvrîmes son visage lorsqu'il s'approcha de nous, celui d'un vieil homme à la figure largement brûlée du nez au front.

« Ce pauvre homme a dû subir bien des malheurs. Qui est-il donc ? » pensai-je à cet instant.

— Libérez-nous ! grogna Corbin, honteux d'avoir été aussi bêtement pris au piège par la sorcière.

L'étranger reprit la parole tout en exécutant un geste du doigt, faisant tomber les cordes sur le sol poussiéreux :

— Il m'a semblé que vous aviez besoin d'aide, toutefois, si par mégarde je me suis trompé, croyez bien que je m'en excuse. Il n'est pas commun de trouver des personnes désireuses de finir en ragoût.

— Vos plaisanteries ne sont pas pour me déplaire, mais nous

avons de la route et nous devons partir, rétorqua Corbin, sans vouloir s'atteler à de longues discussions.

— Puis-je savoir au moins vos noms ? reprit aussitôt le vieillard. Quoique toi, je sache déjà qui tu es ! Tu es la bourrique qui a voulu voler l'âne du meunier, me rappela notre étrange sauveur.

Le capitaine me regarda avant de soupirer. Je ne lui avais pas menti, au moins, il en avait la preuve.

— Je m'appelle Ector ! Et je ne suis pas une bourrique ! dis-je en me relevant, m'efforçant de retrouver un peu d'assurance malgré l'apparence sérieuse de mon interlocuteur.

— Ça suffit ! Nous devons partir, rétorqua Corbin. Prenons ce qui pourra nous être utile et continuons notre route.

— Je ne voudrais pas vous paraître désobligeant, mais vous êtes perdus. Et c'est bien pour cette raison que j'ai décidé de vous accompagner. De cette manière, vous ferez un peu plus attention lors de votre aventure.

Corbin le regarda un instant de haut en bas :

— Nous ne vous connaissons pas, vieil homme. Je ne peux accepter l'aide d'un inconnu, malgré votre bonne action. D'ailleurs, comment êtes-vous tombés sur nous ? Vous nous avez suivis ? Je suis certain que oui… Nous devons partir, continua Corbin.

— J'ai en effet suivi le jeune garçon après sa tentative de vol, afin d'être certain qu'il ne recommencerait pas. Lorsque j'ai découvert avec quel homme il était, j'ai pris la décision de vous pister discrètement. Voyez-vous, je suis du genre curieux. Ou plutôt intéressé. (Il reprit après un silence) Après vous avoir perdus de vue, j'ai senti planer sur vous le pouvoir maléfique d'une sorcière. Par chance, je suis arrivé à temps. Vous aurez besoin de moi lors de votre voyage, je connais votre but, cher Corbin, reprit-il en insistant.

— Comment connaissez-vous mon surnom, vieil homme ? cracha le pirate. Et pourquoi demander nos noms si vous les connaissez déjà ?

— Je me nomme Corigane et je sais beaucoup de choses sur le monde. Je suis un grand magicien, mais ne me prenez pas pour un de ces Archimages. Croyez bien que votre histoire n'est pas un secret pour moi. Votre nom figure sur les avis de recherche dans tout le royaume d'Ellisé, comme ceux de nombreux autres pirates. C'est une chance d'avoir réussi à éviter les gardes !

Pour ma part, il était évident qu'à l'orphelinat, jamais je n'avais entendu parler d'une telle histoire de magicien, de pirate, etc. Et, curieux comme je l'étais, il fallait que je sache.

— Qu'est-ce qu'un Archimage ?

Je n'eus pas de réponse. Peut-être plus tard, si toutefois je décidais de continuer l'aventure une fois face à l'équipage de Corbin. Ce dernier, sans attendre, répliqua sans tenir compte de ma question :

— J'étais loin de m'imaginer que mon nom était connu au-delà des océans. Mais ce n'est pas l'heure des questions, Ector. Ce qui est certain, c'est que nous n'avons pas besoin d'un magicien. Nous partons.

Il s'avança vers la porte après m'avoir lancé un regard aussi sombre qu'à son habitude pour me faire comprendre de le suivre.

— Croyez-vous ? Pourtant, là je fus bien utile, se vanta fièrement le magicien. Je pense que je vais vous accompagner malgré tout : vous Corbin et... (il hésita) toi la bourrique... Vous ne trouverez jamais la lisière de la forêt sans mon aide. Cette partie est enchantée. Vous ne feriez que divaguer éternellement. De gré ou de force, je vous accompagnerai jusqu'à la fin de votre voyage.

— Parfait. Puisque nous n'avons pas le choix, qu'il en soit ainsi ! Guidez-nous vers la sortie. Sachez que je reviendrai aux questions très prochainement pour en savoir plus sur vous, abandonna Corbin, pressé de quitter les lieux.

— Si toutefois je m'en souviens... chuchota Corigane si bas que je fus le seul à entendre.

Il était évident que l'homme ne se souvenait déjà plus de mon nom, ainsi que je me permis plus tard de le lui rappeler. De plus, il semblait aussi avoir oublié comment quitter la forêt, restant devant la porte à observer l'extérieur comme un voyageur cherchant son chemin.

Corbin, vérifia rapidement s'il n'y avait pas quelques vivres à récupérer, faisant réagir Corigane :

— Je ne pense pas qu'il soit raisonnable de s'approprier les biens d'une sorcière. Quittons cette cabane. Et pour commencer, je vais vous conduire sur le sentier.

Après une petite demi-heure de marche, nous retrouvâmes celui-ci, comme l'avait promis l'étranger.

Si vous voulez savoir ce que je pensais de lui (mis à part qu'il avait des talents de magicien), c'est qu'il devait être légèrement sénile, vu le nombre de fois où il avait hésité en chemin. Je suis certain que s'il avait eu toute sa tête, nous aurions mis facilement un quart d'heure de moins. Mais, le principal était d'arriver à bon port. Après une telle journée, il doit vous sembler évident que l'orphelinat me manquait. Loin du danger alors qu'ici, avec ce pirate, je risquais ma peau chaque seconde. Pourtant, je n'y serais retourné pour rien au monde. Étrange comme sensation, vous ne trouvez pas ? Cendre, malgré le coup qu'il avait reçu, paraissait en pleine forme et sans aucune blessure. Il volait haut dans le ciel, observant l'horizon. Enfin, nous pouvions reprendre la route vers l'équipage de Corbin avec, dans notre groupe, un nouveau membre : Corigane.

Chapitre 4 : Un bateau à la bière

Notre petit groupe marchait tranquillement mais sûrement dans le royaume d'Ellisé. Enfin, et ce n'était pas trop tôt, le soleil pointa le bout de son nez. Comme il était agréable de ne plus trembler de froid ! Corbin présidait la marche, suivi par moi, puis par Corigane. Il m'arrivait souvent de m'arrêter quelques secondes pour souffler, car je supportais difficilement le poids du sac ainsi que celui de ma besace. Cela me fit penser que mes affaires n'avaient pas séché depuis le début du voyage et devaient sentir l'humidité.
La route me semblait interminable. J'étais éreinté. Il était certain que si l'on m'avait apporté un lit à ce moment-là, j'aurais dormi facilement douze heures consécutives. Le magicien, lui, paraissait ne pas souffrir de l'effort. L'homme devait être habitué aux longues marches. Pour une personne d'apparence âgée, j'étais presque envieux par son endurance.

L'orée de la forêt, enfin ! Les belles nuances de jaune et d'orange laissèrent place à une longue prairie verdoyante. Aucun arrêt ne semblant prévu, je continuai à suivre Corbin sans relâche, tout en observant le paysage. À quelques mètres, des lièvres couraient dans les hautes herbes. Ils levaient leurs pattes arrière et pointaient leurs grandes oreilles vers le ciel pour guetter les alentours. Au loin, à l'opposé de notre position j'aperçus une petite cabane abandonnée. Ici, je découvrais une liberté jusque-là inconnue. Je sentais l'herbe me chatouiller les chevilles, je regardais les fleurs des champs. Comme c'était agréable ! Par contre, au niveau nourriture, il n'y avait pas grand-chose. Surtout avec une personne de plus. C'est donc le ventre quasiment vide que nous avancions.
Tout à coup, la méfiance de Corbin refit surface. Ralentissant le pas pour se trouver côte à côte avec Corigane, il l'interrogea à nouveau sur la véritable raison qui le poussait à tant vouloir nous aider. Celui-ci lui répondit sans hésitation :
— Ce que vous cherchez intéresserait n'importe quel magicien. Il est évident que si je peux avoir la chance de découvrir la vérité sur

cette légende, je ne vais pas m'en priver.

Corbin ne répondit rien. Il tourna sa tête vers moi et constata que je n'avais pas compris un traitre mot.

Ils changèrent alors de conversation et parlèrent de la capitale d'Alliance et du devenir d'Ellisé depuis la paix avec Olevent. (Même si une certaine méfiance persistait dans le regard de mon acheteur) La capitale ! Il est clair que j'aurais aimé un jour la visiter. On la disait superbe. À l'image des grands rois. Malheureusement, ce n'était pas là notre destination. Seul Corbin la connaissait. Il semblait toujours suivre Cendre qui planait vers l'ouest et l'océan. L'air marin finit d'ailleurs par se manifester, signe que bientôt, nous allions pouvoir découvrir les grandes falaises et les plages de sable fin. Mon excitation montant, je ne pus résister à l'envie d'interroger Corbin sur son navire. Je m'imaginais un grand bateau faisant plusieurs mètres de long, avec un équipage incroyable regroupant des orcs, des elfes et d'autres créatures fabuleuses. Il fallait que je sache :

— Votre navire, est-il semblable à la description que l'on en fait dans les histoires, Corbin ?

Il baissa son regard sur moi tout en marchant.

— Eh bien, disons qu'il a une voile, un mât, un équipage et qu'il flotte sur l'eau comme tout bateau.

— Mais, je veux dire, est-ce un grand bateau avec un équipage effrayant et une cale pleine de trésors ? insistai-je, trouvant sa réponse un peu trop évasive.

Il émit un rire sarcastique avant de conclure avec une phrase du genre :

— C'est cela oui, oui, oui…

Autant vous dire que je restai sur ma faim. Plus tard, je compris pourquoi il ne m'avait donné aucun détail.

Face à l'océan, nous arrivâmes devant une longue pente bordée de falaises. L'eau qui faisait des va-et-vient dans la crique en contrebas, glissait sur le sable doré, abandonnant par endroit des algues et quelques coquillages. Pour rejoindre cette fameuse crique, il fallait descendre une pente raide, couverte de caillasses instables. Corigane se maintenait de son bâton cornu pour ne pas glisser, tandis que moi, je descendais à tâtons. Pour Corbin, c'était un jeu d'enfant : digne d'un pirate ! Sur le sable, nous découvrîmes l'embarcation sur notre gauche. Effectivement, elle était davantage comme il l'avait décrite que comme je l'avais imaginée.

C'était une petite chaloupe, sûrement utilisée pour la pêche, avec une voile au tiers. Il y avait à peine de quoi y faire tenir six hommes, mais elle semblait, malgré tout, plus solide qu'un canot. Constatant la déception bien visible sur mon visage, Corbin fixa son regard sombre sur moi et dit :

— Tu as vu ? Un vrai bateau de pirate, hein ? dit-il en se dirigeant droit vers l'embarcation.

— Si tu veux mon avis, bourrique, ce pirate est sûrement plus dérangé que moi, pour oser naviguer sur l'océan avec une telle embarcation ! commenta le magicien.

— Je m'appelle Ector ! lui rappelai-je sur le ton de la colère.

Le magicien se contenta de rire, amusé par sa taquinerie. Au même instant, Corbin cria d'une voix forte:

— Torghil !

Après quelques secondes, il recommença :

— Torghil !

Finalement, un homme de petite taille et fort musclé débarqua d'entre les rochers de la falaise, une flasque à la main.

— Corbin ! Sacré ! Te voilà enfin ! Qu'est-ce que tu faisais pendant tout ce temps ? Un peu plus et je n'avais plus de vivre ! dit-il avant de finir cul sec l'alcool et de balancer la flasque qui se brisa contre la pierre.

— Tu crois que c'est simple de trouver ce que l'on cherche dans cette foutue région ?!

Celui s'appelant Torghil, frappa d'un coup sec l'épaule du capitaine avant qu'ils ne se serrent joyeusement la main et s'étreignent amicalement. Il avait une chemise à rayures, rentrée dans un pantalon ample, tenu par une ceinture de cuir, et de grandes bottes montant jusqu'aux genoux. Sans oublier une cape à capuche. Deux lanières couvraient son haut et maintenaient deux épées à double tranchant dans son dos.

— Un nain… Fidèle à lui-même, toujours en train de s'enivrer… remarqua Corigane.

— C'est un nain ça ? Wouah ! Ils sont costauds !

— Oh oui ! Tout dans les muscles, rien dans la tête. Et pour ne rien arranger, ils sont alcooliques, la preuve en est ! me répondit le magicien.

Le petit homme au nez prononcé et aux cheveux longs noués en queue de cheval nous regarda, interloqué.

— Alors là, c'est la meilleure, Corbin ! C'est ta nouvelle garde personnelle ça ?! Un vieux bonhomme obligé de s'appuyer sur une canne, et un gamin qui n'a sans doute jamais touché une femme ?! Sans attendre, le magicien prit la parole :

— Je me nomme Corigane, cher nain. Sachez que malgré les apparences et mon âge, je suis un magicien. Et un des plus talentueux, se flatta-t-il.

Le nain eut un air surpris.

— Ce n'est pas prouvé, mais admettons. Lui on le garde, bien qu'il me paraisse faiblard ! répliqua Torghil. Mais l'autre, c'est quoi ? Le capitaine me fixa un moment avant de répondre :

— À lui de voir. Un pirate ou un simple gamin venant d'un orphelinat de Clane.

Les trois hommes me regardèrent avant que Corbin reprenne la parole :

— Tu as jusqu'à demain pour choisir. Pour le moment, festoyons !

Sans attendre, Torghil alla récupérer deux grandes bouteilles de rhum rangées dans une des caisses de bois qui traînaient sur la plage devant le bateau.

« Attrape ça ! » cria-t-il à Corbin.

Après avoir trinqué , le nain rassembla plusieurs caisses qu'il brisa en morceaux avec son arme et ses pieds. Rapidement, il alluma un feu gigantesque, de quoi nous réchauffer convenablement et mettre à sécher les vêtements contenus dans mon sac.

— Fillette, ricana-t-il !

S'il n'avait pas d'hygiène, c'était son problème. Une fois tout le monde installé, Torghil s'adressa à moi :

— Comment te nommes-tu mon petiot ?

— Ector, Monsieur.

— Parfait, Ector, moi c'est Torghil, évite le « monsieur ». Bon, avance jusqu'à la chaloupe et mets tes miches dans l'eau. Il y a un panier de pêche, tu le ramènes ! Et prie pour qu'il y ait du poisson, sinon tu seras de corvée.

Je n'étais pas en mesure de refuser ni de contester l'ordre. Alors, sans attendre, je m'activai pendant que Corigane, pensif, observait les eaux bleutées et que les deux autres ivrognes buvaient. Le petit vent frais me refroidissait le visage et m'asséchait la gorge. En revanche, la vue était sublime, les longues falaises s'étendaient sur toute la côte, au moins jusqu'à Clane et de l'autre côté jusqu'au royaume d'Olevent.

Après une courte hésitation, et malgré la température, je me mis à l'eau. Ma première impression : elle était salée. Entre deux vagues et plusieurs brasses, je récupérai le panier. Quelque chose semblait s'agiter à l'intérieur. Rassuré ! Il n'était pas question que je pêche. D'une part, parce que je ne l'avais jamais fait et d'autre part, parce que ce devait être long et ennuyeux ! Me laissant porter par l'eau, je fus de nouveau sur le sable. Les trois hommes bavardaient en me regardant rapporter l'encombrant panier. Tout à coup, Torghil me lança un encouragement :

— Allez, gamin ! Tu y es presque.

Il me laissa honteux quand je vis la facilité qu'il avait à le porter lorsqu'il le récupéra.

— Tu aurais pu tirer sur la corde qui reliait la chaloupe au panier, cela aurait été plus simple.

— Vous m'avez dit que…

Il me coupa la parole aussitôt :

— Oui, gamin ! Allez ! Je vais pouvoir préparer un bon repas maintenant.

— Et notre autre compagnon, quand arrive-t-il ? demanda Corbin.

— Il prépare tout sur l'île. Comme tu l'as demandé, à l'extérieur et loin des regards.

Corbin leva la bouteille vers le nain, sans rien répondre, avant de boire une longue gorgée. J'étais intrigué. Un autre compagnon ? Encore ? Que préparait-il au juste ? Toutes ces questions me trottaient dans la tête.

Corbin s'adressa à nouveau au nain :

— J'aurais tout de même imaginé que tu aurais quitté la plage pour te blottir entre deux cuissots !

— Voyons, Corbin, nous avons des lois chez les pirates. Dont celle de ne jamais abandonner notre capitaine et de lui être fidèle, répondit l'autre jovialement.

— Oui, mais la plupart des lois peuvent être bafouées, rétorqua son interlocuteur avant de boire de nouveau une longue gorgée.

La nuit tombait, le poisson était en train de cuire sur les flammes. Enfin, nous allions pouvoir manger. Ils me proposèrent de l'alcool que je dus accepter face à leur insistance. Corigane, en revanche, refusa net et là, ils n'osèrent rien dire.

Nous étions tranquilles, bercés par le bruit des vagues, quand Torghil se mit à chantonner d'une voix grave. Il était plutôt doué en chant. Puis, Corbin le rejoignit d'une voix beaucoup moins claire, mais l'ensemble resta harmonieux. Voici les paroles d'une de leurs chansons telles que je m'en souviens :

« Dans nos cales, cachés, trésors et lumière,
De voyage en voyage, recherche sur l'île.
Entre deux bouteilles, explore le monde fier,
Traversées et océans ! Vie par mille…

Poursuivis par la mort, octroyant corde au cou.
Pourchasser les navires et volant tous leurs sous !
Suivant l'étoile du soir, guidés vers la destinée
Espérant trouver confort, loin de l'obscurité.

À travers les eaux sombres, trésor voilé.

Maudite punition, nous chercherons l'or.
Délivre tes secrets, monde, terre immergée.
L'arbre de vie. Recherche le plus beau trésor. »

Cette chanson m'avait transporté et me grise encore entre les
terres et les océans. Je me souviens du regard lumineux du nain
vivant chaque parole. J'ignorais quelle signification avait cette
chanson, mais pour moi, elle donnait des envies de liberté et de
découverte. Il n'était plus question d'orphelinat, de Madame Turtula
ou d'Adeline, non ! Maintenant, ma vie serait avec eux. Malgré ma
déception en découvrant le navire et les dangers rencontrés plus tôt,
j'étais décidé !
Après avoir chanté, nous dégustâmes le poisson grillé qui se révéla
être un délice. Croustillant dessus et tendre à l'intérieur. Parfait ! Une
fois le repas fini, les deux hommes se mirent à boire toute leur
réserve d'alcool entre trois blagues sur les femmes et des danses
loufoques de la part de Torghil. Ils finirent par tomber comme des
masses, aidés fortement par l'alcool. Moment propice pour parler
tranquillement avec le magicien. Il m'intriguait !
    — Je peux vous poser une question ?
    — Eh bien, vas-y, gamin. Sinon je sens que tu vas me harceler
toute la nuit.
    — Qu'est-ce qu'un Archimage ?
Corigane me regarda, pantois.
    — Tu ne sais pas cela ? On vous apprend quoi de nos jours ?! Les
Archimages sont en quelque sorte des élus désignés par la déesse
Aériis, afin de protéger et d'avertir le monde de l'arrivée des
ténèbres. Ils sont de très grands magiciens, et immortels, qui plus est.
Presque aussi forts que moi, dit-il en fanfaronnant. Ils gagnent leur
titre une fois un certain âge atteint et beaucoup d'épreuves réalisées.
En résumé, je dirais qu'ils vivent avec un don très particulier et avec
de lourdes responsabilités.
    — C'est génial ! (J'étais tout bonnement impressionné.) Ils sont
nombreux à être Archimages ?
    — Dorénavant, ils sont trois. Mais ne te méprends pas, ils n'ont

rien à envier !

— Et vous étiez un Archimage, vous ?

Je le regardai, curieux et en même temps intrigué par son apparence. Il sembla hésiter à répondre puis finit par dire :

— Je n'en suis pas certain. On peut dire cela comme ça, oui…

Malgré ses réponses, ma soif d'apprendre ne s'arrêta pas. Sous la lueur du feu, j'observais son visage brûlé et abîmé. Un faciès ayant vécu et souffert, mais il était trop tôt pour oser aborder ce sujet, je ne le connaissais que depuis trop peu de temps.

— Pourquoi voulez-vous aider Corbin ? Que recherche-t-il exactement ?

— Ça, mon enfant, c'est une question qu'il faudra lui poser toi-même. Enfin, si tu restes avec nous. Mais je pense que tu as déjà pris ta décision. N'est-ce pas ?

— Oui, je reste ! répondis-je avec conviction.

— Alors, repose-toi. Dormir en mer n'est jamais très agréable ni facile. Nous allons devoir rejoindre le nord d'Olevent. J'ignore comment il désire s'y rendre, mais ce qui est certain, c'est que ce n'est pas avec ce bateau que nous y parviendrons.

— C'est une longue route ?

— Si je m'en souviens bien, oui. Et encore plus longue, si l'on se perd. Allez, Ector, dors maintenant ! dit-il avant de se coucher sur le sol.

Après m'être allongé sur le sable dur, à l'abri de ma petite couverture et de mon bonnet, je m'endormis, les paupières lourdes.

Chapitre 5 : L'île du Flot-Rouge

C'est peu de temps après que Corbin vint me poser LA question qui me permit de continuer l'aventure :
— Alors Ector, il va être temps de partir. Quel choix te semble le plus judicieux ?
Ma réponse jaillit sans hésitation :
— Je viens avec vous !
C'est donc plein d'entrain que je montai sur le bateau accompagné de Torghil, Corigane et Corbin. Sans oublier, Cendre, posé tout en haut du mât et observant l'horizon. La mer était calme, le temps doux et ensoleillé, ce qui ne m'empêcha pas de garder mon bonnet.
Pour ma première fois sur l'océan, je trouvai rassurant de constater que je n'avais pas le mal de mer. Je pus ainsi profiter de l'espace autour de moi. Au fur et à mesure que nous nous écartions du rivage, l'eau devenait plus sombre. Mieux valait ne pas se pencher et risquer de tomber.
Autour du bateau, je voyais nager une multitude de poissons. Le soleil faisait miroiter leurs écailles, créant des nuances de couleurs. Dans la chaloupe, Corbin tenait le gouvernail pendant que Torghil s'occupait de la voile. Corigane, quant à lui, restait assis, voire presque allongé, sa capuche tirée pour couvrir ses yeux, espérant sans doute pouvoir dormir. Seulement, avec moi à ses côté, cela lui fut impossible. Maintenant que j'étais parti pour l'aventure, il fallait que je sache de quoi retournait la mission. Alors, je profitai de ce moment de calme :
— Je peux vous poser une question ? dis-je.
Corigane se mit aussitôt à bougonner en entendant ma voix :
— Qu'un cochon me fasse sur les bottes ! Tu ne peux donc pas t'empêcher de poser des questions ?!
— Une vraie pipelette, ce mioche ! ajouta Corbin.
— Mais laissez-le donc, ce pauvre petit. J'avais justement envie d'entendre la voix d'une femme, renchérit Torghil.
Vexé, je ne répondis rien.
— Allez, parle ! reprit le capitaine.

Évidemment, je ne me fis pas prier :

— J'aimerais savoir où nous allons et quel est le but de notre expédition.

Je rajoutai à cela un sourcil relevé, pour marquer mon interrogation. Torghil jeta un coup d'œil à son ami et capitaine qui sortit de la poche intérieure de son manteau une espèce de peau beige, pliée sur elle-même

— Ce que tu vois là, c'est une carte. C'est grâce à elle que nous allons trouver ce que l'on cherche.

— Et c'est quoi ?

— L'arbre de vie, compléta le chef de notre groupe.

À ces mots, Corigane se redressa, semblant soudainement intéressé par la conversation. À peine la carte montrée, Corbin la rangea en sûreté.

— L'arbre de vie ? demandai-je.

— Pour être plus clair, il est aussi appelé : le Maëll. C'est un arbre magique créé par la déesse Aériis et contenant le don le plus précieux des elfes après qu'ils en eurent été privés : l'immortalité.

— Les elfes étaient immortels avant ? Mais pourquoi diable, a-t-elle fait cela ? les interrogeai-je.

— Pour les punir de leurs bêtises passées ! L'horrible guerre qui dura tant d'années entre Olevent et Ellisé, a résulté de la faute d'un ancien grand roi elfe, régnant sur le royaume du Nord. La déesse les a donc tous privés de leur pouvoir le plus cher, répondit Corigane qui semblait connaître quelques histoires perdues sur Erildor.

Corbin se racla la gorge.

— Bon, vous me laissez continuer !?

Après avoir obtenu le silence, il reprit :

— Les légendes pirates racontent que l'arbre de vie pourrait offrir la vie éternelle et même soigner de nombreux sortilèges et malédictions. Ou encore, ressusciter les morts. D'autres disent que le cœur de l'arbre donnerait tout le savoir des premiers elfes. Mais tout cela n'est que rumeurs.

— Beaucoup se sont intéressés à lui, essayant de le trouver pour s'offrir une vie sans fin… coupa Corigane, montrant de nouveau qu'il connaissait bien le sujet. Seulement, à l'heure actuelle, aucun n'a découvert son emplacement. On peut même dire que cette quête relève de l'impossible. Le peu de personnes qui pourraient connaître cet endroit le protègent et en gardent le secret.

— Alors, pas d'or ni de diamants ?

Je n'avais pas pu m'empêcher de le couper. Cela m'intriguait. Les pirates s'intéressaient aux richesses, à la soie, aux bijoux. Ils voguaient sur les mers pour attaquer les navires de commerce. Des aventuriers voulant découvrir le monde, guidé par de multiples cartes à la recherche de trésors. Avides, cruels, sans pitié et peu sociables, ils ne laissaient aucun survivant lors de leurs abordages. Tout du moins, c'est ce que je pensais. Mais eux, ils étaient différents, alors peut-être les autres l'étaient-ils aussi ? En tout cas, ce que j'attendais (et vous aussi) allait être révélé. Corbin allait m'expliquer en détail cette étrange histoire d'arbre magique.

— Les richesses, mon pauvre Ector, il y en a sans compter. Mais ce genre de trésor est au-delà de ce que tu peux imaginer.

— Quoi ? La vie éternelle ?

— Chut ! s'énerva Corbin suite à ma question.

Le nain qui manœuvrait la voile fit un signe de tête pour encourager son ami à continuer. Le capitaine reprit la parole de sa voix grave et son regard noir :

— Cela remonte à il y a cinq ans, quand j'étais encore un grand pirate ayant pillé de nombreux navires, tué bien des hommes et violé de nombreuses femmes. À la barre d'un puissant navire de guerre, mon équipage et moi voguions sur l'océan à l'extrémité sud des royaumes. Nous suivions une carte loin d'être précise supposée nous guider vers une île perdue au milieu des eaux. La récompense s'annonçait bonne : une fortune colossale. Seulement, la recherche était ardue. Aucune île ne correspondait à la description de la carte. Forçant nos recherches en plein océan, nous finîmes par nous faire surprendre pas une forte tempête. Une tempête comme nous n'en avions jamais vue. Malgré nos efforts pour résister, notre bâtiment fut englouti sous les hautes vagues. Par chance – ou coup du destin – à mon réveil, je rouvris les yeux sur cette fameuse île : L'île des

Deux-Fendus. À mes côtés, mon fidèle ami, Argolaïn, lui aussi était survivant de ce naufrage.

— Vous aviez perdu votre équipage ? Et Torghil ? demandais-je inquiet, m'imaginant la scène.

Corigane, à côté, semblait déjà connaître l'histoire, car il écoutait à moitié, un regard entre l'étendue bleutée et Corbin.

— Moi, je suis arrivé après, gamin. Écoute donc son histoire. C'est rare qu'il la raconte, ce bougre colérique ! taquina Torghil.

— Tu sais ce qu'il te dit le bougre ! Bon, laissez-moi finir maintenant. Comme nous avions toujours le trésor en tête, nous avons fouillé l'île jusqu'au plus petit endroit. Elle était entourée de sable, le reste étant couvert d'une petite jungle épaisse et magnifique, comme j'en avais rarement vu. Il nous fallait trouver ces richesses ! C'est la raison pour laquelle nous avions vogué tant de jours après tout. Selon les indications, de la carte, elles devaient se trouver au centre de l'île, entre deux grands rochers fendus, devant une petite caverne. Telle était la représentation sur la carte. Seulement, il n'y avait ni rocher, ni caverne, seulement un grand arbre feuillu. Il était d'une multitude de couleurs, et ses énormes racines ressortaient de terre sur plusieurs mètres alentour. Des feuilles vertes, orange, violettes s'accompagnaient de longues lianes aux nuances cyan. Tout autour volaient des petites lucioles jaunes qui avaient élu domicile dans cette imposante merveille de la nature.

— Vous aviez trouvé l'arbre de vie ? coupai-je de nouveau.

— Oh que non, c'était un arbre, simplement un arbre… Mais tellement beau… Il y avait une porte ovale toute simple et sans grand travail de sculpture dans son tronc. Ainsi qu'un petit hublot donnant sur la forêt. Lorsque nous y frappâmes, une belle dryade nous accueillit. La main sur le cœur en plus d'être sublime, elle nous offrit bonne pitance et nous fit profiter également de sa beauté et moi de ses formes chatoyantes (provoquant la jalousie de mon acolyte). Ses longs cheveux marron étaient accompagnés de petits bois comme les chevreuils, ainsi que d'oreilles fines et allongées. Sa peau d'un vert très clair était parsemée de petites écorces ici et là, ce qui donnait un ensemble d'une rare beauté. Je ne me souviens plus de ce que je ressentis en la voyant , mais, elle avait ce qu'il fallait, là où il fallait.

— Qu'est-ce qu'une dryade ? l'interrompis-je, car je ne connaissais que peu de choses sur le monde extérieur.

Corigane m'expliqua que c'était une créature issue de la fusion entre la faune et la flore afin de les préserver. En l'occurrence, cette dryade avait élu domicile dans cet arbre, afin d'en faire un endroit naturel sublime. Chose que Corbin avait eu du mal à expliquer dans son histoire. Il n'était vraiment pas du genre à montrer ce qu'il ressentait. Le capitaine reprit la parole après l'explication du magicien, me gratifiant au passage d'une petite claque sur la tête pour mon interruption:

— Tu vas la mettre en sourdine et me laisser terminer ? soupira-t-il. Après quelques jours, malgré ses belles paroles, nous restions toujours rivés sur notre objectif. Nous voulions l'or et nous le lui fîmes vite comprendre. Elle nous expliqua qu'il n'y avait pas de véritable trésor, juste quelques pierres précieuses reposant sous nos pieds, cachées sous l'arbre. Elle ajouta qu'elles devaient rester ici, car elles faisaient partie intégrante de l'île et que cette nature si particulière sur ce petit bout de terre était existait grâce à ces fameuses pierres ! Il était donc strictement interdit de pénétrer dans la petite chambre sous la pièce à vivre. Mais Argolaïn et moi n'avions que faire de ses avertissements, nous voulions les richesses. Lors de notre dernière nuit, et contre toute attente, cette créature avoua être tombée sous mon charme… J'avoue ne plus me souvenir de notre conversation parce que je préférais les pierres précieuses plutôt qu'un amour futile. En revanche, je n'avais pas remarqué que mon ami me regardait d'un mauvais œil. Le lendemain, lorsqu'elle s'éclipsa pour récupérer des racines pour le repas, nous en profitâmes pour fouiller l'endroit de fond en comble. Sous un tapis, lui-même sous une grosse malle, nous découvrîmes une petite trappe. Une fois après l'avoir ouverte et être descendus au sous-sol par l'échelle, nous découvrîmes un trésor magnifique, éparpillé parmi de superbes fleurs violettes. Les cristaux de mille couleurs brillaient telles des bougies… Je n'ose imaginer la valeur que l'on aurait pu en tirer… Après un instant de réjouissance en voyant le trésor, Argolaïn, ce maudit elfe, arracha un cristal planté dans le sol. Immédiatement, la petite fleur poussant à ses côtés fana. La beauté de ces richesses étincelantes l'enivra, faisant naître en lui une sorte de rage meurtrière. Pris de folie, il tenta de m'étrangler.

Je me souviens encore de ses paroles, alors qu'il me serrait la gorge.

« Tu as tout… La dryade, l'amour, tu es capitaine et maintenant tu voudrais aussi le trésor ?… Meurs ! Il est à moi, sois maudit ! »

Je me débattis pour ne pas mourir. Mais pensez-vous, Argolaïn était fort ! Heureusement pour moi, la dryade avait senti une partie du flux magique disparaître aussitôt après le vol du cristal. Elle arriva en trombe et nous surprit, à son plus grand désarroi. Comprenant que nous l'avions trompée, la belle, se transforma en la pire des créatures. Elle nous cloua au mur, attachés et ligotés par des lianes sortant tout droit de terre.

Elle répéta plusieurs fois :

« Je vous avais prévenus… »

Je compris bien que ce message m'était destiné, plus encore qu'à Argolaïn.

Nous restâmes prisonniers de la créature qui, par vengeance, nous tortura pendant plusieurs jours. Argolaïn finit par perdre connaissance. Quant à moi, je n'ai guère de souvenirs. Je me rappelle m'être réveillé avec lui sur une barque au milieu de la mer. Nous avions sûrement vogué longtemps, mais nous ne ressentions ni faim, ni soif, ni fatigue. Nous n'avions alors pas conscience de ce qui nous était arrivé. Puis, tout devint limpide. Elle nous avait ôté notre cœur, nous privant ainsi de tout sentiment et nous ne pouvions désormais mourir que par le fruit de cette malédiction, en perdant la vie petit à petit, ou si on nous tranchait la tête.

Sur Argolaïn, cette malédiction agit très rapidement, faisant de lui une créature entre la vie et la mort, tombant en poussière au fur et à mesure que le temps passait. J'imaginais que cela n'allait pas tarder à m'arriver également. Sa chair commençait à pourrir. Une de ses mains avait déjà disparu, tombée en poussière. Voyant que je n'en étais pas au même stade que lui, il me jalousa de nouveau. Après une terrible dispute, il tomba à l'eau, me laissant seul sur cette barque à la dérive. (À ce moment, Corbin leva la tête vers le ciel.) Je prie le ciel pour qu'il soit mort rapidement.

— Et ensuite, que s'est-il passé ?

— Eh bien, j'ai essayé de trouver un remède à ma punition, ce qui m'obligea à avoir recours aux plus abjectes solutions, susceptibles de me valoir cent fois de plus la corde au cou. Je finis même par retourner sur l'île des Deux Fendus. Je découvris la dryade agonisant devant sa demeure. Les blessures étaient récentes, sûrement dues à un animal sauvage, vu la plaie à l'abdomen. Elle m'avoua avant sa mort que rien ne pourrait me guérir, à part l'impossible… L'arbre de vie. Son regard sur moi devait être plein d'émotion étant donné la lueur dans ses yeux. Moi, je n'en avais aucune. En revanche, j'avais ma réponse. Je mis fin à ses jours pour faire cesser sa douleur avant de me lancer dans une quête sans doute perdue d'avance. Voilà pourquoi je désire trouver l'arbre, avec l'espoir qu'il me délivre de cette malédiction.

— Donc l'immortalité ne vous intéresse pas ?

Il me regarda songeur.

— Non.

— Vous me voyez rassuré. Je refuserais d'aider qui que ce soit pour une quête aussi égoïste !

— Te voilà bien sûr de toi. Sois donc rassuré dans ce cas, Ector.

Je ne répondis rien de plus, essayant un instant d'imaginer à quoi pouvait ressembler ce fameux arbre. Et Corbin, était-ce à cause de la malédiction que son regard était si noir, sa façon de parler toujours aussi crue et peu amicale ? Dans tous les cas, il devait être horrible de vivre sans sentiment et de sentir peu à peu sa vie aspirée. Était-ce pour cela qu'il paraissait si fatigué et maladif ?

— Avant que tu me demandes ce qui me motive, ajouta Torghil en s'adressant à moi. Je te dirai que son histoire m'a ému et que je suis curieux de savoir si l'arbre de vie existe ou n'est qu'une simple légende. La vie éternelle, ce n'est pas rien mon petit. Alors, je dois voir cela de mes propres yeux !

— Ce n'est pas rien, mais ce n'est pas forcément un cadeau. Vivre sans que le temps ait de limite et voir les êtres chers quitter la terre peut être la pire des souffrances, répondit Corigane.

—Que c'est poétique ! répliqua Torghil. Ça me donne envie de me saouler. La première chose que je ferai en arrivant, ce sera boire cul sec une bonne bière !

Nous voguâmes longtemps sur une mer calme, puis la nuit tomba. Nous essayâmes de dormir, mais ce fut très difficile avec le peu de place et le froid. À mon souvenir, ce fut sûrement la pire de toutes parmi les nuits les plus tranquilles, Je dus même enfiler le deuxième haut à manches longues que j'avais bourré dans le fond de mon sac. Cela dura deux jours. Deux jours à boire dans un petit tonneau d'eau et à manger du poisson séché, entassés dans une petite barque. Heureusement, la mer était clémente, mais le temps commençait à être long…

Puis, un matin, après un petit moment de silence, Corbin annonça :

— Nous arrivons.

Je me relevai brusquement, observant tout autour de moi.

— Où ? (Je ne voyais rien mis à part une étendue de bleu sous le ciel couvert.)

— À l'île du Flot-Rouge pardi ! rétorqua le nain au gros nez.

— Ainsi, l'île des pirates existe ? Je ne me souviens plus exactement de ce que l'on dit sur elle, mais il me semblait que personne ne pouvait la trouver à part ceux qui le voulaient réellement.

Pour ma part, je ne voyais rien et je ne comprenais rien. Il était clair qu'il n'y avait rien devant nous, sauf de l'eau, ou il eut fallu m'appeler fou.

— Hé bien, les magiciens ne connaissent pas tous les mystères du monde, à ce que je vois ! Ou du moins, ceux des pirates ! L'île est protégée par un sortilège magique qui la rend invisible. Sinon, vous imaginez bien que toutes les flottes de l'armée seraient tombées dessus depuis longtemps.

Pendant que le petit homme parlait et que j'observais le décor, Corbin stoppa la petite embarcation puis, d'un air sérieux, il dit d'un ton sec et grave :

— Silence !

Bien évidemment, tout le monde resta bouche close, même Torghil, qui pourtant avait la langue bien pendue. Là, Corbin récita une formule :

« Voile blanche, brume des eaux, couvre et découvre la terre, pose l'ancre entre les fonds du Flot-Rouge. »

À la fin de ses paroles, je vis une petite brume blanche se former à quelques pas de la chaloupe. Aussitôt, Torghil et le capitaine prirent la direction de cet épais nuage blanc de la taille d'une porte de grange, qui semblait flotter au-dessus de la mer. Lorsque nous traversâmes le portail magique, ma peau en fut tout humidifiée comme par la rosée du matin. Cela me fit frissonner. De l'autre côté, croyez-moi ou non, il y avait bel et bien une île qui ressemblait davantage à une grande montagne rocailleuse. Sur ses hauteurs, on distinguait quelques verdures discrètes. Au centre, à même l'eau, une grande caverne creusait la falaise. C'était un large trou béant, sûrement formé par les eaux et le temps, qui permettait aisément le passage de deux larges navires. Nous fonçâmes sans hésitation en plein dans cette sombre caverne. De mètre en mètre, nous avancions dans la pénombre. Puis nous nous retrouvâmes dans le noir complet. Il devait être difficile de diriger la chaloupe pour ceux qui ne connaissaient pas la route, d'autant plus que les bas-côtés étaient bordés de larges pierres aiguisées comme des lances par l'érosion. Voyant cela, Corigane fit apparaître dans sa main un globe de lumière d'un jaune vif. Puis il tendit son bras vers l'avant, envoyant voler la boule lumineuse à deux mètres devant l'embarcation. À cet instant, Corbin ne put s'empêcher de faire une remarque :

— Ce n'était vraiment pas nécessaire, je connais la route même dans le noir.

— Je m'en doute, Capitaine, ce n'était pas pour vous, mais pour les pauvres yeux d'un vieil homme comme moi, répondit Corigane. C'était sûrement une excuse, cependant, dans ma tête je me dis avec soulagement « Et aussi pour les miens ». Cette faible lumière me réconforta dans ce noir total où l'on entendait des bruits d'ailes venant sans aucun doute des chauves-souris qui y avaient élu domicile.

— Nous sommes bientôt arrivés, annonça Corbin de son air habituel.

Et comme il l'avait dit, après un tournant quasiment en angle droit, une large étendue d'eau creusée à l'intérieur de la montagne se matérialisa. Malgré la pénombre, l'eau était éclairée par un faisceau de lumière venant d'une brèche découpée dans le sommet de la montagne. Pour ma part, je ne discernais rien d'autre qu'une eau noire, m'empêchant de déterminer une quelconque profondeur. De l'autre côté, la paroi rocheuse intérieure était éclairée par des lumières plus ou moins puissantes émanant de torches, de feux et des bâtiments construits par les pirates. C'était un véritable camp dans les profondeurs. J'étais loin d'imaginer ainsi le repaire des pirates. Le long des pontons, de nombreux navires étaient amarrés, rendant notre moyen de transport ridicule en comparaison. Ici, tout ressemblait à un véritable port. Certains bateaux se préparaient à partir tandis que d'autres déchargeaient leurs dernières provisions et le butin amassé en mer. On entendait les capitaines crier sur leurs hommes d'équipage pendant que le chef du port veillait à l'organisation. La seule différence, c'est qu'ils étaient tous pirates.

Sans attendre, Corbin s'avança pour rejoindre un des différents passages dans la roche afin de trouver un endroit pour la nuit. Sur le côté, regroupés à côté de plusieurs torches, des hommes jouaient aux cartes devant plusieurs spectateurs pariant sûrement sur le gagnant. D'autres pariaient sur un concours bien plus étrange, les combats de crabes, qui semblaient attirer un bon nombre de personnes en plein centre de la grande place où flottait un pavillon représentant une colombe sur un flot rouge. Je trouvai cet amusement peu commun assez pittoresque. Autour, on apercevait de larges tentes et des cabanes en bois. Les autres structures, étaient creusées dans la roche qui avait été taillée et retaillée, pour servir d'habitation.

Nous poursuivîmes notre route dans les hauteurs de la falaise qui bordait le vide, avec vue plongeante sur l'eau qui venait s'écraser sur les rochers. Les pirates reconnaissant Corbin semblaient lui adresser des regards de mépris et de colère. Le capitaine ne nous avait sûrement pas tout dit, aussi je restai près du magicien, juste derrière Torghil, pour me rassurer. En effet, l'endroit était peu éclairé et regorgeait de petits coins sombres et effrayants, l'idéal pour un guet-apens. Enfin, Corbin s'arrêta devant un beau bâtiment (dans le genre plus élégant que les autres). Fait de bois sur deux étages, il se prolongeait dans la falaise ce qui empêchait d'en distinguer la profondeur ou la longueur. Depuis les fenêtres en hublots nous parvenaient les voix de personnes bavardant, signe qu'il y avait du mondeà l'intérieur. Avant les quelques marches et la porte, deux petites statues de colombe reposaient sur un piédestal bordant le chemin. L'ensemble était plutôt joli à voir.

Une auberge ! Une aubaine, car j'avais une faim de loup. La salle principale où nous entrâmes regroupait de nombreuses tables rectangulaires, quasiment toutes occupées. Sur le côté gauche, un grand bar était soigneusement entretenu par un petit homme légèrement plus grand que Torghil. En plus d'un énorme lustre à huile, d'autres lumières illuminaient la pièce et surtout le fond de la salle où était installée une scène. Là, une grande et séduisante femme, dont on ne pouvait contester la beauté, chantait dans une tenue moulante. Juste à côté de la scène, sur la droite, un homme en costume élégant jouait du piano pour accompagner l'artiste. C'était là un endroit fort chaleureux qui changeait de la taverne de l'orphelinat. Corbin, une fois à l'intérieur, ôta son tricorne puis s'installa à une table positionnée au centre de la pièce. À cet instant, une dame bien portante vint prendre notre commande, en s'exclamant :

— Tiens, Corbin, cela fait bon moment que nous ne t'avions pas vu dans le coin. Tu prendras comme la dernière fois, bière et plat de côtes caramélisé aux pommes frites ?

— Fais donc ! Et pour mes amis aussi, répondit-il sans même la regarder.

Corigane intervint, préférant passer lui-même sa commande :

— Pour moi, ce sera un verre d'eau, au lieu de la bière. Je dois garder les idées claires.

La dame fit un signe de tête avant de passer en cuisine, derrière le comptoir.

— Je ne comprends pas, vous mangez alors que vous n'en ressentez pas le besoin, Corbin ? interrogea le magicien. (C'était une question perspicace à laquelle je n'avais même pas pensé !)

— J'ai encore le droit de me faire plaisir visuellement. Tout a un goût de cendre, mais cela n'empêche en rien de manger ou de boire.

— Boire de l'eau en revanche, pour un vieil homme comme toi ?! Hé bien, me voilà fort déçu ! répondit Torghil bougeant sa tête négativement.

— La vieillesse rend sage, cher nain, sachez-le.

Torghil rigola.

— Alors je ne serai jamais sage !

Corigane n'était pas amateur d'alcool, et la dernière fois qu'il en avait bu remontait à bien longtemps, lors d'une de ses premières aventures où, totalement îvre, il n'avait alors plus rien vu à deux mètres. Depuis, lui et l'alcool étaient devenus définitivement ennemis. Du moins, c'est ce qu'il nous raconta.

Tout à coup, alors que nous étions servis et que nous profitions du repas, la porte de la taverne s'ouvrit avec force et alla buter sur le mur arrière. Après un léger courant d'air, un homme de grande taille, recouvert d'une longue cape tombant jusqu'aux pieds, entra dans la salle. De son visage, on ne voyait qu'une simple ombre, cachée par une grande capuche noire. De sa main droite, il s'appuyait sur une épée pouvant être aussi bien tenue à deux mains qu'à une et dont il se servait comme d'une canne. Sur sa gauche, une femme aux cheveux noirs bouclés tenait son bras à la main amputée. Grande, le visage espiègle et confiant, elle l'accompagnait en fanfaronnant. De grandes boucles d'oreilles rondes trônaient à ses lobes et un long sautoir de perles ornait son cou. Sa tenue de cuir couvrait une chemise blanche et son ample décolleté. Pendant que l'étrange individu positionné devant l'ouverture observait la pièce, l'ambiance changea subitement…

Chapitre 6 : Fuite à travers la mêlée

« Argolaïn ! »
L'ayant cru mort, Corbin semblait ébahi par sa présence dans cet endroit. Espérant ne pas être reconnu, le capitaine baissa la tête. Nous en fîmes de même. Malgré cela, les deux visiteurs marchèrent fièrement dans notre direction. Une fois devant notre table, la femme qui accompagnait Argolaïn lui apporta une chaise sur laquelle il s'installa paisiblement, son regard fixé vers nos têtes baissées. Après un silence de marbre, il se manifesta :
— Alors Corbin, on ne salue pas son vieil ami ?
Le capitaine leva la tête.
— À ce que je vois, tu es encore de ce monde. Moi qui te pensais englouti par les eaux.
L'homme se mit à rire.
— La mort ne peut atteindre ceux qui le sont déjà, mon cher ami. Tu en sais quelque chose. Regarde qui est avec moi, elle ne te rappelle personne ?
Corbin fixa la jeune femme plusieurs secondes. Nous autres n'étions que spectateurs.
— Liésa… oui, je la reconnais. Que veux-tu que ça me fasse ?
— Maintenant ? Plus rien… Avant tout cela, tu m'aurais sûrement étranglé en la voyant avec un autre homme que toi. Mais peu importe. Alors, que fais-tu par ici, pourriture ?
— Ce que je fais, ne te regarde pas. Quitte la table maintenant !
— Ou quoi ? coupa-t-il.
— Ou je t'arrache tes bijoux de famille ! brusqua Torghil. Prends tes miches et déguerpis, toi et ta greluche !
Argolaïn émit un rire forcé avant de reprendre :
— Je ne reçois pas d'ordre d'un Troglodyte. C'est donc cela ton équipe : un vieux, un gosse et un nain ? Effectivement, je crois que tu ne vaux pas la peine que je m'épuise.
Le nain allait s'énerver en entendant l'insulte, mais Corbin le retint, préférant ne pas faire éclater une bagarre et attirer l'attention.
— Tu es toujours aussi arrogant ! La vie m'a appris à m'entourer

de personnes de confiance. Je me demande ce que tu as pu lui raconter d'ailleurs, dit-il en faisant référence, je pense, à Liésa.

— Si par « confiance », tu fais allusion au passé, il n'y a pas de quoi s'alarmer. Tu sais que je suis retourné sur cette île ? Vu ta tête, apparemment non. Je présume cependant que tu y es retourné toi aussi. Avec de longues recherches, on trouve toujours ce que l'on désire ! (Argolaïn eut un rire amusé.) Tu as retrouvé notre bourreau ? Elle était encore vivante ? dit-il en souriant, montrant ses dents noircies. Et elle t'a parlé de l'arbre de vie, une légende parmi d'autres chez les pirates. Un arbre magique capable d'une multitude de faits, dont celui d'offrir l'immortalité. Au diable la malédiction si l'on peut vivre sans limites, tu ne crois pas ?

Corbin fronça les sourcils.

— Alors, elle t'a parlé aussi de l'arbre et de comment rompre le sort ?

Je les regardai s'affronter du regard avant que l'invité surprise lui réponde, amusé :

— C'est effectivement ce que je viens de te dire. Je me meurs, je pourris sur place… J'ai essayé de briser cette malédiction d'une multitude de façons. Mais il semblerait que seul l'arbre puisse nous sauver. Et puis, en y réfléchissant, je me suis dit qu'après tout, cette malédiction était un cadeau du ciel. Rien ne peut nous tuer Corbin, excepté notre propre sentence. Avec l'arbre, je serai immortel et invincible !

— Vous n'êtes pas un simple elfe, n'est-ce pas ? intervint Corigane, je le sens en vous. La magie coule dans vos veines.

— À qui ai-je l'honneur ?

— Mon nom ne vous regarde pas. Quittez la table immédiatement, si vous ne voulez pas découvrir de quoi je suis capable ! menaça le magicien.

Argolaïn eut un petit sourire avant d'ôter son capuchon. Sa face à moitié pourrie et squelettique reflétait bien sa condition de mort-vivant. Ses cheveux en queue de cheval étaient complétés du côté gauche par une mèche tombant jusqu'à son épaule. Lorsqu'il fit un geste vif pour la repousser, ses nombreuses boucles d'oreilles cliquetèrent en s'entrechoquant. D'un air amusé, il dit :

— Vous n'êtes pas en mesure de m'affronter ici. Et vous n'y êtes pas non plus les bienvenus. Tu as désobéi aux lois des pirates, Corbin. Le roi t'a rayé de la liste.

— Qu'as-tu encore inventé comme supercherie ? demanda le concerné en finissant son verre.

— Tout acte de piraterie doit être au préalable accepté par le roi des pirates, puis accordé afin que les fonds reviennent à l'île du Flot-Rouge. Deuxième erreur, tu caches les recherches que tu fais depuis plusieurs années et tu organises une expédition sans en faire part au conseil. Sans oublier d'autres mensonges...

— Tu n'as aucune morale. Et pour être honnête, je doute fort que tu sois le bienvenu ici aussi...

— Tu te trompes, dit-il fièrement. Je suis un fantôme qui rôde sans être remarqué. Liésa me remplace en tant que capitaine. Ainsi, je peux œuvrer secrètement sans risque.

Il continua à rire puis reprit :

— Je vais devoir vous laisser. Vous devriez faire attention, on ne sait jamais ce qui peut arriver... Godagole doit savoir que tu es là. Dans peu de temps, vous ne serez plus en sécurité. (L'étrange individu nous observa avant de reprendre) Sur ce, passez une agréable nuit, mes amis !

Argolaïn rabattit sa capuche, se releva et quitta l'endroit comme s'il n'y était jamais entré, attirant seulement les regards de quelques consommateurs installés autour des tables de la taverne.

Restant un bon moment sans émettre un son, Torghil s'enfila cul sec son verre puis le reposa volontairement sans discrétion.

— Par les bourses d'un dragon, tu m'avais dit qu'il était mort ?! s'exclama le nain en colère.

— C'est effectivement ce que je pensais... Je croyais la malédiction assez forte pour le tuer rapidement... (Il soupira) J'ai fait fausse route. S'il recherche l'arbre lui aussi, alors nous devons nous attendre à être traqués constamment. Il n'abandonnera pas, vous pouvez en être certains.

— Il ne manquait plus que cela... souffla le nain..

— Vous nous avez caché que nous aurions affaire à un autre jeteur de sorts, Corbin. (Corigane reprit sans attendre) Qui est ce Godagol et que veut-il dire par : « pas en sécurité » ? Ne me dites pas que vous nous avez conduits dans un endroit loin d'être sûr ?! (Corbin semblait perdu dans ses songes, ce qui exaspéra le magicien). Répondez Corbin ! Et montrez-nous donc votre fichue carte !

Corigane avait raison, notre chef de groupe était soit dépassé par les évènements, soit beaucoup trop discret sur certaines informations.

— En effet, Argolaïn est un magicien… Je vous expliquerai tout… Plus tard… Pour la carte aussi, plus tard… dit-il posant la main sur son manteau comme pour protéger ce qu'il contenait. Ce n'est pas le meilleur endroit pour vous la dévoiler. Je ne m'attendais pas à ce que nous soyons en danger ici. Ça fait un petit moment que je ne suis pas revenu sur le Flot-Rouge. Quant à Godagole, il est le roi des pirates. Je vous expliquerai cela aussi en temps voulu.

— Toujours plus tard oui, reprit le magicien irrité.

— Je ne vous ai pas demandé de nous rejoindre, Corigane.

— Calmez-vous, les amis. Ce n'est pas le moment de nous diviser ! coupa Torghil avant de détourner le regard sur moi. Ça ne va pas gamin ?

Bien sûr que non, que ça n'allait pas. Je venais de découvrir un homme effrayant, au visage à moitié bouffé par les vers, qui s'était déclaré comme notre ennemi juré… Clairement non, ça n'allait pas ! Vous pensiez que j'allais répondre cela ? Non, je restai bouche close, essayant de me remettre de mes émotions. Sans vraiment s'en soucier, le magicien reprit la parole, revenant au sujet principal :

— Le discours de votre ancien ami ne présage rien de bon. Nous devons être très vigilants et craindre chaque personne autour de nous. Sans oublier Godagole qui peut être aussi une source d'ennui.

— Ne vous inquiétez pas pour le roi… (Corbin termina son verre puis, après avoir fouillé ses poches me regarda). Tu as de l'argent, Ector ? C'est très important.

Malgré mon hésitation, je cédai mon petit trésor, espérant sacrifier ces quelques piécettes pour une juste cause.

Corbin s'en empara immédiatement puis quitta la table pour rejoindre le bar. Sûrement pour réserver des chambres ou demander des renseignements supposai-je. Pensez donc ! C'est avec deux verres d'alcool qu'il revint. Un pour Torghil, et l'autre pour lui. Choqué, en voyant à quelle futilité mes petites pièces avaient servi, je me mis à bouillir de colère et cela devait être visible sur mon visage puisque Corbin en me regardant ne put s'empêcher de commenter :

— Tu as choisi ta voie, gamin. Désormais, tu es sous mes ordres et je fais ce que je veux.

J'étais vexé et énervé, mais heureusement Torghil trouva les mots justes pour me calmer.

— Ne t'inquiète pas Ector, de l'or tu en auras bien plus que ce que contenait ta petite bourse. Mieux vaut donner de l'alcool à un ivrogne que de l'en priver. On ne sait quelle réaction il pourrait avoir. Malgré cela, les voir trinquer me fit bouder pour le restant de la soirée où je passai mon temps à les observer, eux et Corigane. Le magicien semblait d'ailleurs bien trop calme. Je n'étais sûrement pas le seul à avoir été énervé par le comportement de Corbin.

En attendant, on prit une petite chambre pour la nuit. Une petite torche était accrochée au fond de la pièce juste derrière une table carrée et quatre lits. Il n'y avait rien à dire de plus sur nos chambres étant donné qu'il n'y avait rien d'autre. Je m'endormis rapidement malgré le froid, appréciant grandement que ma petite couverture soit sèche pour me réchauffer. Quant aux autres, je présume que ce fut pareil vu que je n'entendis rien.

Une petite lumière du jour très discrète passait par des petites commissures de la montagne lorsque je me réveillai. J'ouvris les yeux en entendant un grondement qui n'était autre que Torghil bâillant tout en s'étirant après une nuit, sûrement fort agréable. Corbin, quant à lui, était debout contre le mur attendant de quitter la pièce. Ses yeux rouges, accompagnés de cernes témoignaient d'une grande fatigue. Son expression matinale, grimaçante de douleur, me rappela son histoire. Inutile de rester fâché envers lui, il était plus à plaindre que moi. Corigane observait l'extérieur de la taverne par la fenêtre. Il était difficile de s'imaginer la surface que pouvait représenter le Flot-Rouge. Il y avait de nombreux passages, escaliers et couloirs créant un véritable petit village souterrain, le tout contrôlé par un roi que nous n'allions pas tarder à découvrir.

Alors que nous étions enfin préparés, Corbin nous annonça qu'il était temps de rejoindre ce fameux acolyte qui avait pour mission de préparer notre voyage à l'abri des regards. Torghil expliqua qu'il se trouvait sur la partie nord de l'île, dans une petite crique discrète. Ce fameux « ami » du nain avait réussi, grâce à ses connaissances, à empêcher la surveillance à proximité du lieu des préparatifs. Là, il nous attendait, accompagné d'autres, afin d'entreprendre une longue traversée. Ce qui était certain, c'était que la recherche de l'arbre de vie était restée secrète. Du moins, c'est ce qu'il me semblait.

Ma besace collée à mes hanches et le sac de voyage sur le dos (oui, car n'imaginez pas que les choses avaient changé pour autant. Je devais continuer à le porter, ce sac contenant ma couverture et des bricoles inutiles…), nous quittâmes la chambre. Motivé, je suivis Corbin et Corigane, précédant Torghil qui accompagna sa sortie d'une tape sur mon épaule et d'un joyeux: « Allez, en route, gamin ! ».

Ce petit geste de sympathie me laissa penser que le nain m'appréciait. C'était une bonne chose si je devais vivre à ses côtés en tant que pirate.

Seulement, face aux escaliers, notre entrain tomba vite à ras de terre. En bas, nous étions attendus ! Un groupe de pirates guettait notre descente avec impatience, armé jusqu'aux dents de couteaux, de lances, d'épées et haches… Il était évident que la mise en garde d'Argolaïn, le soir dernier, s'avérait exacte.

Au premier étage, j'aperçus les mains de mes deux camarades de voyage se posant sur les fourreaux de leurs armes. Le combat allait être lancé. Heureusement, Corigane était un homme sage et avisé, sinon nous ne serions pas sortis indemnes de ce traquenard. Il conseilla à Corbin de discuter d'abord afin de voir de quoi il retournait se réservant d'utiliser plus tard un sort pour nous sortir de

cette situation. Descendant les escaliers, encerclés, nous nous rendîmes donc sans résister.
Bien encadrés par ces hommes barbus ou mal rasés, pourvus de cicatrices ou non et à l'allure parfois négligée, nous traversâmes le Flot-Rouge.

De l'auberge, nous nous dirigeâmes vers la gauche puis, après avoir monté quelques marches, nous traversâmes une petite place légèrement en hauteur. À cet endroit, suspendu à une longue poutre, flottait un énorme drapeau représentant deux épées entrecroisées derrière une tête de mort. Me collant contre mes coéquipiers, peu rassuré, je continuais de suivre malgré mon envie de fuir en courant. Après avoir longé la falaise, où quelques tentes avaient été montées à proximité de braseros au-dessus desquels des hommes se réchauffaient les mains, nous nous engageâmes dans un étroit passage où nous passions difficilement à deux, avant d'arriver devant une grande porte de bois guindée de fer et colorée d'or. Le long des bas-côtés menant à elle, étaient creusés des fossés où reposaient des ossements en tous genres : animaux, hommes, orcs et d'autres dont j'ignorais la provenance. De plus en plus inquiétant. En nous voyant, deux gardes postés et silencieux poussèrent la porte qui s'ouvrit avec un grincement grave.
Là, une grande salle, décorée d'un gigantesque tapis rouge recouvrant toute la surface, se présenta à nous. Sans attendre, nous avançâmes jusqu'à son centre. Au-dessus de nos têtes, un lustre de lampes à huile ressemblant à une énorme roue de chariot d'une grandeur jusque-là jamais vue. Face à nous, une sculpture colossale en forme de crâne humain taillée dans un bois traité et verni. À l'intérieur de la bouche ouverte au large, le piédestal recouvert de coussins rouges semblaient confortables. De part et d'autre de celui-ci, un couloir barricadé finissant en escalier.
— Le trône du roi des pirates, dit Corbin
— Hé bien, il ne fait pas dans la démesure votre roi… commenta Corigane.
— Silence ! ordonna un des bandits qui nous avaient arrêtés, en

bousculant le magicien.

Je vis ses mains se serrer, et j'imaginai le visage crispé de colère que devait avoir l'homme brûlé à ce moment. Pourtant, il garda son calme.

Après une attente assez longue qui me fit bâiller à plusieurs reprises et oublier mon stress, un petit homme trapu apparut au premier. Sifflotant, il descendit les escaliers. Rapidement, je constatai que ce que j'avais pris pour un homme n'était autre qu'une petite créature. Elle avait une oreille en pointe mesurant deux fois celle d'un elfe et une autre, coupée de moitié, accompagnée d'un imposant anneau au lobe. Son petit nez pointu devait avoir été cassé à plusieurs reprises au vu de son apparence. Il nous observa de ses gros yeux foncés globuleux. Puis, redressant son tricorne à plumes sur sa tête à la peau pâle, rugueuse et osseuse, il replaça le foulard rouge enroulé autour de son cou pour paraître impeccable. Enfin, cet étrange roi à la peau ridée et aux yeux cerné s'installa sur son trône.

Il poussa un long soupir qu'il prolongea d'un sourire presque effrayant faisant ressortir ses dents pointues

— Un gnome ? Comment un gnome a-t-il pu devenir roi des pirates ? murmura le magicien surpris.

— Il suffit d'être un bon meneur d'hommes et d'avoir de bonnes connaissances, répondit Thorgil.

— Silence ! gronda fortement un des gardes.

Godagol prit la parole :

— Mais que voilà une bonne surprise ! Corbin ! Et ton acolyte nain… Mais où est donc ton oiseau de malheur, vieille canaille ? Corbin s'avança gardant son visage impassible, poussant légèrement les gardes.

— Il tourbillonne ici et là, en attendant que l'on me libère.

Le gnome à la voie racleuse se mit à rire à gorge déployée.

— Vous n'êtes pas des prisonniers ! Du moins, pas si tu réponds à mes questions. Mais avant cela, qui sont donc ces deux boulets qui t'accompagnent ?

— Un gamin orphelin tout juste bon à faire les mauvaises besognes, ainsi qu'un vieillard sans grande importance.

59

Encore une fois, je fus vexé par ses paroles, mais je n'en dis rien.

— Je vois, je vois… Et dis-moi, cela ne te dérange pas de venir sur le Flot-Rouge sans même avoir la décence de me rendre une petite visite ?

— Croyez bien que j'y pensais et que c'était effectivement prévu, répondit Corbin d'un air à la limite de la moquerie.

— Ah ! Tu me donnes de l'urticaire rien qu'à te regarder ! grogna le gnome, changeant totalement de comportement. Cela fait des années que tu agis derrière mon dos ! cria-t-il encore avant de cracher dans un bol à l'extrémité de son trône.

— Un peu d'urticaire ne changera pas sa face de crapaud… chuchota Torghi, me faisant rire nerveusement.

— Ah ! Tu n'es plus un pirate, Corbin, hurla de nouveau le gnome. Tu as oublié que nous avons des lois établies, afin que notre communauté persiste dans ce monde où l'on nous traque.

— Je connais nos lois, Godagol, dit calmement Corbin.

— Alors qu'as-tu fait toutes ses années derrière mon dos, si ce n'est comploter pour prendre ma place sur le Flot ? N'est-ce pas ce que tu as toujours désiré, Corbin ?! Toi et ta vilaine bestiole !

— J'ai bien mieux à faire que de vouloir prendre votre place sur ce rocher, Gargouilleux ! rétorqua le capitaine avec provocation.

Après un regard interrogateur et suspicieux, le roi ordonna :

— Fouillez-les ! Et leurs sacs aussi !

Les gardes, sans attendre, exécutèrent ses ordres tandis que le roi gnome s'avançait pratiquement jusqu'à nous.

Là, je remarquais qu'il n'était pas si petit et faisait tout juste ma taille, si l'on ne comptait pas le tricorne.

Ma besace fut retournée sur le sol, c'est d'ailleurs la dernière fois que je la vis, tout comme le sac que je portais sur le dos (mais pour celui-là, ce ne fut pas une grande perte).

Mes vêtements furent jetés au sol, ainsi que les babioles de l'autre sac dont des silex, un couteau, une sorte de petite trousse renfermant une plume dans un linge blanc, un bocal d'encre et ma couverture. Bref, rien qui puisse apporter de réponses au roi. Puis, on me fouilla entièrement et sans douceur, depuis mes sabots qui ne contenaient que mes pieds frigorifiés malgré mes chaussettes, à mon bonnet qu'un garde n'hésita pas à soulever.

« Comme s'il allait trouver quelque chose sur ma tête », pensai-je. Ensuite, ce fut le tour de Torghil, sur lequel ils trouvèrent des armes, des armes et encore des armes… Couteaux de lancer, dagues, épées et armes de poing. Quand Corigane fut fouillé par l'homme qui l'avait poussé, je sentis bien dans sa posture et sur son visage que cela jouait sur ses nerfs. Seul, son bâton lui fut confisqué. Quand vint le tour de Corbin, ils lui ôtèrent l'arme trônant à sa ceinture. Puis, lorsqu'ils lui firent ses poches, ils lui dérobèrent deux silex qu'ils abandonnèrent aussitôt en découvrant la petite carte faite sur une peau de bête. Un garde la leva à bout de bras en regardant Godagol avant de la lui tendre en ajoutant avec respect:

— Mon roi.

Corbin ne fit aucune réflexion. Il était évident que, même s'il avait protesté, on ne la lui aurait pas rendue. C'est au moment où le gnome l'observait, qu'une porte claqua au premier étage. Nous aperçûmes Liésa descendant les marches fièrement, ses longs cheveux noirs tombant jusqu'au décolleté, admirée de tous, moi y compris. Enfin, à la dernière marche, elle rejoignit Godagol.

Le gnome se chargea des présentations:

— Je te présente Liésa. Elle est devenue ma petite protégée depuis plusieurs années. C'est aussi une capitaine fidèle et dont j'ai l'entière confiance. Loin d'être comme toi, Corbin. Elle m'a rapporté de bons pactoles servant à de nombreux travaux sur l'île. Il nous faudrait d'autres personnes aussi fidèles et efficaces qu'elle. C'est Liésa qui m'a informé que tu étais revenu pour tenter de m'assassiner afin de prendre ma place.

Pour ma part, après notre rencontre avec Argolaïn, il n'était pas question que je lui fasse confiance. Au même instant, j'entendis un bruissement d'ailes qui me fit lever les yeux en direction du lustre où j'aperçus Cendre, posté, attendant le bon moment pour agir. Il fixait Liésa de la même manière que Corbin. Cela me fit repenser à toute cette histoire sur la malédiction de Corbin et à la discussion avec notre ennemi. Quel rapport y avait-il entre cette femme et le

capitaine ? Notre chef de groupe avait-il prévu son coup bas ?
Godagol ouvrit la carte et l'observa avec la grande femme.

— Ah ! Qu'est-ce donc que cela ? s'interrogea le gnome… La
folie me guette-t-elle ou suis-je en train de devenir orc ? Cette carte
parle de la légende de l'arbre de vie ! Ah ! Ah ! Je le crois oui !

— Inutile d'espérer pouvoir vous mettre à sa recherche, Godagol.
La carte ne suffira pas… Les écrits qu'elle contient sont en langue
des Anciens. Ni vous, ni moi, ne sommes en mesure de la lire…

— Mais j'ai la carte ! Trouver quelqu'un pour la traduire ne
devrait pas être chose impossible, coupa le gnome. L'arbre de vie !
Ah !

— Laissez tomber… L'Ancien n'est connu que par quelques
grands elfes, très peu de mages et par les Archimages. Ne comptez
pas sur eux pour vous aider. Le Maëll est bien trop précieux pour être
trouvé, riposta Corigane sur un ton à la fois de colère et de menace.

— Ah ! Qu'en sais-tu, toi ?!

On entendit résonner des applaudissements depuis le premier étage,
puis une voix que Corbin reconnut de suite.
C'était Argolaïn, debout en haut des escaliers, son épée posée contre
la rambarde, tapant sa main contre son moignon.

— Comme c'est amusant toutes ces chamailleries. Bon, que l'on
en finisse Liésa, récupère-moi cette carte.

Après avoir échangé un regard avec son maître, la femme sortit une
petite dague de sa ceinture. Une seconde plus tard, la lame avait
transpercé le corps de Godagol et elle récupéra la carte.
Dans l'instant, des gobelins sortirent de la porte principale et du
premier étage, égorgeant tous ceux qui se trouvaient devant eux.

— C'est la fin pour vous, chers amis ! Vous aurez l'honneur de
mourir face à mes sujets. Dites adieu au Flot, conclut Argolaïn avant
de quitter la pièce, suivi par Liésa.

Nous nous vîmes aussitôt encerclés, nous et les pirates qui nous
retenaient captifs. Récupérant leurs armes, Torghil et Corbin se
mirent à répondre par le fer, luttant contre les nombreux ennemis
descendant de tous côtés. Corigane répondit d'une manière tout à fait
différente : Tout d'abord, rancunier, il empoigna le visage du garde

qui l'avait poussé. En un instant, sa main devint un brasier carbonisant le crâne du pauvre pirate. Moi, abasourdi, je restai les yeux fixés sur le cadavre d'où se dégageait une odeur immonde. Corigane, après un regard vers moi, me lança une épée afin que je me défende. Je restai figé quelques secondes, perdu et effrayé. Mes mains me picotaient, mes jambes flageolaient, mon cœur me fracassait la poitrine. Et autour, les trois hommes luttaient avec les derniers pirates restant encore debout.

— Nous devons fuir ! cria Torghil.

Entre deux coups d'épée, le capitaine répondit :

— La carte !

— Oublie cette putain de carte !

Pendant que nous nous dirigions vers la sortie, une grande flamme s'abattit en arc de cercle derrière nous, montant jusqu'au plafond et dévorant à grande vitesse le bâtiment et ses habitants. Corigane n'était pas un petit magicien, mais un être puissant dont il valait mieux être l'ami que l'ennemi. J'en avais désormais la preuve. Dehors régnaient le chaos et la guerre. Les gobelins, ces créatures de taille moyenne, puantes et assoiffées d'or et de chair fraîche attaquaient la base. Légèrement plus grands que des gnomes, avec la peau grisâtre, ils avaient un nez plat dans la continuité du visage et un dos recouvert d'une épaisse couche de poils et vivaient généralement dans les grottes ou dans de sombres et hautes forêts. De plus, d'ordinaire, ils n'étaient pas amateurs de guerre, voire plutôt couards. En revanche, lorsqu'ils étaient sur leur territoire, mieux valait ne pas y rester longtemps. Et pourtant ils étaient là, en dehors de leurs terres, lançant un assaut sur une île occupée par des pirates. Voilà qui était du jamais vu, surtout sous les ordres d'un elfe.

L'île était en feu. Les pirates combattant pour défendre le Flot-Rouge n'allaient pas tenir longtemps. Les gobelins étaient partout, montant sur les falaises, sur les bâtiments, cassant, brisant et écrabouillant tout sur leur passage. On entendait les grouillements de leurs voix aiguës résonner à travers les rochers et les quelques paroles entendues çà et là n'avaient rien de rassurant :

« Rongeons-leur les os… ! Cours, buffet sur pattes, que je te rattrape… ! Une jambe pour le dîner, une… ! »

Les familles qui étaient installées là criaient et se battaient. Enfants ou femmes, lorsqu'on était pirate, l'âge ou le sexe ne comptait pas ! Tout était dans les tripes et dans la raison. Ils étaient là, prêts à mourir pour défendre leur chez-eux.

— Pourquoi ne pas fuir par les mines ? suggéra Torghil.

— Nous serons moins en danger en passant par les mines ? demandai-je hésitant et apeuré, tenant mon épée dans les mains plus comme un fardeau que comme une arme.

— Il est inutile d'essayer de fuir par les sorties connues, les gobelins nous verront avant. On prend les mines. Mais j'ignore ce que l'on va y trouver. Ça fait bien longtemps qu'elles sont inutilisées et condamnées.

— N'ayez crainte, s'il y a du danger, je serais là, affirma Corigane sûr de lui.

Corbin fixa les hauteurs et vit passer Cendre tenant quelque chose dans son bec, avant de disparaître dans l'obscurité. Après un signe de tête, il nous entraîna vers les mines.

C'est accompagné de Torghil et sans s'assurer que nous étions derrière eux, qu'il fila entre les passages étroits de la falaise, traversant la mêlée et les ruelles creusées. Quelques rares poursuivants tentèrent de nous bloquer la route, obligeant mes deux compagnons à sortir leurs armes. L'épée de Corbin était grande, finement aiguisée et légèrement incurvée et dentelée, impressionnante comme l'homme la possédant. Sa fougue dans le combat et son talent d'escrimeur me laissèrent pantois. Il renversait les ennemis en un simple mouvement de bras, les estropiait d'un petit coup de lame et parait leurs coups sans aucune difficulté. Tout comme Torghil, légèrement moins vif, mais armé de ses deux lames, rien ne l'atteignait. Quant à Corigane, le corps-à-corps ne semblait pas fait pour lui, ce qui ne l'empêchait pas de se défendre avec une épée récupérée de la même manière que la mienne. Je ressentis une sorte de fierté en les voyant combattre ainsi. J'étais convaincu que nous n'allions pas finir nos vies aujourd'hui, même si moi, je restais tremblant et inutile. Les passages empruntés un peu à l'aveuglette nous conduisirent vers le haut de la falaise, comme Corbin le désirait. Après un moment, nous nous réfugiâmes dans un petit passage en cul-de-sac. Son plafond très bas nous obligea à nous accroupir dans ce recoin long d'à peine deux mètres. Tapis dans l'ombre, nous attendîmes que les bruits et les mouvements de nos ennemis cessent enfin. On pouvait voir les ombres des combattants se dessiner sur le sol. Lorsque le calme revint, Corbin nous annonça qu'il nous fallait rejoindre les hauteurs de la falaise nord alors que nous étions au sud.

Étant passé le dernier, je devais être le premier à rebrousser chemin et à mettre la tête à l'extérieur de la brèche pour voir si le passage était libre, mais je n'étais pas très chaud. Les trois autres auraient pu le faire en bougeant un peu ! Ne voyaient-ils pas que je me faisais sur les bottes depuis notre arrivée ici ?

Je sais que ça n'a l'air de rien à lire comme ça. Mais imaginez un nombre faramineux de gobelins sans pitié et des pirates enragés, tous déterminés à combattre jusqu'à la mort et vous pâlirez déjà plus. Rajoutez l'atmosphère sombre, l'odeur désagréable de brûlé, le vacarme des combats et vous aurez une idée plus claire de ma situation !

Ma salive passa difficilement dans ma gorge, puis, après un regard sur les trois hommes qui me fixaient, je décidai à faire les quelques pas nécessaires pour passer la tête. Un coup d'œil à droite, un autre à gauche, le sombre couloir était désert. Je fis signe avec mon pouce levé avant de quitter l'étroite cachette. Corbin passa rapidement devant moi, accompagné des deux autres compères. À toute vitesse, suivant les nombreux passages, faisant des détours pour éviter nos poursuivants et franchissant différentes passerelles, nous parvînmes au dernier étage. Après avoir emprunté avec discrétion deux galeries éclairées de petites torches, nous arrivâmes à un carrefour. L'endroit était aménagé avec un brasero allumé et un tonneau de sable pour les mégots. Sans oublier un banc fait avec un gros bloc de pierre sur lequel j'aurais aimé me reposer cinq minutes. Repos guère possible, étant donné les bruits et les voix proches. En panique, je me dépêchai de rattraper les deux pas d'avance qu'avaient pris mes trois compagnons afin d'emprunter l'escalier, mais ma jambe glissa stupidement sur la première marche, légèrement humide.

— Hoche-toi gamin ! souffla Torghil en me retenant par le bras. Derrière nous, les gobelins se rapprochaient. Vite ! L'escalier fait à même la roche était le dernier obstacle avant d'atteindre la mine. Nos ennemis, agiles et rapides, grimpaient sur toutes les corniches et surfaces de la paroi. Il ne serait guère possible de les semer sur un terrain aussi avantageux pour eux. Après la vingtaine de marches, une petite passerelle de bois faisait office de passage au-dessus d'un précipice surplombant les eaux. Nous la traversâmes non sans craindre de la voir se briser. Enfin, nous fûmes face à l'entrée de la mine qui s'enfonçait dans la roche. Elle était barrée par plusieurs planches en travers. Les derniers combats se déroulèrent ici. Les créatures étaient nombreuses contrairement à nous, mais les deux pirates m'accompagnant me paraissaient invincibles. J'utilisai pourtant mon épée pour la première fois à ce moment-là. Luttant face aux ennemis, Torghil n'avait pas vu arriver une vilaine créature avec des oreilles pointues et des dents ressemblant à celles d'un lapin. Ce fut instinctivement que, l'arme tendue, je l'enfilai entre les côtes de la créature au moment où elle allait frapper le nain. Peut-être aurait-il eu le temps de parer l'attaque ? En tout cas, après cet épisode, Thorgil me perçut différemment. Quant à moi, je me sentis pour la première fois fort et courageux.

— Merci, gamin. Pour un jeune garçon, tu es plein de ressources ! dit-il d'une voix soulagée.
Je ne répondis rien sinon par un signe de tête faisant comprendre que c'était normal. Pourtant, le compliment me fit le plus grand bien. Enfin un peu de reconnaissance !

— Nous n'avons pas le temps de traîner, grogna Corbin.
— Alors, partons et vite ! rétorqua Corigane.
Le nain frappa telle une brute sur les planches pourries pour dégager la galerie.
Alors que nous allions nous y engager, Cendre se posa sur l'épaule du capitaine. Il tenait dans son bec la carte que Liésa avait dérobée.

— Il a la carte ! dis-je, impressionné par l'animal.

— Évidemment ! Cet animal n'est pas un simple corbeau, rétorqua Torghil.

Corbin prit la carte puis la glissa dans sa poche.

— Allons-y ! D'autres gobelins vont rappliquer rapidement. Surtout quand ils sauront que Cendre a récupéré la carte.

J'appris plus tard que, dans la mêlée, alors que Liésa fuyait, Cendre avait filé comme la foudre depuis son perchoir avant de lui arracher la carte qu'elle tenait pourtant fermement.

Alors que derrière nous régnait le chaos, face à nous, l'obscurité n'était pas plus rassurante. Sans attendre, nous entrâmes dans la galerie humide étayée de poutres en bois où régnait une obscurité profonde. En quelques secondes, Corigane fit apparaître un nouveau petit globe de lumière pour nous éclairer.

Chapitre 7 : Une créature dans le noir

Nous devions avancer rapidement dans la mine de fer pour ne pas risquer de nous faire rattraper par les Gobelins qui venaient de mettre à sac le Flot-Rouge. Toutefois, nous dûmes redoubler de prudence pour avancer, éclairés par le globe du magicien, dans ce lieu imbibé de l'odeur de moisissure et d'humidité. La galerie principale était équipée d'une voie ferrée en mauvais état parcourant la mine de bout en bout. Partant de cette galerie, plusieurs chemins bifurquaient en tous sens, s'enfonçant dans la montagne d'où l'on extrayait le fer il y avait encore quelques années, à l'époque où le Flot-Rouge avait vu le jour et où le besoin en fer était vital pour les pirates, notamment pour leur armement.

Après un long tunnel dont le plafond frôlait presque la tête de Corbin, nous arrivâmes dans une salle plus grande tant en hauteur qu'en largeur. Sur les parois, on pouvait apercevoir les traces des nombreux coups de pioche pour arracher le minerai, laissant des cavités par-ci, par-là. Nous suivions toujours le chemin sur les rails, entre les nombreux renforts qui avaient été installés pour maintenir les galeries. Cependant, en voyant quelques poutres brisées je compris le danger de la mine. Elle n'était pas stable et pouvait s'effondrer à tout moment. C'était sûrement la raison de la fin de l'exploitation minière. Après une bonne heure de marche, tout se compliqua. La voie ferrée se sépara en deux chemins. Il ne manquait plus que cela ! Heureusement, il n'y avait plus aucune trace des Gobelins derrière nous.

— Quel passage est le bon ? demanda Torghil.

Marquant un arrêt, Corbin, le visage pâle, grimaça en se touchant l'épaule.

— Vous vous sentez mal ? le questionna Corigane, tandis que j'observais mes compagnons.

Il soupira.

— Ne vous inquiétez pas. Ce n'est qu'un des fardeaux de ma lourde malédiction… (Il reprit) Prenons à droite.

— Tu en es sûr ? reprit le nain.

— Pas le moins du monde…

Il commença à avancer, suivi du magicien.

— Rah ! grogna le nain. J'espère ne pas crever dans un endroit aussi miteux.

Tout en marchant, le vieil homme au capuchon lui demanda :

— Et vous voulez mourir où, vous, le nain ?

— Ah, ah ! rigola celui-ci. Entre deux miches et avec une bonne bouteille d'alcool à la main ! Et après avoir vidé plusieurs verres !

— Voilà qui ne me surprend guère (il tourna la tête vers le capitaine). Dites-moi Corbin, à quel stade en êtes-vous dans votre supplice ?

Le chemin légèrement incurvé semblait un long couloir descendant vers l'est.

— À un stade trop avancé pour perdre du temps. Plus vite nous sortirons d'ici plus vite nous pourrons prendre la route.

— La route vers où ? Vous ne m'avez toujours pas montré la carte. Peut-être serait-il judicieux de le faire ? Surtout si vous ne savez pas la déchiffrer.

Corbin s'arrêta et observa l'homme recouvert d'une capuche.

— Je n'ai pas spécialement confiance en vous, Corigane. Vous nous suivez et j'en ignore la véritable raison. Vous êtes bien mystérieux. Trouver l'arbre par simple envie d'avoir la preuve de son existence me semble maigre comme motivation. Vu l'utilité de votre présence, je ne pouvais refuser, mais il est évident que vous êtes à nos côtés pour une autre raison qui nous échappe, expliqua Corbin de sa voix sans timbre.

Torghil qui, jusque-là et malgré l'atmosphère, gardait le sourire, amusé par la traversée du lieu, le perdit en observant les deux hommes en train de se chamailler ; tout comme moi. À cette différence près que jusqu'à présent que je n'avais rien trouvé de drôle. En vérité, Clane et sa tranquillité me manquaient de nouveau. Corigane, une fois que son interlocuteur se fût tu, ôta sa capuche et lui lança un regard lourd de colère. Son nez marqué surmonté d'une bosse (sûrement suite à un coup) présentait un léger voile de mucus dû au temps. Son regard était aussi noir que les profondeurs de la grotte et les brûlures recouvrant son visage jusqu'à l'arrière du crâne, donnaient à l'ensemble une allure de vision de cauchemar. Pourtant, en le regardant avec pitié, je tentai de l'imaginer lorsqu'il était bel homme, au temps de sa jeunesse. Là, il en était tout autrement.

— Je suis un homme en piteux état, Corbin, mais je suis sage dans mes idées. Croyez-vous vraiment que je sois le genre de personne à mentir ? Vous êtes la seule personne disposant d'une carte menant à l'arbre de vie. Je suis venu vers vous, car beaucoup de magiciens connaissent votre histoire et ce que vous recherchez. Lorsque l'on entre par effraction dans la bibliothèque de Sivkell, cela ne peut pas passer inaperçu. Maintenant, vous devriez reprendre la route au lieu de vous méfier de moi !

— En effet, je me méfie de vous. Quelque chose ne tourne pas rond dans vos motivations !

Le jeteur de sort ne se laissa pas faire et reprit avec agacement:

— Vous ? Vous vous méfiez ? Alors que vous n'êtes plus capable de ressentir le moindre sentiment. Ne me dites pas que vous n'avez rien à nous cacher, Corbin!

Alors qu'ils se disputaient, quelque chose attira mon attention dans la nuit profonde de la grotte. Observé par Torghil qui se demandait ce que je faisais, je fis quelques pas, la peur au ventre, vers les ténèbres. J'étais sûr d'avoir entendu des bruits de pas comme si quelqu'un marchait sur des branches trop sèches qui se cassaient net sous son poids.

— Il y a quelque chose qui bouge par ici ! dis-je, écouté uniquement par le petit homme qui posa ses mains sur ses épées en regardant dans ma direction.

Le bruit, jusque-là léger, semblait s'approcher de plus en plus.

— Il y a quelque chose, là ! criai-je en me reculant vers eux.

Corbin et Corigane s'arrêtèrent de parler pour écouter. Dans ce calme total, seul le bruit que j'avais entendu résonna à travers les galeries. Le capitaine sortit son épée et se prépara à une éventuelle attaque. Le vieux sage, remettant la capuche sur sa tête, me fit signe de venir vers lui. J'obéis, l'arme à la main, et j'attendis comme mes compagnons, à l'affût de la moindre chose visible. Rien ne se passa.

La mine de fer

Plus un bruit. Nous fîmes quelques pas… Soudain, le globe magique du magicien flottant au-dessus de nos têtes, nous fit faire une découverte des plus étranges et pas des moins inquiétantes.

— Le sol est jonché d'os ! constata Torghil.

— Je vous avais dit qu'il y avait quelque chose de louche, ajoutai-je.

— Nous aurions dû prendre l'autre chemin… Sur quoi allons-nous encore tomber cette fois-ci ? continua le nain.

— Qu'est-ce qui vous dit que l'autre chemin est plus sûr ? rétorqua Corigane.

— Faisons tout de même demi-tour, ne nous risquons pas ici. Nous ignorons ce qui s'est passé, mais mieux vaut être vigilants. Cependant, alors que Corbin prononçait ces derniers mots, un grondement retentit derrière nous, puis quelques nuages de poussière tombèrent du plafond.

— Ça n'annonce rien de bon, ça, reprit-il.

Après un silence, les grondements semblèrent s'approcher à grande vitesse, provoquant d'autres nuages de poussière.

— Le passage s'effondre ! hurla Corigane. Vite, courez !!

À toute allure, nous avançâmes, afin de ne pas nous faire écraser. C'est sûrement le moment où je courus le plus vite dans toute mon aventure. Le sol couvert d'os nous faisait glisser et perdre l'équilibre par moments, augmentant notre crainte d'être rattrapés par le nuage pulvérulent. Bientôt, la poussière nous submergea, cachant le globe de Corigane avant de le faire totalement disparaître. Sentant tomber les gravats tout près de nos talons, nous n'avions plus qu'à compter sur nos réflexes de survie. Après avoir fait un long saut vers l'avant, je m'effondrai au sol, les mains sur la tête. Soudain, l'éboulement sembla prendre fin in extremis. Plongé dans le noir, Corbin appela le magicien pour qu'il éclaire le lieu, mais personne ne lui répondit…

— Où est passé Corigane ? demandai-je inquiet.

— Peut-être s'est-il fait rattraper par l'éboulement… répondit le nain

Dans un battement d'ailes, Cendre vint se poser sur l'épaule de Corbin.

— Toi, tu es là au moins, Cendre.

— Fichtre ! Nous n'y voyons rien ici ! grommela le nain. J'espère qu'il n'est rien arrivé à notre ami magicien. Et toi Ector, tu as toujours tes jambes et tes bras ?

— Oui, Torghil, je suis tout entier, merci.

Au sol, il y avait quelques os. Corbin me toucha au niveau de la tête pour me chiper mon bonnet.

— Hé !

— C'est pour la bonne cause !

Par chance, les pirates avaient laissé les silex dans le manteau du capitaine. Faisant un tas d'ossements à l'intérieur de mon bonnet, après un instant et quelques frottements, il parvint à allumer une flamme

— Pourquoi faut-il toujours que ce soient mes affaires que l'on utilise ?! grommelai-je.

Torghil eut un petit rire grave.

— Parce que tu es le plus jeune.

À cela, je ne répondis rien… Car il n'y avait rien à répondre. Le peu de lumière que faisait le petit embrasement laissa voir encore des ossements dans une longue galerie. Il y avait une petite table avec une patte cassée sur notre gauche ainsi que deux pioches. Nous étions bien décidés à garder nos sens en éveil, lorsqu'une voix joyeuse se répercuta en écho à travers la mine sur un ton enroué et aigu, ne révélant pas distinctement si elle appartenait à une femme ou à un homme…

— Promenez-vous dans mon domaine, les petites bêtes avec vos odeurs puantes. Avancez de quelques pas et de plus et je vous mangerai.

— Montrez-vous ! cria Corbin tandis que Torghil saisissait la garde de son épée et que mes yeux s'agitaient dans tous les sens en cherchant un mouvement.

— Un morceau… deux morceaux… Je ne vous oublie pas, petits hommes savoureux, vous auriez dû frapper. Maintenant contrarié, je vais devoir (la voix insista sur les derniers mots) vous dévorer !

— Ce sont les gobelins ? demandai-je, effrayé par l'étrange

73

chanson.

— Je ne pense pas non. Et peu importe, personne ne nous barrera le passage !

— Montre-toi créature ! Si tu penses me faire peur, sache que rien n'effraye un nain !

La voix reprit :

— Vous êtes bien sûrs de vous… Petits hommes, maintenant votre tour est venu et après, les gobelins dans la mine finiront le ventre décousu.

À toute vitesse, surgissant devant nous, une créature de deux têtes de plus que Corbin et bien plus grosse tenta de nous attaquer. On devinait à certains endroits des traces d'humanité, mais son corps ressemblait à des assemblages de membres en tout genre. Couvert d'énormes cicatrices, son bras gauche avait l'apparence d'une patte d'ours alors que l'autre était semblable à un bras humain. Ses jambes recouvertes d'un pantalon en lambeaux, dont le tissu avait totalement explosé, semblaient avoir muté ou gonflé. Son torse colossal, couvert de blessures purulentes était parsemé d'agrafes faisant tenir les bouts de chair entre eux. Son crâne était chauve, son visage bouffi et borgne. Sa bouche aux lèvres craquelées en bec de lièvre montrait une dentition pourrie et irrégulière. En le découvrant, terrifié, je fis quelques pas en arrière avant de tomber au sol, totalement écœuré. Corbin para de justesse un premier coup de griffe laissant le temps, par réflexe, au nain d'entailler la créature qui retourna dans les ténèbres.

Après quelques secondes, il attaqua de nouveau. Beaucoup plus fort et plus rapide, il fit tomber Corbin et Torghil en même temps, ce qui lui laissant le champ libre. Il fonça sur moi, mais sa frappe percuta le sol après que j'eus roulé sur la droite. Folle de colère, la créature hurla en se levant de toute sa taille faisant résonner sa voix dans la mine. Les deux pirates, profitant de cet instant, se relevèrent et frappèrent la créature en l'entaillant sur son flanc. Placé devant moi, Corbin reçut un coup déchirant profondément le bras de sa main directrice. Malgré l'attaque fructueuse de la créature, Torghil parvint à trancher le bras d'apparence humaine de la monstruosité. Notre

74

ennemi se mit à sauter en tout sens avant de se fondre à nouveau dans les ténèbres.

— Vous allez bien Corbin ?

Mon inquiétude se mêlant à ma frayeur générait un léger mal de ventre.

— J'ai vu bien pire, dit-il reprenant sa place, arme tendue, l'autre main sur la blessure.

Lui et le nain étaient tout simplement extraordinaires.

— Vous ne pouvez me battre, petits hommes. Bientôt, vous compléterez ma monstruosité, gronda notre ennemi.

Les yeux sur lui, je lui trouvai, malgré son apparence immonde et répugnante, un regard douloureux et meurtri.

— Vous n'êtes pas si laid !

Certes, le mensonge était énorme, mais il y avait une petite part de vérité à cause de son regard (de son dernier œil… Bon, d'accord, c'était un gros mensonge).

— Que dit le petit homme ? grogna-t-il. Gordu n'écoute pas ceux qui osent venir dans son domaine.

— Très cher ami, vous vous méprenez, nous ne voulons pas venir dans votre domaine, mais le quitter. Nous nous sommes perdus tout bonnement et essayons d'en sortir.

— Je vais vous dévorer ! Après cela, il n'y aura plus personne dans mon domaine. Car après vous, je mangerai les gobelins et le vieux magicien !

— Corigane est vivant ? questionnai-je sans réfléchir.

— Et les gobelins nous poursuivent toujours. Tuons-le et ne perdons pas de temps, chuchota Torghil.

— Attendez un instant que l'on trouve le bon moment, rétorqua Corbin.

Moi, m'efforçant d'en trouver le courage, je continuai à parler à ce Gordu tout en me relevant :

— Que s'est-il passé ici ?

— La pierre est tombée et j'ai dû manger, car j'avais faim. Et les hommes sont bons à manger. Alors je les ai mangés et je suis resté ici. Maudit Gordu la pierre a dit. Les hommes, eux, ont voulu venir ici après… Et les rats, les chauves-souris et les gobelins. Moi, j'ai tout mangé !

— C'était un homme avant…

— Oui, nous avions compris… chuchota Corbin toujours aussi froid.

Voyant que je ne lui parlais plus, Gordu attaqua encore une fois. Torghil perdit ses deux armes et chuta. Quant au capitaine, il se jeta sur moi pour me faire rouler au sol afin d'éviter la main du monstre. La créature reprit sa place dans la nuit, emportant son bras coupé dans sa main bestiale.

— Ça, c'est mon bras. Vous, je vais vous manger et prendre votre bras pour mon corps !

— Attendez ! Pourquoi ne pas manger d'abord tous les gobelins s'ils sont dans la mine ? coupai-je.

— Moi avoir barré la sortie de mon domaine ! Moi manger tout le monde !

Torghil se releva et reprit ses armes, désireux d'en finir rapidement. Pourtant, il attendit, préférant ne pas courir le risque de perdre face à l'imposante créature. Quant à moi, après avoir écouté son histoire, j'éprouvai tout à coup une étonnante, mais réelle pitié pour ce Gordu. La mort n'était peut-être pas la solution. Pris de courage, je continuai :

— Si l'on vous laisse les gobelins et que l'on sort sans problème rapidement ? Nous ne sommes ici que par hasard. Et puis, si vous nous mangez, vous n'aurez plus faim pour les gobelins.

Gordu posa son bras coupé contre son épaule où il vint s'accrocher comme par enchantement, laissant une cicatrice sanguinolente au point de jointure.

— Ma tête est mon moteur. Gordu va poser deux questions. Si vous répondez juste, je vous laisse passer et prendre le bon chemin. Sinon, je mange tout le monde.

— Nous n'avons pas le temps pour cela, rugit Torghil en direction du capitaine.

— J'ai beau ne pas pouvoir mourir à cause d'une blessure, je doute d'en réchapper si je suis dévoré.

Il s'adressa à la créature.

—Pose ta misérable question.

La bête s'éclipsa un instant, puis revint avec un tas d'ossements et des morceaux de vêtements déchirés. Après deux frottements, un large feu éclaira la pièce, révélant deux passages derrière lui. Puis, il s'avança et s'installa devant nous, assis, sa gueule monstrueuse barrée d'un sourire.

— Vous aussi assis. Moi m'amuser avec mon dîner.

Nous nous installâmes devant lui, les pirates maintenant leur vigilance, leurs armes prêtes au combat. Ouvrant grand nos oreilles, nous attendîmes. La créature gratta son crâne rougi et martelé plusieurs secondes, puis il posa sa première énigme :

— Si tu trouves le passage, alors je t'apparais. Tu pourras me garder ou bien me partager. Mais si tu me partages, alors je disparais. Qui suis-je ?

— Qui suis-je ? J'ai horreur des énigmes lorsque je ne suis pas saoul. Et comme par hasard, le magicien n'est pas là pour nous aider ! Corbin, une idée ?

— Silence, je réfléchis !

Moi, perdu dans mes réflexions, je cherchais des réponses sûrement plus farfelues les unes que les autres, ainsi, je suggérai aux deux pirates.

— La liberté ?

— Autant nous jeter dans la gueule du loup directement ! La liberté ne se partage pas Ector !

Incontestablement, j'avais tort et je repartis dans mes recherches, me répétant l'énigme.

— Corbin, tu cherches ou tu rêvasses ?

— Silence !

Gordu reprit la parole en chantonnant :

— Les petits gobelins sont dans l'autre chemin. Après vous, je les trouverai et je les mangerai. En attendant j'aurai dévoré des petits humains, bons et gras !

La chanson me fit complètement perdre ma réflexion, car j'imaginai cette bête me croquant avec ses dents pourries. Soudain, après quelques minutes :

— Un secret…

— Quoi ? Tu dis ça sérieusement Corbin ? Et sans même nous concerter ! Tu veux notre mort ou quoi ? demanda Torghil énervé.

La bête poussa un grognement.

— Les hommes sont malins !

— C'est bon ? Nom de nom, c'était la bonne réponse ! se réjouit Torghil, alors que je poussais un long soupir

Il était désormais clair que les questions n'étaient pas simples, mais qu'il était possible d'y répondre. Dans tous les cas, l'on ne devait pas prendre ce Gordu pour un simplet.

L'étrange créature maudite reprit aussitôt sans attendre avec un visage contrarié.

— Là où force et violence se cassent le nez, j'entre sans difficulté. Beaucoup dormiraient dans la rue, s'ils ne m'avaient pas connu. Qui suis-je ?

Je me mis le visage dans mes mains et la tête entre les genoux, essayant de me concentrer comme jamais. Pour être honnête, je n'avais jamais autant réfléchi.

— Souvent, Gordu discutait dans la mine avant, avec les hommes. Ils répondaient aux questions, eux aussi. Vite ! Gordu à besoin de manger !

— Beaucoup dormiraient dans la rue, s'ils ne m'avaient pas connu… Une maison, une porte… Je n'en sais rien… gronda le nain. Corbin, une idée ?

Le capitaine regarda autour en réfléchissant, laissant glisser ses yeux sur Cendre, installé sur une petite corniche sur la roche.

— Je réfléchis, dit-il.

Pourquoi cette idée me vint, je l'ignore, mais, une fois en tête, elle ne me quitta plus, me persuadant que j'avais raison. En hésitant, je lâchai sans réfléchir ce qui me tournait dans le crâne.

— Une… Une clé.

— Une clé ? répéta le capitaine.

— Une clé.

— L'enfant aussi est intelligent, il a répondu juste, répondit

Gordu.

— Alors là, il me faut une explication ! reprit le nain.

La créature se retourna avec difficulté pour montrer le passage de droite, puis nous fixa de nouveau en se grattant la tête. Soudain, sans prévenir, Gordu se leva à toute vitesse et me chopa par la jambe, me faisant crier de peur. Il me souleva de toute la hauteur de son bras levé et de son autre bras, il saisit le mien pour me l'arracher. Mes deux compagnons tirèrent les armes aussitôt.

— Gordu mange tout le monde. Gordu a changé d'avis !

— À l'aide ! hurlai-je.

Corbin, épée en main, planta la lame dans le gros ventre de la créature. Torghil, quant à lui, avec sa force de brute, enfonça son épée dans le haut du dos de la monstruosité et s'en servit pour escalader la bête. À hauteur de la tête de la créature qui, surprise, hurlait et gesticulait dans tous les sens, sans pour autant me lâcher, le nain frappa en lançant un cri de rage. La lame de sa seconde épée pénétra dans la gorge et lui trancha à moitié la tête. Sans attendre, il retira son épée puis se laissa tomber sur le sol de pierre. La tête de Gordu roula, l'œil grand ouvert d'étonnement puis son corps massif s'écroula, mort, sur le sol froid en m'écrasant de tout son poids. J'eus du mal à m'extirper de dessous son cadavre, observé par Corbin, qui fit alors un signe à son animal de compagnie pour qu'il vienne se poser sur son épaule.

— Tout cela pour rien ! Je savais qu'il faudrait se battre. Les devinettes, ce n'est bon qu'entre deux bonnes bouteilles !

— On a évité l'affrontement direct au moins, rétorquai-je.

— En avant, s'exclama le capitaine sans rien ajouter d'autre.

Il avançait à pas rapide, nous faisant sentir que nous avions perdu bien trop de temps sur l'île du Flot-Rouge. En route, Torghil me demanda l'explication de la deuxième énigme. Dire que pendant un moment, je m'étais senti si fier d'avoir enfin été utile.

« Une clé, une clé de bras et une clé pour ouvrir les portes, qui nous laisse dans la rue si nous ne l'avons pas. »

Après encore une longue marche, la faim, jusque-là oubliée grâce à l'excitation, vint nous tortiller l'estomac et le froid nous refroidir les os. À plusieurs mètres, une lumière légère se manifesta devant nous par un petit passage. Gordu ne nous avait pas menti. Nous étions enfin à la sortie de la mine, donnant le terminus de la voie ferrée où gisait un petit wagon de fonte renversé et usé par le vent et la pluie. Fini cette odeur de moisissure et cette atmosphère pesante. Enfin, l'air pur allait pouvoir remplir mes poumons. Malgré l'absence inquiétante de Corigane, nos derniers pas nous permirent de fouler la verdure et de sentir le vent nous frapper le visage, ce qui était plus qu'agréable.

Chapitre 8 : Étranges nuages

Dehors, la lune éclairait le paysage. Je pris une longue bouffée d'air frais afin d'apprécier quelques secondes de tranquillité avant de reprendre la marche. J'étais sale, gelé, mes vêtements étaient abîmés et un bon bain m'aurait fait le plus grand bien. Pourtant je n'étais pas des plus assidus pour la toilette en temps normal, mais dans l'état où j'étais, j'en avais besoin. Mais il était inutile d'espérer, alors je continuai sous ce vent hivernal. Alors que nous avancions en bordure d'océan, tout à coup, une détonation résonna depuis les profondeurs de la montagne et nous mit en alerte. Les gobelins ? Après plusieurs minutes, le seul bruit qui s'ajouta à nos respirations fut le bruit du vent et de l'eau s'écrasant sur la rive. Un effondrement dans la mine, sans doute.

La petite crique n'était plus très loin. Il suffisait de filer vers l'est par un passage abrupt et dangereux qui nous obligea parfois à nous aider de nos mains pour tenir l'équilibre. Ce moment difficile nous contraignit à faire une courte pause en milieu de marche afin que je récupère mes forces, car j'étais épuisé. Il fallait y ajouter la soif et la faim. Seul Corbin semblait hermétique à mes plaintes, supportant déjà son propre calvaire. Cendre, haut dans le ciel, nous ouvrait la voie en guettant le moindre danger. Après une bonne demi-heure, le corbeau se mit à croasser. Au loin, un homme, recouvert d'une longue et large capuche marron, était assis sur un rocher. Il attendait, paisiblement. Nous le reconnûmes aussitôt : Corigane !

— Vous êtes vivant, sacrée branche de magicien ! s'étonna Torghil

— Où étiez-vous Corigane ? questionna Corbin en tendant le bras pour que Cendre vienne s'y poser. Là, il caressa l'animal qui se frottait contre les mains du capitaine tel un chat.

Le magicien répondit en se relevant :

— Je suis parvenu avec bien des difficultés à me sortir de l'effondrement. Une chance que je sois magicien, sinon j'aurais fini écrasé. Comme j'étais bloqué de l'autre côté et seul, je me suis résolu à prendre le second chemin possible. (Il soupira) J'ai donc suivi la voie s'offrant à moi malgré les gobelins à mes trousses. Lorsque je suis parvenu à l'extérieur, un sort bien placé m'a permis de bloquer la sortie de la mine. Ça retardera un moment les gobelins.

Après l'explication de Corigane, je compris mieux d'où venait cette détonation entendue plus tôt.

— Impressionnant, complimenta Torghil.

— Est-ce que nous sommes loin de la crique ? demandai-je jetant quelques regards autour en espérant ne pas tomber sur un nouveau danger.

— Si Argolaïn les dirige, ils vont continuer à nous poursuivre. Cendre nous indique la route depuis le ciel, mais nous devons être tout près, me répondit Corbin avant que je reprenne :

— Nous ne pouvons pas nous reposer un moment ? Je suis fatigué et j'ai faim.

— Encore ? Tu penses vraiment que c'est le moment ? Tu te reposeras une fois à la crique. En avant ! (Il détourna la tête vers Corigane) Sachez que je n'ai pas oublié notre conversation dans les mines.

— Et moi, j'aimerais que vous nous montriez votre fameuse carte. Je suis sûrement un des mieux placés pour la déchiffrer et comprendre ses secrets.

— Seulement une fois arrivés à la crique ! termina Corbin avant d'envoyer son corbeau dans les airs pour reprendre la route sur le chemin escarpé.

Au bout de quelques minutes de marche, la crique se présenta en contrebas. Le vent qui soufflait me gelait le bout du nez et les oreilles. Mon bonnet me manquait. Finalement, j'avais tout perdu en les suivant sur cette île…

Après une descente compliquée, mes sabots se posèrent sur un sol de sable. La crique était calme. À quelques encablures, sur la mer, un galion nous attendait. Ravi, j'eus tout de suite hâte de monter à bord. Il comptait facilement plus de vingt mètres de long et dix de large. Les trois grands mâts qui surélevaient la structure pouvaient lâcher chacun deux grand-voiles blanches permettant de donner vive allure au bâtiment. D'un bois clair et me semblant d'une robustesse sans faille, le bateau était à mes yeux une merveille. Une fois sur la plage, enfin, je pus poser mes fesses sur le sable aux côtés de Torghil. Mes jambes étaient lourdes et mon corps épuisé. Corigane se tenait debout, observant le navire. Après avoir fait envoler Cendre qui fila vers le navire, Corbin s'installa avec nous.

— Plus qu'à attendre que l'on vienne nous chercher.

— Enfin, on va pouvoir se détendre! se réjouit le nain en tapant sur l'épaule du capitaine.

— Nous avons encore une bonne route à faire. J'ai une piste sur l'endroit où nous devons aller, mais pour le reste, il me faudra votre aide, Corigane, même si cela ne m'enchante pas le moins du monde. Le magicien fit entendre un petit rire nerveux, mais ne prononça pas un mot. Moi, curieux, après le retour de Cendre à nouveau posé sur l'épaule de son maître, je lançai un sujet pas des plus agréables, me sembla-t-il.

— Qui est Liéta pour vous, capitaine ? questionnai-je, le fixant de mes gros yeux bleus.

Il posa son regard inquiétant sur moi.

— Liésa ! Elle se nomme Liésa, tête de truffe ! rectifia Torghil.

— Oui, Liésa pardon.

— Tu es d'un curieux, Ector ! Pour tout te dire, avant que je ne sois victime du mauvais sort, j'étais un pirate respecté. Je régnais sur les Océans, pillant, tuant et faisant naître la peur chez les marins. Ce qui donna bien des soucis à Dunelein et Ellisé. Lors de l'abordage d'un navire de guerre Dunelien, je suis tombé sur une gamine légèrement plus âgée que toi. Seule, elle était le jouet de ces hommes qui prenaient un plaisir non réciproque avec elle. Je fus pris de pitié et elle ne fit pas partie des morts ce jour. Liésa resta à mes côtés de longues années. Je suis devenu son maître de main, celui qui lui a appris à combattre et à se défendre. Aussi proche qu'un père avec sa fille. Après cet épisode sur l'île, je ne l'avais jamais revue, alors je pensais qu'elle avait péri dans la tempête. Jusqu'à hier.

Corbin, le regard vide et parlant d'une voix linéaire, ne montrait aucun sentiment. Cendre en revanche semblait bien agité. Il y avait un lien entre cet animal et le capitaine, ça ne faisait aucun doute. Alors qu'il venait de terminer son histoire, une barque s'échoua sur le rivage, interrompant notre conversation. À son bord, ayant ramé jusqu'à nous, Berignan se présenta avec une poignée de main pour le moins douloureuse et quelques échanges de tapes sur les épaules entre lui et le nain. Puis l'homme, vêtu d'un épais manteau de peau de mouton et d'un foulard cachant ses cheveux rasés de près, nous invita à monter dans la chaloupe. Enfin, nous allions pouvoir rejoindre le navire. Berignan était grand, poli et courtois. Ainsi chaque parole sortant de sa bouche était d'une droiture proche de l'excellence. Cela m'impressionna de la part d'un pirate. Mais devenir pirate était accordé à tout le monde, après tout. Après la traversée sur une mer devenant agitée qui nous trempa jusqu'à la moelle, nous posâmes nos pieds sur le bateau. Il était tel que je pouvais imaginer un navire de pirate. À la proue, ressemblant à un squelette de métal était fixé un bélier pouvant briser la coque des navires. Sur les côtés, des plaques de bois pouvaient être ajoutées aux bordures afin de se protéger des flèches ennemies et un puissant harpon qui pouvait être utilisé pour harponner les navires. Tout cela avait de quoi rassurer. À l'arrière se trouvait une cabine divisée en deux parties. La première, collée au pont, servait de salle à vivre et de dortoir, à côté des cuisines et de la pièce d'entreposage des armes. Puis au-dessus, reliés à la première par un escalier, se trouvaient les quartiers du capitaine. Le bateau était construit relativement simplement en comparaison des plus puissants navires que l'on pouvait trouver sur Erildor. Ceux-ci se trouvaient à Gloril et avaient été construits par un charpentier elfe qui avait donné son nom à ce type de navire : Vifendil (vent rapide). Il était la terreur des pirates et j'étais à peu près sûr que Corbin espérait bien ne jamais en rencontrer.

À bord, l'équipage qui salua respectueusement Corbin, était constitué d'elfes et d'hommes ayant chacun leurs raisons pour être devenus pirates (beaucoup étaient d'anciens voleurs ou assassins, préférant fuir sur les mers plutôt que de connaître la perpétuité ou la mort. Même si la vie de pirate n'offrait pas un avenir meilleur lorsqu'on se faisait capturer par l'armée). Des elfes ! Il était toujours agréable de tomber sur eux. Leur prestance et leur charisme laissaient rêveur. Même lorsqu'ils étaient pirates, ils savaient être élégants et soignés (ou n'était-ce qu'une idée que je me faisais ?) Sans attendre, Berignan donna l'ordre de rejoindre l'Océan en attendant qu'on lui donne un cap à prendre.

Une fois la manœuvre effectuée, Corbin fila vers ses appartements et nous lui emboîtâmes le pas. Montant les escaliers et passant les deux portes de bois s'ouvrant vers l'intérieur, nous arrivâmes dans une pièce moyenne. Au-dedans, tout était rudimentaire : une table rectangulaire en bois peu travaillé, une chaise accompagnée d'un coussin vert délavé, une couche sur le côté droit et une longue commode sur le côté gauche. Sans oublier une grosse lampe à huile ronde placée contre le bureau. Là, Cendre prit place sur l'étagère et Corbin sur le siège tandis que nous, nous restions debout face au bureau.

— Nous allons devoir nous hâter maintenant. Je n'en ai peut-être pas l'air, mais le poids de la malédiction augmente et ma douleur d'autant plus.

— Raison de plus pour nous parler de cet Argolaïn, qui est loin d'être un simple elfe, et pour nous montrer la carte, Corbin. Même si vous avez réussi à déchiffrer une partie des informations qu'elle renferme, sans moi, vous ne pourrez obtenir ni la destination exacte ni le moyen de trouver l'arbre de vie.

Corbin ôta son tricorne et posa les yeux sur Corigane, le visage fatigué. Il nous expliqua :

— Argolaïn désire sûrement l'immortalité. Par le passé, il s'est vu refuser l'académie militaire parce qu'il a utilisé ses pouvoirs contre son adversaire pendant les duels d'entrée… Depuis, il a rejeté ce qu'il était et éprouve une haine considérable contre le jury… Il pense sans doute que l'immortalité lui permettra d'atteindre les commandants de l'armée d'Ellisé. Quant à la carte, je sais pour l'heure où je vais. Une fois en mer, je donnerai la destination à Bérignan.

— Corbin ! Est-il sage de risquer une erreur de ta part si jamais ton interprétation de la carte était fausse ? Chaque seconde compte. Et je commence à me demander si l'arbre existe ! Je te suis depuis un bon moment et depuis que tu disposes de cette carte, je n'en ai vu le contenu qu'une seule fois ! répliqua Torghil.

— Il suffit ! Je ne veux pas de dévoiler son secret au risque d'être trahi.

— Comment… ? coupai-je, attirant les regards sur moi avant de reprendre, légèrement intrigué. Comment voulez-vous que l'on vous suive si l'on ne peut avoir votre confiance ?

— Depuis quand tu te rebelles, toi ? réagit le capitaine.

— L'enfant dit vrai ! Je ne compte pas vous trahir, sinon sachez que je l'aurais déjà fait depuis longtemps. Je n'ai qu'un claquement de doigts à faire pour obtenir la carte. Je vous le redemande maintenant, montrez-nous la carte !

Corbin hésita puis sortit de son manteau la peau de bête qu'il déplia sur la table, la recouvrant sur une bonne partie.

La carte indiquait les emplacements de quelques îles connues, dont le Flot-Rouge (finalement pas si secrète que cela pour celui qui avait dessiné cette carte) ainsi que les différentes régions d'Erildor. Y étaient représentés aussi l'ouest d'Ellisé et d'Olevent, l'est de Dunelein ainsi que quelques-unes de leurs colonies. L'une d'entre elles – assez petite – appartenant à Olevent, était bordée par les montagnes et gribouillée de noir. Je n'en sus pas plus. À différents endroits, on pouvait lire du texte dans un dialecte inconnu agrémenté de divers symboles, probablement des chiffres. Alors que pour Torghil et moi, elle était totalement incompréhensible, pour Corigane, elle paraissait parfaitement claire. Sur l'extrême gauche de la carte était dessiné un large rectangle, entourant une petite île pour se démarquer.

— Voici la carte dessinée par un des premiers elfes mentionnant l'accès à Océa et à l'arbre de vie. J'ai bien essayé de chercher dans cette région de l'Océan des Complaintes-Gelées, mais sans aucun succès. Quant aux phrases de la carte, elles restent indéchiffrables pour moi , même si avec tout ce temps, je suis parvenu à interpréter quelques mots.

Corigane eut un petit rire :

— Évidemment que vous n'avez rien trouvé. Si la légendaire cité d'Océa était si simple à trouver, elle ne serait pas si légendaire. S'il y a bien une chose dont je me souvienne, c'est qu'Océa est quasiment introuvable, ce qui sous-entend que le moyen d'y accéder est sûrement loin d'être simple.

— Je le sais bien ! Les écrits parlent d'un passage pour la rejoindre. Un passage où seuls les Tréfonds peuvent nous mener et dont les monts Rodin seraient la clé. Ils font mention aussi d'une histoire de cœur pur…

— Les monts Rodin appartiennent aux nains. Et plus précisément à Rodin lui-même. Les montagnes sont creusées pour en faire un puissant royaume capable d'égaler le mont Ferryld. C'est le dernier royaume nain encore existant, y aller serait un honneur pour moi ! répliqua Torghil tout enjoué. Pourquoi ne pas y être allé avant ? reprit-il.

— Je pensais pouvoir traduire seul l'ensemble des textes de cette carte. Mais maintenant que je ne peux plus attendre, je compte en effet rejoindre les montagnes en espérant que le roi des nains sera accueillant et bon traducteur.

Corigane fit courir son doigt sous les phrases.

— Intéressant…

— Je présume que vous pouvez la lire, vous : le grand magicien ? dit Corbin, sarcastique.

— Étrangement, j'ignore pourquoi, mais oui je le peux.

— Vous ignorez pourquoi ? demandai-je interloqué, avant que Corbin reprenne.

— Alors, lisez donc ! Il n'est plus temps de blablater.

Corigane tourna la carte dans sa direction, posa le doigt sur le premier mot, se gratta la barbe de son autre main puis dit :

— Il est difficile de réfléchir le ventre vide.

Il était évident qu'il cherchait à provoquer Corbin. Mais pour être honnête, j'étais, moi aussi, affamé et assoiffé.

— Vous jouez avec mes nerfs, Corigane !

Le nain soupira.

— Inutile de rentrer en conflit. Je vais en cuisine, capitaine… Tu viens, gamin ?

Après un signe de tête, je suivis le petit homme musclé. Quittant la pièce pour revenir sur le pont, nous descendîmes les escaliers pour arriver dans la salle de vie où étaient installées des couchettes ainsi qu'une grande table à manger. L'endroit n'était pas très lumineux même en journée, c'est pourquoi des photophores étaient placés à certains emplacements.

Traversant la pièce, nous arrivâmes dans une petite cuisine, ou du moins, ce qui y ressemblait. Il n'y avait pas là de quoi faire de la grande cuisine, croyez-le bien, mais cela pouvait convenir si l'on ne comptait pas faire un trop long voyage. Seulement, à cet instant, je pensais que j'allais passer une éternité et peut-être, le restant de ma vie, à manger grâce à cette petite cuisinette. Un tonneau d'eau, un plan de travail et quelques armoires, il n'y en avait pas plus. Le cuisinier nous donna une gamelle de taille moyenne emplie de bœuf séché, des biscuits secs, ainsi qu'une bouteille de vin. En quelques secondes, mon estomac se retourna et je craignis les repas pour les jours ou les semaines à venir.

Nous rapportâmes le tout dans les quartiers du capitaine et chacun picora dans la gamelle, hormis Corbin qui prit une longue rasade de vin, avant de se frotter le buste en faisant une grimace de douleur.

— On peut y aller maintenant ?, gronda-t-il à l'adresse de Corigane, faisant croasser nerveusement Cendre à plusieurs reprises.

— Mais bien sûr. Je m'y attelle, capitaine.

La réponse tirait presque vers l'insolence, mais Corbin passa outre, du moment qu'il avait ce qu'il voulait.

— Voyons donc voir cela, dit Corigane observant les phrases sur la carte.

« *Navigue par les eaux ou la terre, à traverser le monde et ses dangers avant de rejoindre monts et rochers. Les monts Rodin en sont la clé. Sages ils sont. Seuls les nains guideront, maîtres des*

montagnes et des profonds, avant la dernière vous irez.
Loin dans les tréfonds sillonnent les eaux. Vers le bon chemin, la
lumière apaisante vous guidera. À la descente, suivez Sahinésild...
vers Océa, si toutefois de confiance vous arrivez, malgré la colère
des damnés. À la porte, le bon cœur franchira, malgré le champ
libre, le gardien brandira. »

— Voilà la traduction que je peux en faire. Tous sauf : Sahinésild.
J'ignore le sens de ce mot. Mais ce qu'il faut comprendre, c'est que
la légendaire cité d'Océa se trouve dans les Tréfonds. Un endroit
sous les profondeurs du monde ! Pour trouver l'arbre, il va falloir
cogiter ! L'ensemble du texte vise à nous faire utiliser nos méninges.
— Ce sont des énigmes ! Encore…
Il était évident que cela ne m'enchantait pas et vu la tête de Torghil,
ce n'était pas la joie non plus. Malgré cela, depuis que les monts
Rodin avaient été mis sur le tapis, il semblait plus curieux et à
l'écoute, visiblement désireux de pouvoir y séjourner.
— Nous avons déjà plus que bien avancé suite à votre traduction.
Rejoignons donc la côte bordant les montagnes du Nord pour rendre
visite aux nains, peut-être pourront-ils nous aider ?
— Oui, allons-y, il me tarde de retrouver mes semblables, ajouta
Torghil.
— Vous estimez à combien de temps la traversée ?
— Une semaine. Non, plus d'une semaine, plutôt deux si nous
faisons une escale pour pouvoir nous réapprovisionner. Et encore
plus si nous avons des problèmes. Mais estime-toi heureux, Ector,
mieux vaut être sur un navire qu'à pied et obligé de traverser les
royaumes verts, me répondit Corbin avant de reprendre pour nous
trois :
— Bien, je vais rejoindre Bérignan pour donner le cap. Vous allez
devoir aider sur le pont maintenant que nous sommes à bord.
— À quoi ? demandai-je, tout excité.
— Viens, gamin, suis-moi ! me répondit le nain avec un grand
sourire.
Il me choppa par la main et me tira vers l'extérieur, abandonnant la

conversation. À l'air libre, le vent marin était glacial et malgré la tignasse qui me tombait sur les oreilles (oui, car j'étais si sale qu'il n'y avait pas d'autre nom à donner à mes cheveux), elles devaient être rouge écarlate. Torghil m'amena dans la pièce de vie, récupéra une bouteille dans la cuisine, puis descendit encore un étage pour rejoindre les réserves. Les mouvements du navire sur l'océan faisaient danser les ombres sur le sol de la petite pièce tapissée d'étagères pleine de vivres, qui était éclairée par une lampe accrochée à la poutre centrale. Accompagné par le grincement du bois, le nain s'expliqua après avoir bu une gorgée:

— Vois-tu, mon gamin, quand on est pirate, il y a les bonnes choses : la castagne, l'alcool, les femmes. Et… il y a aussi les moins bonnes… Qui peuvent cependant être bonnes (il hésita), si toutefois tu le fais avec le sourire. Tu comprends ? Comme celle que je vais te donner (il récupéra une page accrochée sur une plaque de bois en guise de support ainsi qu'un morceau de charbon taillé finement). Tu vas me compter chaque produit, chaque tonneau, chaque sac… afin de me donner un ordre d'idée des jours que l'on peut faire sans escales. Et n'oublie pas les bouteilles d'alcool. L'eau-de-vie c'est ce qu'il y a de plus précieux ! Ça te requinque un homme, Ector. Un bâton pour chaque unité et dans la bonne case correspondant au dessin. Allez ! Et avec le sourire ! dit-il avant de quitter la pièce.

Je passai plusieurs heures dans la réserve, à compter, compter et recompter lorsque je n'étais plus très sûr de moi. Plusieurs heures fatigantes mentalement et physiquement. Un cauchemar ! Puis vint enfin le repas ! Une espèce de tambouille que préparait le cuisinier, accompagnée d'un morceau de pain à la couleur peu appétissante. Malgré tout, il se déroula dans la bonne humeur et comme toujours, il fut accompagné d'un verre d'alcool (pour les autres).

Ma première nuit fut cauchemardesque. Je voyais le plafond de bois bouger d'un côté puis de l'autre et en repensant au repas du soir je fus à la limite de vomir. Ce même jour, on avait pu voir le Flot-Rouge loin derrière nous et on m'avait expliqué que les gobelins avaient dû détruire le cristal magique qui permettait de la rendre invisible. Avant peu, toutes les flottes de l'armée vogueraient vers elle.

Le lendemain, je fus de corvée pour laver le pont, ensuite, j'allai aider le cuisinier pour laver les gamelles. La nuit se passa à l'identique de la précédente. Après presque une semaine, je commençais à m'habituer au mouvement perpétuel du bateau sur l'eau. Nous avions même eu plusieurs fois une eau plutôt agitée, semant l'inquiétude sur tout le navire. Finalement, je n'étais pas toujours de corvée et il y avait des moments agréables, malgré le froid. Torghil me formait à l'épée au moins une fois par jour depuis le troisième jour, à ma plus grande joie. Je n'étais pas des plus doués, mais je faisais de mon mieux. Il y avait surtout beaucoup de bonnes séances de rigolade. Corigane restait souvent sur le pont à observer l'horizon. Il était très discret comme à son habitude, mais nous rejoignait par moment. Il savait être très sympa, même si un mystère et une part d'ombre planaient autour de lui. D'ailleurs, Corbin gardait l'œil sur lui et quand ce n'était pas lui, c'était Cendre. Ce dernier passait ses journées dans le ciel à observer les alentours ou à se faire cajoler par son maître. Corbin était un bon capitaine, sévère quand il le fallait, comme lors des coups de tabac, et courtois à d'autres moments. Bérignan, quant à lui, restait accroché à la barre ou à bavarder avec son chef. Après une semaine et trois jours, nous avions prévu de nous arrêter sur la côte d'Olevent. Ce matin-là, sous un temps à la limite de la neige montrant que l'hiver pointait le bout de son nez et que l'automne était terminé, je me levai comme les autres matins. J'engloutis quelques biscuits secs en guise de petit déjeuner et un verre d'eau avant d'aller saluer le nain, l'équipage et Corigane, puis, comme je me dirigeais vers Corbin, mes yeux pointèrent vers l'est où de sombres nuages noirs menaçants se dessinaient sur le ciel. Des nuages comme je n'en avais jamais vus auparavant. À la limite du surnaturel et faisant naître en moi la peur et un terrible sentiment d'"insécurité. J'en oubliai la raison de ma venue et je lui demandai :

— Corbin ?

— Tu as encore une question, je présume…

— Tout à fait. C'est quoi ces nuages noirs inquiétants que l'on aperçoit au loin ?

— N'importe qui ne serait pas rassuré en observant ces nuages, mon garçon. Ils couvrent la région de Hirleveïn. Une région d'Olevent couverte par les ténèbres où règne le mal. Mieux vaut éviter de s'y arrêter. Tant que nous les longerons, même de loin, nous ne serons pas en sécurité. Il y a bien des lieux, Ector, où il faut éviter de mettre les pieds. Mais celui-là est sûrement un des pires, m'expliqua-t-il, regardant Cendre et resserrant le petit collier autour de son cou de peur qu'il ne se détache.

— Alors, vivement que nous les dépassions, répliquai-je. Nous avons déjà assez de soucis avec les gobelins !

— Tu as raison, il m'étonnerait qu'Argolaïn ait abandonné aussi rapidement.

— S'il faut, nous nous battrons pour vous sauver, Corbin.

— Tu mûris, Ector ! Que dirais-tu de faire ton entraînement avec moi aujourd'hui ?

— Avec vous ? Bien sûr capitaine ! dis-je en joie.

Cela me fit un plaisir immense, vous imaginez bien, moi qui passais toujours pour une mauviette aux yeux de Corbin, pouvoir apprendre à combattre avec lui était un honneur.

Au centre du pont, tout le monde nous regarda. Je pensais pouvoir utiliser ce que Torghil m'avait appris, comme positionner mes pieds et placer l'arme en garde, prêt à parer. Seulement, le premier coup me scia les jambes. La rapidité avait été impressionnante, j'avais à peine vu Corbin bouger que la pointe de son arme était sur ma gorge, me faisant déglutir avec difficulté. Cela n'était qu'un simple commencement pour me montrer son talent. Un cours plus concret suivit, mais c'était nettement moins amusant qu'avec le nain. Mais tout aussi instructif, de sorte que chacun à sa manière allait me permettre de progresser. Cela me fit oublier complètement les lointains nuages noirs et me fit passer une bonne heure. Après il fut temps de reprendre des tâches quotidiennes avant de prendre un peu de repos. Corigane, qui avait subitement décidé de pêcher, me montra comment faire. Bien que ce fût pour moi aussi monotone et ennuyeux que je l'avais imaginé, cela me permettrait de profiter de l'Océan à chaque instant. Chose qu'à Clane, il m'aurait été impossible de faire. Comme beaucoup d'autres choses d'ailleurs.

Corbin

Chapitre 9 : Poursuite à travers la colère

Ce jour-là, nous avancions peu. Le vent tourbillonnant nous empêchait de prendre de la vitesse et de gonfler les voiles comme on l'aurait espéré. De plus, comme nous longions de loin Hirleveïn, cela faisait régner une atmosphère pesante sur le bateau. Nous avions l'impression constante que ces nuages noirs nous observaient avec moquerie et provocation. Mes yeux ne les quittaient pas un instant même lorsque j'allai m'asseoir près de Corigane qui pêchait au bord du navire. L'homme me parut nerveux, m'avouant même qu'il se forçait à s'occuper pour ne pas ressentir l'étrange sensation que provoquait l'horizon. Au point de lui couper l'appétit. Depuis que les falaises et les nuages d'Hirleveïn avaient étés aperçus, il était resté au bord du navire, assis sur la rambarde, feignant d'observer la ligne de la canne à pêche.

À cet instant un frisson dû au froid toujours rude me fit remarquer que je couvais un vilain rhume. S'apercevant que je mouchais du nez, Torghil me servit un verre d'eau-de-vie à midi en me disant :

— Crois-moi, garçon, il n'y a que cela de vrai, si tu veux guérir. Regarde-nous ! Nous ne sommes jamais malades.

Quel idiot je fus de le croire… je l'avalai d'un trait, sans réfléchir… (J'aurais dû me méfier, vous pensez bien !). Le liquide me brûla toute la gorge. C'était horrible ! Encore une fois, je m'étais fait prendre ! Je fis une grimace de dégoût, faisant rire l'ensemble des pirates. Seul, Corbin semblait préoccupé. Le navire avançait trop lentement ! Il savait que son expédition serait plus longue que prévu, trop peut-être…

Le temps défilait lentement et paisiblement sur le bateau. Mais cet après-midi-là, alors que j'étais affecté à frotter le pont, tout à coup, Cendre se mit à fendre l'air nerveusement en croassant.

— Que se passe-t-il donc ?! cria Bérignan.

Calmement, Corbin répondit :

— Les gobelins ! Ils se sont lancés à notre poursuite. C'était couru d'avance qu'ils n'allaient pas nous laisser fuir. Surtout avec

Argolaïn.

— Des gobelins ! De nouveau… C'était un miracle que notre navire soit passé inaperçu aussi longtemps. Bon maintenant ce n'est pas une raison pour que nous les laissions nous rattraper !

— Le vent me semble plus propice, relâchez les voiles, ordonna Corbin.

— Toutes voiles dehors ! Au pas de course, les gobelins nous ont retrouvés ! s'exclama Bérignan.

— Ah ! Enfin de l'action ! Voilà de quoi me couper l'ennui, s'exclama Torghil sur le pont principal en tapant dans ses mains.

Pour moi, en revanche ce n'était pas la joie. Pourtant, je m'efforçai de garder mon sang-froid. Corigane se contenta de rejoindre la partie haute du navire, afin de pouvoir observer l'horizon derrière nous. Des navires ennemis nous traquaient. Au nombre de trois, ils étaient de taille inférieure au nôtre, mais avançaient rapidement. Ces embarcations étaient en tous points différentes de la nôtre. En forme de triangle, l'arrière de la coque était pourvu d'énormes roues.tel un moulin. Ils roulaient littéralement sur l'eau avec force. Aidées d'un vent favorable, leurs voiles étaient gonflées, et leur allure avait de quoi nous faire pâlir. Et nous remarquâmes vite que les gobelins les avaient décorées avec des piques brandissant la tête des pirates morts sur le Flot, dans le but évident de faire régner la peur.

De notre côté, je regardais autour de moi les matelots s'activer sous les ordres de Corbin qui s'y usait la voix.

— Préparez les planches et les cordes ! Soyez prêts à être abordés ! Préparez les armes ! Les protections contre les flèches !

C'est sans réfléchir que je le rejoignis, espérant être plus utile à ses côtés. Là, à l'écart, je l'entendis dire :

— Ils sont encore loin de notre position. À vent large, nous allons pouvoir tenir un bon moment la distance. À combien de nœuds sommes-nous environ, Bérignan ?

— Je dirais une dizaine.

— C'est une allure plus que suffisante, si le vent ne tourne pas de nouveau.

— Il va tourner soyez-en certain ! grogna le matelot.

— S'il tourne pour eux, il tourne pour nous. Essayons de garder la distance pour le moment.

— Capitaine ? l'interrompis-je.

— Ector, que veux-tu encore ? Tu vois bien que ce n'est pas l'heure de poser des questions!

— Allons-nous devoir nous battre ?

Il était évident qu'à ce moment, malgré mes efforts pour être courageux, j'avais besoin d'être rassuré.

— Tu as occis ton premier ennemi sur l'île et tu nous as prouvé ton intelligence dans les mines. Tu sais tenir une épée, donc tu es un pirate maintenant. Alors, agis comme tel…

Il avait raison ! Après un moment sans réagir, c'est vers Corigane que je me tournai, observant nos arrières et les navires qui nous poursuivaient.

Pendant cette course poursuite, ce court moment me sembla être une éternité. Malgré tous nos efforts pour avancer plus vite, ils nous rattrapaient. Je me mis à ressasser nos péripéties déjà franchies : l'âne, la sorcière, la rencontre d'Argolaïn, de Godagol, l'attaque des gobelins, la mine, sans oublier Gordu… Tout cela me rappela que mon aventure n'avait en rien été une partie de plaisir, mais que j'avais survécu ! Alors je devais être courageux.

Torghil finit par nous rejoindre. Nous étions rassemblés tous les quatre, à l'arrière du navire, fixant nos ennemis. Un de leurs navires finit par arriver à notre hauteur. Les maudites créatures criaient, hurlaient, lançant des menaces incompréhensibles tout en montrant leurs dents et en agitant leurs armes.

Les grandes planches de protection contre les flèches furent relevées et aussitôt les pointes de plusieurs projectiles vinrent s'y clouer. Blottis derrière elles, les pirates répondirent de la même manière qu'eux. Puis, sans même attendre, les gobelins s'élancèrent à l'aide de cordes jusqu'à notre bâtiment. Le fer fut brandi. Autour de moi, les claquements d'armes résonnaient, les flèches volaient, les corps tombaient. Moi ? Je restais spectateur, reculant le plus que je pouvais, tandis que Torghil, aux côtés de Bérignan, agitait ses deux armes avec une dextérité parfaite. Seulement, il restait les deux autres navires ! Corbin, en pleine bagarre, ne les avait pas oubliés, lui. Avant que le pire n'arrive, il se fraya un chemin jusqu'au harpon. Plaçant la puissante flèche à tête de crochet colossale, il attendit le moment propice. Lorsqu'il le jugea bon, il lâcha la manivelle. Dans un bruit de poulies et de claquements, l'énorme harpon vint percuter le mat du deuxième navire qui arrivait à notre gauche. Avec un craquement brutal, il s'écroula de toute sa hauteur sur les gobelins. Mais ce n'était pas suffisant, car le dernier navire s'apprêtait à nous aborder.

L'affrontement s'annonçait mal. Une créature me prit pour cible. Elle avait un sourire sadique, et de la bave coulait des commissures de ses lèvres. Courant dans ma direction, le gobelin frappa de droite me faisant parer par pur réflexe. L'arme vibra jusque dans ma main affaiblie par le choc. Il renchérit de gauche m'obligeant à répéter le blocage. Je m'efforçai de penser à mes appuis, aux entraînements des derniers jours. Derrière, mes amis combattaient sans relâche. Je devais être à la hauteur. Attaquant d'une frappe d'estoc, instinctivement je pivotai, m'appuyant sur mon pied gauche en pointant de face, laissant ma lame se glisser entre ses côtes. Une fois ma lame logée dans son flanc, criant de rage, j'utilisai toute ma force pour le pousser. Emportés par l'élan, nous atteignîmes le rebord. Exagérant mon mouvement, aidé de mon autre main, je le fis basculer dans l'océan, extirpant mon arme de sa blessure mortelle. Jamais je ne me serais pensé aussi fort et courageux. Tout s'était passé rapidement et j'étais parvenu à ce qui me semblait impossible auparavant.

Malgré ma petite victoire, le conflit était loin d'être terminé. J'ignore d'où provenaient les nouveaux projectiles qui venaient d'ajouter encore plus de pagaille à toute cette galère. Nos voiles se mirent à brûler à une vitesse faramineuse. Là, nous étions mal, très mal…

Le plus surprenant, en mer, c'est le temps. Il change à toute allure sans même que l'on s'en aperçoive. Alors que quelques minutes plus tôt le ciel était voilé de nuages blancs, une tempête inquiétante venant de l'ouest pointa le bout de son nez. Le vent se leva, le temps se couvrit, une petite pluie fine commença à tomber. Rapidement, je me retrouvai trempé et glacé. L'océan s'agita. Notre navire tanguait de plus en plus fort. Les bateaux s'entrechoquèrent plusieurs fois, faisant perdre l'équilibre aux combattants et trembler la carcasse. Il n'était maintenant plus possible pour les gobelins de rester bord à bord avec notre navire sans risquer de voir leurs coques se briser les unes contre les autres. Ils durent abandonner le combat. Il n'était plus question de s'affronter. Sonnant la retraite, après quelques minutes, les bâtiments se séparèrent au milieu des vagues déjà violentes. Sans voile, nous étions à leur merci, ballottés en tous sens comme jamais me donnant des haut-le-cœur.

Une grosse tempête arrivait. J'essayai de me rassurer et priai pour qu'elle passe vite. Hélas, le vent soufflait de plus en plus fort et la pluie se déversait à grosses gouttes. Des nuages noirs recouvraient totalement le ciel. Autour de nous, nos ennemis rencontraient le même problème. Les vagues se fracassaient contre les coques. Je chutai, me retrouvant contre l'escalier, m'accrochant comme je le pouvais. Corigane se tenait lui aussi fermement au navire. La peur se lisait sur le visage des pirates qui essayaient tant bien que mal d'agir malgré le vent. Les hommes criaient, Corbin et Bérignan s'épaulaient pour tenir la barre afin de ne pas perdre le cap. Le bruit fort et incessant des vagues faisait un vacarme inimaginable. Parfois, elles dépassaient même le navire en hauteur, se présentant au-dessus de nous avant de s'écrouler sur le pont. Je vis un homme tomber à l'eau, emporté dans les remous. En vérité, j'ignore combien sombrèrent dans les ténèbres à cet instant. Je priais pour qu'Aériis nous vienne en aide. Malheureusement de puissants éclairs vinrent s'ajouter à un tonnerre assourdissant. À croire que Hirleveïn était venu jusqu'à nous. Après une bonne demi-heure, la tempête n'avait pas cessé et les vagues continuaient à grandir. À plusieurs reprises, je nous vis finir engloutis dans l'abysse. Autour, les gobelins avaient disparu. Les ténèbres s'immisçaient autour de nous, nous tirant vers les profondeurs. L'océan cherchait à nous anéantir et à chaque fois que le navire était prêt à se retourner, une petite voix me disait :

« Cette fois, c'est la fin ! »

Et à chaque fois la tempête reprenait de plus belle. Le tonnerre déchirait le ciel ; la foudre martelait l'océan. J'ignore combien de temps nous avons lutté ainsi. Tout à coup, une vague plus puissante que les autres traversa le navire, produisant un énorme bruit d'arrachement. Deux des mâts déjà dénudés de leurs voiles venaient d'être emportés par la force de notre nouvel ennemi. L'un d'eux avait, par la même occasion, arraché une partie du plancher et du bord du navire provoquant une voie d'eau. Une véritable scène d'apocalypse. Voyant cela, Corbin hurla à Corigane de trouver une solution face à l'acharnement de la nature. Avec du mal, parfois même à quatre pattes, le magicien gagna la proue du navire avant de réciter quelques paroles rendues incompréhensibles tant par le bruit que par le dialecte utilisé. Il dut recommencer deux fois, interrompu par les mouvements. Mais, la seconde fois il réussit à faire apparaître une sorte de bouclier rouge lumineux autour de l'embarcation. À présent, les vagues venaient se percuter contre le dôme et s'enroulaient autour. Nous étions protégés ! Même la pluie ne nous atteignait plus. Ce moment d'accalmie permit aux hommes de souffler un peu. Le bruit autour nous parvenait assourdi. Notre taux d'adrénaline redescendit. Enfin, je pus ouvrir les yeux pleinement, et j'aperçus Torghil qui s'essuyait le crâne à l'aide d'un chiffon. J'entendis Corbin avertir l'équipage que la barre était brisée, ce qui rendait la navigation impossible.

— Vous allez bien ? demandai-je au nain après l'avoir rejoint.

— Bon Dieu, j'ai cru que j'allais passer par-dessus bord ! Et toi, gamin ?

Je le regardai le visage défait.

— J'ai connu mieux.

— Rah ! dit-il. Foutue tempête ! Il n'y a plus rien à faire, à part prier et espérer qu'elle se calme vite. Que les monts et les pierres nous protègent…

Autour, des pirates évacuaient l'eau de la cale pendant que d'autres s'occupaient des blessés parfois graves. Bérignan essayait d'observer l'horizon, mais je pense qu'il ne voyait pas grand-chose, voire rien du tout. Corbin alla rejoindre Corigane.

— Vous allez tenir, magicien ? demanda-t-il de son air habituel.

Les gobelins

Le vent avait fait voler la capuche, laissant apparaître son visage marqué de fatigue. Chose évidente lorsqu'on voyait de quoi le bouclier nous protégeait. Il répondit difficilement :

— Je fais le maximum. Laisse-moi me concentrer !

— Vous avez intérêt à tenir, Corigane. C'est de nos vies qu'il est question, plus seulement de notre voyage.

Même dans cet instant, je ressentis le froid qui s'était installé entre ces deux personnages depuis le Flot-Rouge.

Ce qui était certain, c'est que notre peine était loin d'être terminée. Cette folie semblait sans fin. Nous avions dû tourner dans un sens et dans l'autre et maintenant il nous était impossible de savoir où nous étions réellement.

Tout à coup, alors que nous semblions presque sortis d'affaire, grâce à la protection de Corigane, une énorme vague d'une hauteur et d'une grandeur inouïes se présenta sur notre flanc droit. Ce fut le coup de grâce. Elle s'écrasa de toute sa puissance sur le bouclier qui céda net avant de s'effondrer sur le magicien qui disparut de ma vue. Le bateau, quant à lui, commença à se pencher dangereusement, précipitant une bonne partie de l'équipage, dont Torghil et Corbin, à la mer. Trop apeuré pour réaliser, je ne ressentis pas tout de suite de peine, d'autant plus qu'aussitôt, tout fut submergé. Dans un noir total, je fus emporté vers les fonds marins, essayant de me débattre pour remonter à la surface et reprendre mon souffle. Lorsque j'y parvins, une vague me retomba dessus. Puis une seconde, et encore une. Sous le ciel déchiré par l'orage, je ne voyais plus rien ni personne autour de moi. C'était fini ! Je n'arrivais plus à penser à l'avant ou l'après. J'essayais juste de survivre. Je bus la tasse à de nombreuses reprises avant que, sous la lumière blanche d'un éclair, une vague trop grande pour que je puisse la surmonter m'emportât. Je me souviens avoir tourné plusieurs fois dans les flots de l'océan avant de perdre totalement connaissance.

Si vous pensez que c'est ainsi que se termina mon histoire, c'est que vous avez sous-estimé ma chance. Je me réveillai avec difficulté au pied d'une montagne longeant le bord de mer. Lorsque j'ouvris les yeux non sans mal, la lumière du jour ne me gêna pas. Le soleil était inexistant et le ciel très couvert (nous étions sûrement le soir). La tête tournante, la faim au ventre, je me relevai après plusieurs essais pour m'éloigner de l'eau. Le petit vent froid balayant mon visage me tiraillait la peau que l'eau salée avait bien desséchée ainsi que mes lèvres et j'étais assoiffé. Je marchai vers les pentes rocheuses en me découvrant à chaque pas de nouvelles douleurs ici et là. À bout de force, je m'effondrai sur le sol. Le regard sur l'océan, la respiration difficile, je me rappelai le visage de Torghil, les yeux grands ouverts remplis de surprise, en voyant la vague arriver sur lui. Puis Corbin, se protégeant du bras et se recroquevillant sans espérer que son ennemi naturel ne ressente une quelconque pitié. Je me souvins aussi de Corigane se débattant au milieu des eaux. Maintenant, je me retrouvais seul, sans personne autour. Après un grand soupir, je me mis à pleurer… Sans larmes. Signe que j'étais totalement déshydraté. Je restai ainsi pendant une bonne demi-heure. Frigorifié, triste, apeuré, malade et seul… Parfois, je regardais le sol, d'autres fois l'océan calmé. Il y avait quelques éclaircies au loin. Je soupirai de nouveau et j'attendis encore un bon quart d'heure.

Enfin, ne voyant toujours personne, je compris que j'étais véritablement seul. Autour, le paysage ne laissait guère la possibilité de longer le bord. L'eau bordait en grande partie la falaise et dans peu de temps, les rochers où j'étais assis allaient eux aussi finir submergés. Le seul passage relativement praticable était derrière moi. Une pente abrupte et rendue glissante par l'humidité et par le sol érodé et concassé en millions de petites caillasses noires. Peut-être que sur les hauteurs, la vue me permettrait de me situer et que, par chance, je tomberais sur des survivants ?

Après avoir contourné les énormes rochers aux multiples formes, je fus devant la pente. Les mains posées sur le sol, les pieds en appui, je m'élançai ! La surface presque lisse était en réalité loin d'être stable et faisait souvent glisser mon pied. Après quelques mètres franchis, jetant un regard vers le bas, je découvris que l'eau avait déjà gagné la pente.

« Il n'est plus question de retourner en arrière, maintenant »,
pensai-je.
Malgré le froid, la difficulté me faisait transpirer, provoquant
quelques puissants frissons lorsque le petit vent frais passait sous
mes bras. Cela n'allait pas améliorer mon rhume. Après quelques
mètres, j'étais à bout de force. Mes jambes me brûlaient et mes bras
semblaient ne plus pouvoir faire un seul mouvement. Décidément,
rien ne se passait simplement dans ce voyage. Mais, il ne fallait pas
abandonner. Alors j'utilisai toutes les forces qui me restaient pour
arriver au sommet. À un moment, je me mis à glisser sur plusieurs
mètres, m'arrachant la paume des mains sur les petits cailloux
pointus. C'était douloureux mais malgré cela je continuai.
Maintenant que j'y pense, je n'en reviens pas de tout ce que j'ai
réussi à surmonter ! Finalement, après une longue grimpette et non
sans mal, je finis par atteindre le sommet.
Autour, tout n'était que montagnes de pierre noire et poussiéreuse.
Les quelques arbres encore debout étaient morts. Il n'y avait plus
rien de vivant. L'endroit où je me situais permettait d'avoir une vue
sur l'autre côté. C'était une vallée triste et ravagée, parsemée de
quelques anciennes ruines. Mis à part cela, j'étais toujours aussi seul.
Un petit passage permettait de longer la falaise. J'eus l'espoir qu'il
me mènerait à un endroit plus accueillant que celui-là. Mais où ? Je
l'ignorais, ne sachant même pas où je me trouvais.
L'endroit sinistre n'étant en rien réconfortant, je me mis à chanter
une petite chansonnette que je répétai de nombreuses fois pour me
rassurer. Je l'avais apprise plus jeune avec mes camarades de
l'orphelinat. Il me semble qu'elle disait quelque chose comme :

« Encore une journée à devoir travailler ;
Nous préférons jouer à saute-saute loupée.
La dame Turtula va encore nous gronder ;
Une bonne paire de claques sur le fessier.
Des vers dans son soulier pour nous venger !
Nous n'avons pas peur, elle ne peut nous rattraper ;
Ah ! Elle nous fait rigoler avec ses poils dans le nez.

Cette vieille au visage très laid. »

Il est évident que c'était enfantin, mais cela me rappela de bons souvenirs, comme lorsque l'on refusait de faire de sales besognes, préférant nous amuser. Jusqu'à ce qu'elle le remarque et nous gronde. Et nous chantions cette comptine amusante.

Après une bonne marche, la main crispée sur mon ventre vide, grelottant, je découvris une vue des plus inattendues. Entre deux grandes roches, un endroit permettait de découvrir plus clairement la vallée. Là, se trouvait une grande cité, qui, par le passé, devait être magnifique. Des cascades descendaient des rochers et des murs avant de tomber dans un lac donnant l'illusion que les bâtiments volaient. Vue d'ici, elle me semblait en ruine : des statues écroulées, des colonnes effondrées. Je ne voyais pas grand-chose. Ces grands bâtiments – pour le peu qu'ils soient encore entiers – paraissaient pourtant toujours superbes. L'image était impressionnante, surtout le château immense dont les tours intimidaient la montagne elle-même. Tout à coup, une voix me fit sursauter :
— Hey, gamin ! Alors l'eau n'a pas eu raison de toi ?
Je me retournai rapidement en la reconnaissant.
— Corigane ! Vous êtes vivant ! C'est un miracle ! m'exclamai-je, heureux.
— J'ignore si cela relève du miracle, mais oui, je le suis. Et sûrement que d'autres aussi.
Il s'avança jusqu'à moi et observa la vallée.
— Bienvenue à Hirleveïn, Ector.

Chapitre 10 : Royaume de ténèbres

Corigane, tout proche de moi, observait Hirleveïn d'un regard que je qualifierais de troublé. Mieux valait ne rien lui demander pour le moment. Même si – vous me connaissez bien – il était évident que je finirais par le questionner. Tout en se retournant, il me conseilla de poursuivre notre route pour trouver un abri pour la nuit. Avec un peu de chance, la lumière de notre feu guiderait vers nous d'autres survivants du naufrage (en espérant qu'il y en ait). Pendant un long moment, je marchai sur le bord de la falaise, faisant confiance au magicien. Il disait qu'il fallait avancer dans cette direction si l'on voulait se diriger vers le nord. Un passage de tristes montagnes, avec des sentiers descendant et montant sur plusieurs kilomètres. J'entendais mon ventre hurler de faim. Ma salive – pour le peu qui me restait – peinait à être avalée. À Hirleveïn, il était inutile d'espérer trouver de quoi se rassasier : tout n'était que ruines et calamité. En marchant, Corigane m'expliqua comment il avait survécu à la tempête. Alors qu'il était proche de la noyade, il avait relancé son sortilège de protection autour de lui et avait nagé d'une main jusqu'à la rive. Malgré sa fatigue, il avait escaladé la falaise avant de tomber, épuisé, entre deux rochers. J'étais impressionné par cet homme. Très mystérieux, parfois flippant, mais d'une résistance et d'un talent hors du commun.

Quant à moi, je lui expliquai comment j'avais survécu miraculeusement. Seulement je sentais que quelque chose ne tournait pas rond dans la tête du magicien. Plusieurs fois il chuchota discrètement : « C'est étrange ».

Continuant notre marche devant des paysages similaires, lors d'une légère descente, nous aperçûmes à nouveau la mystérieuse cité sur notre flanc droit. De notre position, l'on pouvait observer une grande forêt sans vie qui, bien avant la ville, bordait un petit lac d'une eau sombre, longeant le versant de notre pic. Ailleurs, la terre semblait brisée, telle une feuille arrachée, un véritable décor post-séisme. S'ajoutant à cela, quelques bâtiments en ruines écroulés sur une terre battue, vestiges d'un passé martelé. Mon compagnon de route

semblait de plus en plus pensif. Il observait l'endroit de part et d'autre, insistant sur la cité tout en chuchotant de nouveau :
« C'est étrange... ».
Interloqué, je finis par réagir :
— Quelque chose ne va pas. Je me trompe ? Voilà un moment que l'on marche et que je vous entends chuchoter : « C'est étrange ».
— Ah ! Garçon, tu n'es pas si bête, pour une bourrique ! En vérité, je suis songeur, voilà tout.
— Je ne suis point une bourrique ! (Je repris aussitôt, un peu agacé) Je m'en doute bien, que vous êtes songeur, mais vous songez à quoi ?
Il était clair que je commençais à oser dire les choses plutôt que de me taire. Surtout après tout ce que j'avais vécu, une explication ou deux ne seraient pas du luxe.
— En vérité, je ne le sais même pas, garçon. Vois-tu, je ne sais plus rien de mon passé. Il y a de cela bien des années, j'ai perdu la mémoire sans m'en rappeler la cause. J'ignore aussi la raison de cette horrible blessure sur mon visage. Certains flashs me reviennent par moment et certains endroits me sont étrangement familiers. Je souffre d'amnésie, Ector.
— Et cet endroit vous est familier ? dis-je, troublé par ses aveux.
— Je n'en sais rien. Hirleveïn était autrefois la capitale d'où gouvernait le seigneur elfe responsable des guerres du passé. C'est ici qu'Ellisé a mis fin à son règne et à la première guerre. Mais tous ces morts et cette cruauté ont eu des conséquences. Et cette région en souffre encore. (Il claqua sa langue sur son palais et reprit.) Une chose est certaine, plus tôt nous aurons quitté ce lieu, et plus vite nous serons en sécurité.
— Si vous ne vous souvenez de rien, pourquoi cherchez-vous l'arbre de vie ? Corbin dit que vous n'êtes pas honnête avec nous.
— Tu crois que lui, il l'est davantage? (Corigane eut un rire nerveux.) Plus sérieusement, si l'arbre existe, j'espère qu'il me fera retrouver la mémoire et apportera les réponses à toutes mes interrogations.
— Je vous le souhaite. Comme il doit être frustrant de vivre sans

aucun souvenir sur soi et son passé.

— C'est le cas, bourrique !

— Je me nomme Ector ! Aimeriez-vous que je vous appelle par un notre nom que le vôtre ?

— Tu te dévergondes, gamin ! En fait j'ignore si celui que je porte est réellement le mien. Le plus important est de savoir ce que nous valons vraiment, tu ne crois pas ? Allez trêve de plaisanterie, continuons à descendre, peut-être trouverons-nous un abri dans la montagne.

Mon compagnon avait raison, mais moi, je savais qui j'étais : un jeune orphelin en train de devenir un homme, un pirate ! Après une longue marche, nous nous arrêtâmes dans une petite caverne d'à peine trois mètres sur trois. Nous y allumâmes un feu avec quelques branches mortes grâce à un claquement de doigts du magicien. Enfin, je pus me reposer au chaud. Mais cela n'apaisa pas pour autant ma faim et ma soif. Alors que la nuit était bien tombée (interprétation difficile à vérifier, étant donné que l'endroit était perdu sous la nuit éternelle), c'est en sursautant que je me réveillai. Corigane était debout, presque à l'extérieur, mais tout en restant à l'abri pour ne pas subir le vent soufflant relativement fort.

Au loin, dans les méandres de la nuit, résonnaient des hurlements effrayants de bêtes sauvages, des cris que l'on pouvait imaginer provenir de redoutables et terrifiantes créatures des terres inconnues. J'avais entendu parler de bêtes légendaire vivant bien loin dans l'est et que l'on disait d'une grandeur et d'une grosseur incommensurable (simples ragots puisque personne n'y avait jamais mis les pieds. Bref, reprenons le vif du sujet). Les animaux, si toutefois il s'agissait d'animaux, émettaient des bruits dans la plaine et semblaient peu à peu gagner la montagne. Corigane préféra éteindre le feu d'un geste du bras pour ne pas nous faire repérer :

— Ce sont des animaux ?

— Il n'y a que très peu de créatures capables de survivre dans une région comme Hirleveïn. L'eau y est croupie et la nourriture inexistante. Aériis elle-même a abandonné cet endroit. Ce n'est pas pour rien s'il est dans cet état… Si des bêtes réussissent à vivre ici, alors mieux vaut les craindre et ne pas croiser leur route.

— Alors, restons cachés, nous sommes bien ici. N'est-ce pas que nous sommes bien ici ? dis-je en insistant pour me rassurer.

Seulement, après un instant, un autre cri résonna. Et il ne faisait aucun doute que celui-ci ne venait pas d'une bête, mais bien d'un homme. Mes yeux devinrent tout ronds.

— Corbin ?

— Vu le son, je dirais plutôt que c'est la voix de ce maudit nain. Mais rien n'est sûr. Oublie ce que j'ai dit. Si ce sont eux, alors ils vont avoir besoin d'aide. Allons-y, et tiens-toi prêt à te défendre.

Je mis la main sur mon ceinturon où pendait l'épée rudimentaire que je portais. Puis, je fis un signe affirmatif de la tête. Aussitôt, Corigane quitta notre caverne afin de se diriger en direction de la voix. Franchissant quelques passages escarpés et un précipice légèrement en pente, nous nous enfonçâmes dans un environnement pesant et empoisonné. Ma respiration devenait plus difficile, ce qui accentuait ma fatigue. Derrière Corigane, je peinais. Nous n'étions plus très éloignés de la scène d'où provenaient les cris et les rugissements. On entendait même quelques tintements de métal frappant la pierre. C'est après avoir passé un petit col rocheux que nous tombâmes enfin sur Berignan, Torghil et Corbin. À plusieurs mètres de nous, ils se tenaient dans un petit espace quasiment plat, entouré par la roche, pris au piège. Tous les trois se tenaient en garde face à un énorme canidé de la taille d'un ours. L'énorme animal ressemblait à un grand loup mais en était pourtant bien différent. Sa gueule, plus large et plus grande, laissait voir des dents de la taille de ma main (sans exagération) et laissait dégouliner une bave épaisse et visqueuse. Son poil noir et dru, hérissé par la colère entourait ses yeux jaunes, agrandis par la rage. Son étrange ossature semblait avoir changé de forme, car plusieurs grandes pointes osseuses noirâtres sortaient de son dos et de sa nuque. La créature grognait et rugissait face à eux tout en piétinant sur place, la gueule légèrement abaissée. Seulement, notre arrivée ne passa pas inaperçue, car la créature avait l'ouïe fine. Peut-être même nous avait-elle entendus depuis longtemps ?

La bête jeta un rapide regard vers nous avant de se retourner vers les trois hommes devant elle. Je pense qu'elle avait compris la nécessité d'agir vite pour ne pas perdre ses proies. Appuyée sur ses pattes, prenant son élan, elle bondit sur Torghil, le faisant s'écrouler au sol sous son poids. Par chance ou réflexe, il croisa ses deux armes devant lui, créant un obstacle entre sa tête et les crocs de la bête. La bave dégoulinait sur le visage du nain gueulant de colère. Corbin et Berignan, épées en main, la frappèrent sans hésitation dans le dos, faisant ricocher la lame sur l'ossature dure et compacte. Consciente du danger, la bête recula pour chopper le bras de Corbin. La force de l'animal était telle que le capitaine fut emporté et secoué de gauche à droite. Puis la bête lâcha le bras enserré dans sa gueule envoyant Corbin valser un mètre plus loin. Bérignan lui porta à son tour un coup, mais son arme n'empêcha pas les griffes de le toucher au torse et à l'épaule. Il s'effondra avec violence au sol. Alors que l'étrange loup allait de nouveau attaquer le nain, Corigane vint à sa rescousse. Il colla ses mains l'une contre l'autre avant de les séparer. La boule de feu aussitôt formée fila en produisant un bruit de flamme. Le projectile magique vint percuter le canidé dans son flanc gauche et la flamme consuma une partie de son pelage en dégageant une forte odeur de brûlé. La bête changea de cible et chargea dans notre direction. Ma main tremblante était posée sur le pommeau de mon arme. Après une hésitation et un regard terrifié vers la bête qui bavait de colère, je finis par sortir mon épée de son fourreau pour me défendre (sans grande conviction). Seulement, comme nous l'avions remarqué, les armes semblaient inefficaces. Heureusement, Corigane reforma sans attendre une boule de feu et l'envoya sur la bête. Bien que ralenti, le monstre chargea. Le magicien recommença encore et encore. Par chance, le dernier coup porté par le jeteur de sort fit chuter l'enragé qui s'écrasa sur le sol, la gueule heurtant au passage une pierre si solide qu'elle lui défonça le crâne. Anéantie ! Malheureusement, alors que nous nous croyions sortis d'affaire, un grognement se fit entendre derrière le magicien. Ce second animal nous surprit tous, quand elle se lança sur Corigane qui tomba à mi-chemin entre ma position et celle des trois autres compagnons.

Le loup maléfique était maintenant devant moi, sans personne pour me protéger. J'étais seul ! J'entendis Torghil crier, tout en se dépêchant d'arriver, suivi de Corbin qui traînait son bras meurtri. La bête me regardait de ses gros yeux jaunes. Je pointai l'épée devant moi, unique barrière pouvant l'empêcher de m'atteindre. Une bien trop fragile barrière, j'en étais bien conscient. Les quelques secondes qui suivirent me parurent une éternité. La pointe de l'arme était maintenant à quelques centimètres de la truffe de la bête et j'entendais distinctement sa respiration forte et rapide. Baissant les yeux instinctivement, je découvris que la pierre rougissait à la manière d'un métal sous l'effet de la chaleur. Une petite fumée s'échappa de la roche, au niveau des pattes de la bête. Corigane s'était hissé sur un rocher avec difficulté et avait simplement posé sa main contre la pierre avant de lancer un sort de combustion. À son contact la pierre avait commencé à chauffer et l'animal, malgré ses épaisses pattes, ne pouvait éviter la brûlure. Il se mit à bouger une patte, puis l'autre, puis les deux autres, en gueulant de douleur et de rage. Enfin, l'animal hurla avec une force inattendue qui résonna dans toute la vallée avant de reprendre ses petits sauts pour soulager ses pattes fumantes. Voyant la bête en difficulté, j'en profitai pour faire un geste fou et totalement irréfléchi. Choppant l'oreille de l'animal, j'utilisai ma prise comme appui pour l'autre main, et j'enfonçai ma lame dans sa gueule grande ouverte. Les phalanges de ma main frôlèrent ses dents pointues, m'égratignant la peau et créant de légers filaments rouges. La lame glissa dans la gorge et, après un horrible bruit de déglutition, un flot de sang s'en échappa. L'animal s'écroula sur la pierre, causant une fumée et une odeur de grillé épouvantable, avant de prendre entièrement feu. Aussitôt, mes coéquipiers me rejoignirent, rassurés et satisfaits.

— Par ma barbe. Tu me coupes le souffle, gamin. Jamais je ne t'aurais cru capable de faire cela ! s'exclama Torghil, illuminant mon visage d'un grand sourire.

— Sur ce coup, il est clair que tu as eu du courage. Même s'il est évident que tu n'aurais pas fait grand-chose sans mon aide, ajouta Corigane.

— Il faut faire plus attention à Ector, sa vie est importante pour notre voyage, précisa Corbin. Allons retrouver Bérignan, en espérant qu'il ne soit pas blessé trop grièvement, car nous allons devoir repartir et vite !

Tiens donc ! J'étais important ? Et pourquoi donc ? Ce n'était pas spécialement l'heure de poser des questions, mais cela m'intrigua. Surtout en voyant le regard de Corigane se poser sur Corbin, puis sur moi. Je devrais avoir rapidement une discussion avec eux. On ne m'avait visiblement pas tout dit sur les motivations qui avaient poussé le capitaine à m'acheter. Les conversations reprirent, mais avec plus d'amertume :

— Alors, comme ça, vous avez survécu au naufrage ? demanda Corbin à Corigane tandis que nous rejoignions Bérignan pour panser ses plaies.

— Comme vous le voyez, oui ! Même si je présume que vous auriez eu plaisir à ce que je reste dans les profondeurs de l'Océan. (Il soupira.) Ne nous attardons pas à soigner ce pirate, il va nous ralentir et ces deux créatures ne doivent pas être les seules de la région ! Plus vite nous aurons quitté Hirleveïn et mieux ce sera !

Il était étrange de voir le magicien aussi pressé et égoïste.

— Nous n'abandonnerons personne ! reprit le capitaine avant de s'adresser à Bérignan. Comment te sens-tu ?

L'homme fit une grimace puis répondit :

— J'ai connu des jours meilleurs. Je pense avoir le bras cassé, mais je peux marcher.

Tout le monde remarqua qu'il était bien plus blessé qu'il ne le faisait croire. Son torse était couvert de sang et son visage était en sueur. Alors que nous parlions, plusieurs hurlements retentirent de nouveau. Vers les hauteurs, face à nous, une meute se manifesta. Les hurlements bruyants du dernier loup avaient dû conduire les autres jusqu'à nous. Les choses s'envenimaient :

— Mais diable, que sont ces créatures ? demanda Corbin observant les monstres.

— Avant, ils étaient des loups comme les autres. Maintenant, ils sont devenus des bêtes possédées par cette région de ténèbres. Nous devons fuir. En combattre une à la fois, c'est encore faisable, mais plusieurs, ce serait du suicide, expliqua le vieil homme.

— Alors, partons. Et vite !

Torghil aida Bérignan à se relever puis c'est en toute hâte que nous nous enfuîmes. Sans réfléchir, nous décidâmes de prendre les chemins les plus simples et les moins escarpés. Bérignan malgré tout son courage, avait besoin de notre aide à certains moments et nous ralentissait. Dans l'obscurité d'Hirleveïn, nous courrions pour échapper aux créatures qui, elles, cavalaient et grimpaient sur les roches avec aisance. Malgré ce stress, nous ressentions une faim qui nous dévorait l'estomac et nous affaiblissait de plus en plus. Chaque pas était une corvée dans cette atmosphère où l'oxygène manquait. Alors que Bérignan était au plus mal, Corbin semblait, lui, s'être rapidement remis de sa blessure grave au bras. La malédiction avait parfois des avantages.

Après une longue course-poursuite, le chemin qui jusque-là montait vers les hauteurs nous mena vers une gorge descendante dont le sol était recouvert de caillasses peu stables. De cet endroit, nous pouvions découvrir la limite entre Hirleveïn et Cozé, deux régions composant Olevent, matérialisée par une montagne plus large que haute et surmontée d'une ancienne grande tour abandonnée. Derrière elle se dessinait un ciel d'hiver lumineux. L'air devait être plus pur là-bas, à n'en pas douter. À ce moment, je commençai à tousser, et à ressentir un terrible mal de gorge. Mais il ne fallait pas attendre, pas tarder, juste courir vite en espérant que nos poursuivants finiraient par abandonner. La descente n'était pas sans risque. Sans aucune prise digne de ce nom, nous glissions souvent, risquant à chaque instant de dévaler une longue pente. Bérignan nous suivait non sans peine. Son bras et son torse le handicapaient fortement et il devait multiplier les efforts pour ne pas chuter. Derrière, ne prenant guère de précaution avec le terrain, les bêtes semblaient folles, guidées par la rage et la faim. Tout à coup, au milieu de la descente, une bande de caillasses se mit à glisser du sommet emportant une des créatures. Après nous avoir frôlés au passage, elle s'écrasa sur le sol recouvert d'énormes rochers. Rien qu'à entendre le bruit que firent ses os en se brisant sur ces énormes pierres, je fermai les yeux et devins tout pâle. Cela ne faisait que confirmer qu'au moindre faux pas, nous finirions dans le même état. Malgré tout, nous y parvînmes sans encombre, jetant au passage un regard pas très rassuré du côté du cadavre. Seulement, les autres loups étaient toujours derrière. Corigane dut agir, utilisant une fois de plus son pouvoir pour nous sauver. Il arrêta sa course et après quelques secondes de concentration, sous une lueur rouge, le ciel gronda. Ses mains se nimbèrent d'un feu qui finit par recouvrir tout son corps. Balançant ses bras de tous côtés, il lança son attaque d'un geste brutal vers les monstres. Les flammes recouvrant son corps se rejoignirent avant d'être projetées sur nos ennemis, causant une formidable explosion qui fit voltiger la roche. En un instant, une avalanche de caillasses enflammées s'abattit sur la pente, n'épargnant rien sur son passage.

La force était si dévastatrice que Corigane tomba genoux au sol, saignant du nez, les mains brûlées, à bout de souffle.

Sans attendre, Corbin et moi le relevâmes avant de continuer, sans prendre le temps de nous assurer que le sort avait anéanti toutes les créatures maudites. Nous reprîmes notre ascension, et ce n'est qu'une fois au sommet que nous nous arrêtâmes. Le magicien s'écroula au sol, avant que je fasse de même, ainsi que Bérignan. Torghil se laissa tomber à genoux lui aussi. Pourtant costaud, il était essoufflé, le visage fatigué. Corbin était dans le même état, mais c'était davantage dû à la malédiction qui l'envenimait au quotidien. Heureusement, derrière, aucun loup ne se manifesta.

— Ne comptez pas sur moi pour continuer, je suis à bout de force. Mon ventre me tiraille, mes jambes me brûlent, ma gorge est sèche ! J'ai horriblement froid et mon rhume ne cesse de me tourmenter ! dis-je avec la ferme intention de ne plus bouger d'un pas avant d'avoir pris un minimum de repos.

— Nous reposer ? Tu penses vraiment que c'est le bon moment ? Nous ne sommes toujours pas à l'abri. Nous avons perdu trop de temps. Toute cette équipée n'aurait jamais dû avoir lieu ! En avant ! ordonna le capitaine.

114

— Corbin… répliqua Torghil. Nous sommes épuisés. Un minimum de repos nous ferait le plus grand bien. Corigane a tout donné pour nous sauver, il a besoin de souffler.

— Il faut avouer que je n'ai guère la force de continuer, ajouta Corigane en chuchotant, trop faible pour parler de vive voix.

Mes deux compagnons de route avaient raison. Malgré nos lèvres sèches et presque saignantes, l'impossibilité de déglutir et la faim, une pause devait être envisagée.

— Et… je présume que toi, Bérignan, tu as besoin de repos aussi, reprit Corbin.

Le pirate soupira.

— C'est une évidence. De plus, j'ai la sensation que les blessures sur mon torse s'infectent. La douleur s'accentue et le liquide visqueux qui s'échappe de mes plaies ne me dit rien de bon. J'ai besoin de m'allonger un moment.

— Nous ne pouvons rien faire pour lui, Corbin ? demandai-je, inquiet.

Il soupira.

— Puisque notre magicien est incapable de nous faire apparaître à manger ou à boire, espérons qu'il puisse au moins soigner tes blessures, grogna le capitaine.

— Oh, bien navré de ne pas répondre à toutes vos exigences. Je pourrais en effet vous soigner de votre infection Bérignan. Seulement, après le sort que j'ai lancé, mes incantations risquent de pas avoir un grand succès. L'utilisation de la magie affaiblit les magiciens au fur et à mesure qu'ils ont recours à elle.

— Faites ce que vous pouvez pour le sauver, Corigane. Nous attendrons le temps qu'il faudra pour que vous vous remettiez, reprit notre chef de groupe.

Corbin tendit le bras, espérant voir Cendre s'y poser, mais après une longue attente, il l'abaissa et s'installa sur des pierres de la tour en ruine avec une grimace de douleur, mais sans un mot. Peut-être l'animal avait-il été emporté par la tempête. Depuis notre naufrage, le corbeau n'avait plus donné signe de vie, de quoi inquiéter son maître, s'il pouvait toutefois ressentir une telle émotion.

Torghil et moi fîmes un feu avec ce que nous trouvâmes aux alentours. Regroupés autour du foyer, nous nous réchauffâmes, tandis que le magicien soignait le pirate blessé. En le regardant, il me sembla que Corigane appuyait volontairement très fort sur les blessures avant de le soigner. Peut-être la raison était-elle médicale, mais cela me fit grimacer de douleur en voyant Bérignan souffrir. Il prit d'ailleurs la parole pour s'en plaindre:

— Bon Dieu, vous me faites mal, magicien ! s'énerva-t-il avant de reprendre plus sérieusement d'une voix faible. Sachez que j'ai accepté de vous accompagner aussi longtemps que la mer le permettrait, et ce, malgré les risques. Et en échange d'une coquette somme, il est vrai. Mais j'aimerais savoir au moins pourquoi je me bats et où nous nous rendons exactement. Et, si c'est possible, revenir sur nos accords et recevoir une première part maintenant, dit Bérignan en grimaçant.

Tout le monde regarda Corbin. Il était évident que Torghil, qui avait préparé l'expédition, était resté discret sur les intentions du capitaine. Alors, jugeant que nous étions tous dans le même pétrin, Corbin lui expliqua tout ce qu'il savait sur l'endroit où se trouvait l'arbre de vie. Sans oublier de lui montrer la carte. Désormais, le pirate y voyait plus clair. Le montant de la somme d'argent qui lui reviendrait serait supérieur à ce qui avait été promis. Pour le paiement immédiat d'une première part, étant donné le moment et le lieu, Bérignan n'était pas stupide et admit que sa demande était impossible à satisfaire. Alors, il accepta. Peut-être avait-il parlé sur le coup de la colère ? Qui sait ?

Après un bon moment, Bérignan sembla hors de danger. Aucune menace ne se présentait à nous alors tout le monde relâcha la pression. Corigane tomba dans un sommeil réparateur et le nain fredonna doucement une petite chanson bien à lui. Quant à moi, proche de Corbin, j'observais le feu paisiblement. La tour à notre gauche ne comportait plus que la façade sud et présentait un escalier pourri et brisé dès la première dizaine de marches. Face à nous, l'espoir : une dernière montagne nous séparait de la liberté. En attendant de reprendre notre progression, il fallait que je me repose.

— Tu devrais dormir, Ector. Nous avons encore de la route. Profites-en tant que tout est calme.

— Votre blessure ?

— Elle va bien. Tu sais, la malédiction a des avantages, dont celui de ne pas saigner. La blessure va creuser mon bras comme des termites rongeant une branche, et il tombera en poussière plus rapidement que prévu, voilà tout.

— Je suis désolé, Corbin…

— Tu n'y es pour rien, gamin. Plus vite nous arriverons à l'arbre, plus vite nous pourrons me sauver. En attendant, dors !

— C'est un ordre ?

— Plutôt un conseil venant de ton capitaine.

Je le regardai, sentant mes yeux picoter et mon cœur s'accélérer.

— Je suis heureux de vous avoir retrouvé sain et sauf, Corbin.

— Je suis soulagé de te voir vivant aussi, gamin.

Il est vrai que quelques doutes m'étaient venus vis-à-vis de Corbin concernant ses véritables intentions pour moi, mais je l'appréciais. Après un sourire niais, je m'obligeai à m'allonger pour trouver le sommeil.

117

Chapitre 11 : Holdarbor

Après deux heures de repos mérité, il fut difficile de repartir (l'atmosphère pesante de Hirleveïn y était certainement pour quelque chose). Pourtant, cette pause ne semblait en rien nous avoir requinqués. Bien au contraire, nous nous sentions encore plus faibles.

Je me levai avec pour la première fois un léger regret d'avoir quitté Clane. Depuis le début de mon aventure, tout était allé de travers, et, en tant que pirate, j'étais bien loin d'être celui que j'imaginais. Corbin, en se relevant, se mit à boiter et il en fut désormais ainsi jusqu'à la dernière fois où je le vis. Il fallait faire vite avant que la malédiction ait raison de lui. J'imaginais quelle douleur ce pauvre homme, pourtant encore jeune, devait endurer. Observateur, je remarquai à travers la manche de son blouson arrachée, des traces de morsures. La blessure était gonflée et sa couleur virait à un noirâtre écœurant, mais je préférai détourner les yeux et ne plus y penser. C'était la meilleure des solutions. Toujours aussi affamés, nous avions hâte de quitter cette région d'horreur. La marche vers le dernier sommet à atteindre me parut interminable. Seul Torghil était souriant. Il savait que chaque pas le rapprochait un peu plus des monts Rodin. Après ce qui nous sembla être la fin de matinée, nous atteignîmes la dernière hauteur et la vue permit de nous remonter le moral. Enfin une grande et longue étendue de verdure composée de prairies, collines et forêts ! Vers le nord-est, au loin, se dessinait Gardevent, une des trois villes importantes où résidait par ailleurs le roi d'Olevent. Sous une légère brise nous remplissant agréablement les poumons, nous redescendîmes l'autre versant. La pente était cette fois encore dangereuse et des cordes n'auraient pas été de trop. Encore quelques mètres à parcourir des terres en friche au milieu d'arbres morts et c'en fut fini, nous avions enfin quitté Hirleveïn ! Le repos nous attendait près de trois kilomètres plus loin. Ce coin tranquille entre quelques noisetiers, sur une herbe fraîche et au bord de l'eau ne pouvait pas mieux tomber. C'était tout simplement revivifiant. Sans attendre ni réfléchir, je calmai ma soif avec l'eau très froide de ce cours d'eau qui me glaça les dents. C'est avec une grande joie que nous retrouvâmes Cendre qui plongea du ciel, pour se poser à proximité de son maître. Il avait sans doute évité Hirleveïn en attendant de nous retrouver. Une fois le ventre rempli de noisettes (autant vous dire que j'en avais engouffré un bon nombre) et les jambes reposées grâce à une bonne heure de repos, nous fûmes de nouveau sur le départ.

Alors que je pressais le pas à travers de grandes prairies, une question me vint à l'esprit et je ne résistai pas à la poser :

— Je me demandais : quel était le mystère entre Cendre et vous ? Vous semblez si proches l'un de l'autre, demandai-je en essayant de parler de Cendre comme d'un compagnon et surtout d'un être humain.

Corbin me regarda froidement puis me répondit :

— Tu as toujours des questions, gamin. C'est dingue d'être aussi curieux. Si tu veux tout savoir, il n'y a rien de mystérieux. Elle m'est tombée dessus par hasard et m'a adopté plus que moi je ne l'ai adoptée. C'était peu de temps après toutes ses histoires sur l'île des Deux Fendus. Je n'ai rien d'autre à dire… expliqua le capitaine.

— C'est une femelle ? m'étonnai-je choqué.

— C'est une femelle, oui. Voilà tout, garçon !

— Hé ! s'exclama le nain n'ayant jamais sa langue dans sa poche et tournant la conversation sur un autre sujet. Trouve-toi plutôt une fille, mon petiot !

J'ignore pourquoi je fus vexé, mais je lui répondis d'un air dédaigneux et nonchalant :

— J'ai déjà une fille en vue ! Belle et intelligente !

— Vraiment ? Espérons que tu puisses la revoir un jour alors ! dit-il en rigolant.

Cela mit un terme à la conversation, et me fit repenser à Adeline. Cela faisait longtemps que le souvenir de ses cheveux blonds et de sa petite frimousse n'était pas venu hanter mes pensées. Sûrement que si elle m'avait vu à ce moment-là, elle m'aurait trouvé bien changé. Ce fut également la dernière fois que le souvenir d'Adeline se rappela à mon esprit, mais vous en découvrirez la raison un peu plus

tard. Cela étant dit, c'est dans une ambiance joviale et taquine (surtout envers moi, le jeune du groupe), que notre route continua. Nous marchâmes deux jours dans la nature, évitant la population et nous nourrissant de noisettes, de noix ou, par chance, d'un lapin, un soir où nous étions proches de la forêt appelée Holdarbor. Bien qu'elle figurât sur la carte comme beaucoup d'autres choses inutiles, cet endroit ne disait rien à personne, sauf à Corigane qui avoua à demi-mot qu'il en avait vaguement entendu parler mais ne savait plus où (je connaissais maintenant la raison de ce mystère).
Alors que, Cendre dans les airs et nous sur terre, progressions sans réelle vigilance, un sifflement se fit entendre.
En une fraction de seconde, Bérignan se retrouva au sol, une flèche plantée dans le mollet. Instinctivement, nos yeux se portèrent immédiatement sur lui. Seul Torghil eut le réflexe de chercher d'où venait le projectile.
      « Des gobelins ! »
Faisant un demi-tour vers la gauche, nous découvrîmes, cavalant à toute vitesse, une multitude de gobelins. Les viles créatures agitaient leurs armes et décochaient de nouvelles flèches en hurlant.
      — Partez !! Ils sont trop nombreux ! Je vais les ralentir.
Bérignan sortit son épée du fourreau et se releva avec difficulté. (Je compris qu'on allait perdre un membre de notre groupe et l'émotion me gagna au point que je sentis des larmes couler sur mes joues.)
Malgré notre réticence, il répéta :
      — Partez, je vous ai dit !
      — Que votre déesse veille sur vous, dit le nain, le cœur lourd.
C'est sans attendre que Corbin ordonna notre retraite. La peine resta en moi encore un bon moment lorsque je pensais à ce pauvre Bérignan qui n'avait pas eu beaucoup de chance depuis qu'il nous avait rejoints. Même s'il était du genre discret, ce compagnon supplémentaire était agréable.
      — Par ma barbe, pourquoi encore et toujours des gobelins ? s'exclama Torghil en courant, le souffle rapide.
      — Peut-être encore Argolaïn ? suggérai-je.
      — C'est possible et ce serait bien notre veine !

— Dépêchez-vous ! ordonna Corbin malgré sa patte folle.
De nouveau, il nous fallait fuir. Mais cette fois, en laissant un compagnon derrière nous. L'épaisse forêt qui nous faisait face couvrait une surface impressionnante, de quoi s'y perdre. Avec les gobelins à nos trousses, la contourner nous aurait fait perdre du temps, il nous sembla donc plus judicieux d'y pénétrer. Bérignan, quant à lui, faucha un premier gobelin, le clouant au sol, puis un deuxième et un troisième… Il était doué et bon combattant, comme je pus le constater en me retournant. La dernière fois que je l'aperçus, une flèche était plantée dans son omoplate. Quelle tristesse ! Je le vis continuer à se défendre comme il le pouvait sans que la moindre issue favorable puisse être envisagée. Je n'osais imaginer ce que ces monstres seraient capables de lui faire.

— Nous avons perdu un compagnon et un homme courageux, pensai-je, attristé, en guise d'hommage.
Lorsque la forêt fut atteinte, nous y entrâmes sans réfléchir, espérant échapper à nos poursuivants à travers ses méandres. Les gobelins ne tardèrent pas à y arriver eux aussi, mais seulement une partie d'entre eux osa s'aventurer dans le bois. Les autres allaient sûrement le contourner. Nous, nous avancions sans savoir où nous allions. Les flèches derrière nous frappaient le sol et percutaient les nombreux arbres dénudés. Corbin comprit que, tant que les gobelins nous poursuivraient, il allait être compliqué d'avancer. D'un coup d'un seul, il se retourna, sortit sa longue épée et se jeta en boitant sur les créatures, accompagné de Torghil.

Ils étaient peu nombreux à avoir osé s'aventurer dans cet endroit et les vaincre fut rapide. Pour ma part, j'y étais allé à reculons, préférant éviter la castagne. Je n'étais pas encore très à l'aise avec les combats malgré mes dernières victoires.
Cependant, lorsqu'un gobelin s'était dangereusement rapproché de moi, j'avais été bien obligé de brandir le fer à nouveau. Toujours avec le même stress que la première fois, je m'étais positionné comme on me l'avait appris. Un premier coup avait ricoché contre ma lame, provoquant des étincelles sur le choc. Le gobelin m'avait refrappé avec violence, me faisant perdre l'équilibre en reculant. Ce

n'était pas aussi simple que la dernière fois.

— Ridicule vermisseau, tu gesticules dans tous les sens comme un ver de terre, avait crié le gobelin d'une voix étrange.

Il avait pointé l'extrémité de son arme vers moi m'obligeant à la repousser par petits coups, tandis qu'il riait. Je m'étais soudain vexé d'être aussi faible, de toujours avoir peur de tout, de ne pas être fort et courageux ! Cela devait changer ! Après tout, j'avais déjà prouvé de quoi j'étais capable ! Alors, lorsqu'il avait approché le tranchant jusqu'à mon ventre, frottant mes boutons de chemise. J'avais remarqué ses pieds entre les miens. Immédiatement, je lui avais fait un croche-pied (enfin… une espèce de croche-pied). Je n'avais pas réfléchi plus longtemps. Au moment même où ma lame allait se planter dans ses tripes, un deuxième ennemi m'avait choppé par le col et jeté à terre. Heureusement, trop occupés à vouloir m'anéantir, ils n'avaient pas pris la peine de s'intéresser à Corigane.

L'onde de choc qu'il avait déclenchée avait propulsé les deux gobelins à plusieurs mètres, brisant les branches des arbres au passage. Torghil s'était alors élancé sur une des créatures sonnées et l'avait achevée. L'autre gobelin, en reprenant ses esprits après quelques secondes, avait aussitôt remarqué la lame que le nain appuyait sur son cou.

— Nous vous avons retrouvés ! Vous ne pourrez jamais nous échapper, où que vous alliez ! avait-il ricané.

Ainsi, nous avions compris que ce n'étaient pas de simples gobelins de passage, mais bien ceux qui nous poursuivaient depuis les Flots.

— Que vous a promis Argolaïn en échange de notre mort ? avait répliqué Corbin, en colère.

Le gobelin avait continué à rire.

— Il n'y a pas que votre mort…

Il avait violemment toussé avant de reprendre:

— Les trésors que renferme Océa ! Sans oublier le pouvoir d'anéantir les nains et les hommes !

— Les moyens d'anéantir les nains et les hommes ? Et vous lui faites confiance ?! Il se sert de vous, comme il se sert de tout le monde pour avoir ce qu'il désire, avait tenté d'expliquer Corbin.

— L'arbre n'a rien à vous offrir. Il ne servira qu'à lui seul, stupide gobelin ! avait surenchéri le magicien.

Hélas, le gobelin n'avait pas semblé les croire et avait fredonné :

— Tombe, tombe petit nain, crie, crie petit chien !

Sans attendre, Torghil lui avait cloué le bec d'un coup de lame bien placé.

— On ne plaisante jamais avec les nains, pourriture ! avait-il dit, le regard sévère.

— Les nains et les gobelins sont en guerre depuis plusieurs années. Les montagnes de Rodin appartenaient autrefois aux gobelins. Je comprends donc pourquoi ils leur en veulent autant. Et maintenant, nous savons qu'ils nous traquent pour nous empêcher d'atteindre l'arbre et récupérer la carte que vous détenez Corbin, avait résumé Corigane.

— Mais je croyais que l'arbre n'avait que le pouvoir de guérir ou de rendre immortel. Même avec cette magie entre les mains d'Argolaïn, qu'auront de plus les gobelins ? s'était étonné le nain.

— Absolument rien. Votre cher ennemi, Corbin, a trouvé les bons alliés pour obtenir ce qu'il désire.

— Raison de plus pour qu'il ne trouve ni notre carte ni Océa. Avançons rapidement et essayons d'être attentifs, avait conclu le chef de groupe.

À la fin de la conversation, le capitaine m'avait frotté les cheveux, mettant une partie de leur longueur devant mes yeux.

— Tu y étais presque ! Tu pourrais être un bon pirate avec de l'entraînement.

C'était un geste plutôt banal, mais que je le pris comme un réel signe d'attachement. Le plus important était la fierté que j'éprouvais. Maintenant, la peur resterait derrière moi !

Pendant de longues heures, nous avançâmes sans repère à travers la nature presque identique à chaque pas. Partout le sol était couvert de mousses et de rochers. Partout des très grands arbres aux couleurs blanchâtres, marron et légèrement verdis par le lichen, comme dans n'importe quelle forêt en hiver. On entendait le vent s'immiscer entre les branches, jouant une mélodie de grincements qui s'accompagnait de quelques timides chants d'oiseaux. Lorsque la nuit tomba, le froid s'abattit sur nous. Mes dents claquaient, mon corps frissonnait et le petit feu que nous avions fait ne nous réchauffait pas beaucoup. Torghil, qui connaissait bien la nature et la cuisine, nous dénicha quelques racines comestibles et quelques trompettes de la mort. C'était peu, certes, mais cela nous fit le plus grand bien. Il en garda même pour le lendemain. Après deux jours passés à marcher dans la forêt, exténués, nous eûmes la sensation de nous être perdus. Cendre, qui jusque-là essayait de nous guider, avait totalement disparu et avait sans doute perdu notre trace en voulant explorer le périmètre. Et cela se corsa une fois arrivés dans une partie plus rocailleuse. Elle était garnie de conifères d'une hauteur impressionnante dont les branches ne commençaient qu'à presque un mètre de la tête du capitaine. Le jour passait avec difficulté au travers de cette épaisse forêt et, en début d'après-midi, nous arrivâmes devant une petite mare à l'eau noire et boueuse. De ce point d'eau, partait un fossé zigzagant à travers les ombres. Le capitaine réfléchit un instant avant de décider:

— Nous devons aller tout droit, c'est devant nous que le Nord se trouve !

— Non, Corbin ! Vous vous méprenez, c'est vers la gauche que nous devons aller ! Nous tournons en rond depuis un bon moment, objecta Corigane fâché.

— Je suis d'avis de faire marche arrière, ajouta Torghil.

— Mais fichtre, à quoi sert un magicien s'il est incapable de nous diriger en forêt ! s'énerva le capitaine.

— Croyez bien, maudit capitaine, que si j'avais entièrement ma tête, je ferais bien plus que retrouver un chemin en forêt.

— C'est votre talent que vous devez retrouver, Corigane, et rien d'autre ! poursuivit Corbin.

— Reprenons la route vers l'arrière et calmez-vous donc, chers amis, proposa Torghil continuant sur son idée.

Seulement le magicien renchérit :

— Vous voulez voir mon talent à l'œuvre ?! menaça-t-il.

J'aperçus les mains du magicien qui se mettaient à vibrer et à luire légèrement. La colère de l'homme allait-elle l'emporter ? Il fallait que j'exprime mon idée à haute voix pour essayer de détendre l'atmosphère:

— Je ne pense pas que nous disputer nous fera avancer.

Tous me regardèrent interloqués :

— Tu as une idée à nous proposer ? Peut-être sais-tu vers où nous devons aller ? me répondit Corbin légèrement menaçant.

— Hé bien, je proposerais de suivre le fossé. Avec un peu de chance, peut-être mène-t-il quelque part ?

— Le moins que l'on puisse dire, c'est que tu n'as plus peur de donner ton avis !

— Au point où nous en sommes… s'avoua vaincu le capitaine. Mais si tu te trompes, tu auras affaire à moi. Allez, passe devant !

Pour le coup, je fus tout de suite beaucoup moins serein, mais je sentais que mon idée était la bonne. Suivant le petit cours d'eau, nous avançâmes encore de longues heures avant de nous reposer. Cette nuit-là, l'ombre de la forêt semblait plus effrayante et plus suspecte. On sentait autour de nous planer une étrange présence. Peut-être étaient-ce seulement des petits animaux ou des craquements du bois se faisant entendre dans la nuit ? Ou peut-être fallait-il vraiment se méfier ? Depuis l'attaque des gobelins, nous étions sur le qui-vive au moindre mouvement. Semblant avancer prudemment, des petites lueurs apparurent dans l'obscurité. Puis nous entendîmes des grognements. Les armes furent aussitôt sorties, et nous nous tînmes prêts à riposter. Les sons venaient de tout autour de nous… Les créatures de Hirleveïn avaient-elles suivi notre piste ? Après des craquements de branches, sortant du noir, des loups géants nous encerclèrent. Ils étaient aussi grands que ceux aperçus à Hirleveïn, mais leurs pelages soyeux étaient de différentes couleurs : noirs, gris ou encore blancs. Jamais je n'avais vu d'animaux aussi magnifiques de toute mon existence. Malgré leur beauté, nous n'osions plus faire un mouvement ni même respirer. Puis, l'un d'eux s'avança, se démarquant des autres, et se mit à grogner un peu comme s'il tentait de nous parler. Nous le regardâmes sans réagir.

— Je comprends ce qu'ils disent… dit tout à coup Corigane.

— Qu'est-ce que vous racontez encore, vieux fou ? ricana Corbin.

— Vous me payerez toutes ces humiliations, Corbin. Sachez que je vous déteste et que mon courroux augmente à chaque seconde !

Corbin eut un léger sourire. Pourtant le magicien était loin d'être une personne à prendre à la légère. Le vieil homme reprit :

— Ils nous parlent. Ils ne nous veulent aucun mal. Croyez-moi. Ils nous demandent de les suivre. Si nous continuons dans cette direction, nous sommes sûrs de nous perdre. Ce cours d'eau chemine dans Holdarbor tel un labyrinthe, avant de trouver sa source encore plus loin dans la forêt. Si nous continuons, jamais nous ne trouverons la sortie.

— C'est ce qu'ils vous disent en nous grognant dessus ? répliqua Corbin. Depuis quand parlez-vous aux animaux, Corigane ?

— Faites ce que vous voulez, mais n'imaginez pas que je vais suivre ces énormes loups, je ne suis pas assez saoul pour cela ! s'exclama Torghil en chuchotant.

— Je suis d'avis de les suivre, moi, dis-je.

Entre vagabonder éternellement dans cette forêt à manger des racines et suivre les loups, ma décision était prise. Et, de toute évidence, nous n'avions pas le choix. C'est ainsi que nous poursuivîmes notre route, encadrés par les loups.

— Nous allons finir dévorés, c'est certain ! chuchota le nain avant de dire plus fort. Croyez-moi je suis trop maigre pour vous !

— Ils disent qu'à vous voir, vous êtes pourtant celui qui semble le plus savoureux ! Que les litres de bière que vous avez ingurgités dans votre vie doivent vous avoir donné très bon goût ! répliqua Corigane.

— Menteur, je suis persuadé qu'ils n'ont pas dit cela, chuchota le nain de nouveau. Croyez-moi, je ne suis pas bon à manger. Dis-leur, toi, Ector que je suis écœurant au goût !

— Euh… Je ne pense pas qu'ils vont nous manger. Si ? hasardai-je, loin d'en être sûr.

— Silence ! gronda Corbin.

Après une longue marche trop silencieuse, nous aperçûmes une

petite tanière où une lumière miroitait à travers les parois.
Malgré nos craintes, la main sur le ceinturon, nous suivîmes nos guides. Une fois à l'intérieur, nous pûmes constater qu'elle était en vérité bien plus grande que je l'avais cru. La pierre rouge foncé était décorée de nombreux dessins et écritures, le tout constituant une carte basique d'Erildor.

Les sept loups s'allongèrent à gauche sur de grandes paillasses, comme des animaux bien éduqués. Au-dessus de nos têtes, étaient suspendues par des chaînes des lanternes dans lesquelles de petites lucioles rouges s'agitaient. Tout à droite était installée une longue étagère où reposaient des gamelles en terre cuite, des petits chaudrons, des louches, des pots d'herbes séchées, ainsi que d'autres ustensiles de cuisine. À côté, une sorte de cuisinière crépitait, réchauffant une grosse gamelle d'où s'échappait une odeur délicieuse de bouillon. Au centre, une table ainsi que plusieurs tabourets, venaient combler le vide. Il y avait même un vase contenant de belles fleurs blanches. À l'arrière, une autre petite salle était creusée dans la roche. D'ailleurs, une grande silhouette d'au moins une tête de plus que Corbin s'y tenait, à côté de longs bacs de terre où poussaient de nombreux légumes. En nous entendant arriver, il se présenta à nous et nous salua :

— Bien le bonjour, chers voyageurs venus de loin. J'espère que mes Iluhaïns ne vous ont pas effrayés. Ce sont de braves amis qui me sont très fidèles. Vous n'avez pas à avoir peur en ces lieux, croyez-moi !

— Des Iluh… Quoi ? interrompit Torghil.

— Iluhaïn, mes chers et tendres amis, répondit l'étrange personnage.

L'homme – qui finalement se révéla être un elfe – fit une mimique de douleur puis glissa son doigt dans l'oreille et se la grattouilla énergiquement avant d'essuyer son index sur ses vêtements, me faisant grimacer de dégoût. L'individu aux dents très sales, aux cheveux blonds très longs collés par la crasse et à l'allure négligée reprit :

— Je me nomme Gaïenwell, je suis un ermite vivant dans ces bois depuis bien des âges. Soyez les bienvenus, dit-il avec politesse.

— Je me nomme Corbin, voici Torghil, Ector et…

— Corigane, coupa le magicien.

Gaïenwell regarda le vieil homme d'un air étrange :

— Il est rare de rencontrer des personnes capables de parler le langage des Iluhaïns… Les seuls qui en sont capables sont quelques rares elfes et éventuellement ce bon vieux Urle Firbleu, dit-il comme si nous le connaissions. Vous êtes surprenant, Monsieur Corigane.

Il s'adressa à nous tous :

— Mais ne restez pas dans l'entrée, installez-vous autour de la table ! Vous devez être affamés.

Nous ne nous fîmes pas prier. Il nous servit une sorte de soupe verdâtre bien chaude, peu appétissante et pourtant, délicieuse. En plus de cela, il me donna quelques plantes à mâchouiller, apparemment bonnes pour soigner le rhume, ainsi que des petits gâteaux au goût terreux.

— Alors que faites-vous par ici ? Je n'ai pas coutume de voir du monde s'aventurer à Holdarbor. Je sens à votre odeur puant le malheur que vous êtes passés par la triste région de Hirleveïn. Ne me dites pas que vous êtes en visite de courtoisie, je ne pourrais pas vous croire. J'ai récemment vu un bon nombre de gobelins dans le coin et certains se sont même perdus et bien perdus. (Il soupira.) Par chance, je n'aime pas spécialement les gobelins. Ni même les nains. Ni même les hommes, ou les orcs, ou même les elfes ! s'énerva-t-il avant de gratter sa chevelure crasseuse.

— Finalement vous n'aimez pas grand monde, comprit Corigane.

— Si, mes chers Iluhaïns et un vieux bonhomme bien sympathique du nom de Urle Firbleu. Vous le connaissez ? dit-il en nous regardant avec un sourire tout en répétant ce nom totalement inconnu.

— Non, non, nous ne le connaissons pas… répondit désespéré Corbin en voyant le phénomène.

— Dommage… Alors ? Dites-moi tout !

— Nous cherchons à rejoindre les monts Rodin. Mais, pourquoi nous avoir aidés si vous n'aimez aucun de nous ?

— Je n'allais pas laisser mourir ce jeune adolescent plein de vie. Je ne suis pas totalement dérangé ! De plus, mes Iluhaïns ont insisté pour que je vous aide. Et je ne refuse rien à mes chers amis. Actuellement, la région regorge de gobelins, depuis que les nains sont en guerre contre eux. Le combat se prépare et Olevent parle de prêter main-forte au roi des nains. Si toutefois mes informations sont exactes. Mais croyez bien que le pays souffre encore des guerres passées.

— La guerre entre les nains et les gobelins est donc une vérité ! Avons-nous si peu de chance pour qu'il nous arrive toujours le pire ? soupira Corigane.

— Là est la vie, vieux magicien ! Oui, je l'ai remarqué, on ne peut rien cacher à un elfe. N'ayez crainte, je ne pense pas que votre place soit sur le champ de bataille (Il toussa fortement). Bien, je devine que vous ne me dites pas tout. Mais peu importe. Avez-vous tout ce qu'il vous faut ?

— Sauf si vous avez de l'alcool et de quoi fumer ! tenta Torghil salivant déjà à l'idée de tremper ses lèvres dans un bon verre.

L'elfe se gratta le nez et renifla.

— Sachez que je n'ai pas d'alcool et encore moins de quoi fumer… Toutes ces choses sont répugnantes et loin d'être bonnes pour notre corps, monsieur le nain.

Torghil fit une grimace de déception, mais se contenta de ce qu'il avait. Puis, Gaïenwell nous donna à chacun un petit coussin ainsi qu'une grande couverture pour nous couvrir. Lui, en revanche, dormait contre ses énormes loups, profitant de leur chaleur et de leur douceur. Comme j'aurais aimé être à sa place, mais mieux valait ne pas s'y risquer. Après une nuit très agréable où je me mis à rêver de pâtisseries en tout genre, je me réveillai en sursaut en découvrant juste au-dessus de moi, une tête couverte de poils blancs. Elle me parut énorme, me regardant de ses gros yeux marron avant de bêler et de donner un coup de langue sur mon visage. Je repoussai nerveusement la biquette avant d'essuyer la salive sur mes joues avec mes manches.

— On n'aime pas la compagnie à ce que je vois, jeune garçon d'Ellisé.

Je me levai honteux.

— Et comment savez-vous que je suis d'Ellisé ?

— Je l'ai vu au premier coup d'œil. Si vous voulez savoir, ma chèvre se nomme Yette. Mais, prenez donc place, jeune garçon.

L'homme se mit à rire avant de se gratter l'arrière-train. Corigane et Torghil étaient installés sur la table buvant un lait frais, et dégustant quelques gâteaux et un fromage à pâte cuite. Corbin, quant à lui, était sorti juste devant l'entrée, surveillé de près par les loups. Je m'installai. Je n'avais pas remarqué jusque-là la forte odeur d'étable émanant de l'elfe qui semblait allergique à l'eau. Même nous qui ne nous étions pas lavés depuis bien des jours semblions plus propres. J'allais encore devoir garder mes vieux vêtements abîmés et sales un bon moment, mais lui n'avait sûrement même pas de quoi changer les siens. Une fois assis, l'homme me servit un verre de lait puis reprit la parole :

— J'ai eu le temps de parler avec votre capitaine. Triste histoire qui le hante n'est-ce pas ? Je vais vous fournir quelques provisions. De quoi tenir jusqu'aux montagnes, dirons-nous. Mes Iluhaïns vous conduiront aux Bassins d'Abrefande. Après, les régions sont infestées de gobelins et je tiens à la vie de mes amis. Il faudra vous débrouiller seuls. Même si je présume qu'aussitôt que vous aurez été déposés à proximité des Bassins, les nains l'apprendront et vous traqueront.

— Vu comme cela, je suis rassuré, répliquais-je. (Une belle parole ironique, car c'était tout l'inverse que je ressentais.)

— Pourquoi a-t-il demandé à un enfant de l'aider dans sa quête?

— C'est une question que tout le monde se pose, maître elfe ! répondit Corigane sur un ton entre la critique et colère.

— Parce qu'en le voyant, quelque chose m'a dit qu'il devait être à mes côtés. Ne cherchez pas la raison, interrompit Corbin arrivant dans la caverne après avoir pris un bon bol d'air.

L'elfe ne chercha pas plus loin. Cependant, même si Corbin n'avait pas fait mention de l'arbre de vie, expliquant simplement que les nains devaient avoir la solution à son problème, Gaïenwell semblait l'avoir compris. En revanche, une question apparut brusquement dans ma tête, une question que sûrement tous se posaient :

— Les Iluhaïns que vous chérissez, sont-ils les mêmes que ceux d'Hirleveïn ?

L'elfe eut un visage attristé :

— Alors vous avez croisé la route de ces bêtes immondes… Il fut un temps, elles étaient semblables à ceux que vous voyez ici, dit-il en les montrant du doigt. Maintenant, la rage, la colère et la souffrance qui les animent les ont rendues monstrueuses. Comme toute cette région que la guerre a transformée en un lieu soufrant et triste, expliqua l'ermite.

— Pourquoi ne quittent-elles pas l'endroit ? demanda Torghil.

— Parce qu'elles y sont chez elles et que, maintenant, la rage les domine. Que voulez-vous y faire ? conclut-il.

Mon regard se tourna instinctivement vers Corigane. Je sentais de la colère en lui. Il avait une légère grimace de mécontentement et de haine. Je me demandai soudain qui ce magicien pouvait bien être avant de perdre la mémoire. J'espérais bien le découvrir un jour.

Après un bon moment à profiter de la chaleur de l'endroit, il fallut reprendre la route. On me colla à nouveau un paquetage sur le dos, comme lors de mon départ de Clane et nous repartîmes. L'elfe nous guida jusqu'à sortie de la forêt, tournant de gauche à droite pour aboutir sur un petit sentier débouchant de nulle part. La matinée était bien avancée et il nous abandonna là après que nous eûmes échangé de rudes poignées de mains et des remerciements. Il vint ensuite me chuchoter à l'oreille :

— L'arbre de vie a de grands pouvoirs qu'il est important de protéger.

Cela me valut naturellement quelques regards chargés de méfiance de la part de mes compagnons, aussi je ne lui répondis que par un simple « oui » de la tête, mettant sa mise en garde de côté.

Puis, juchés sur le dos de quatre énormes loups, nous partîmes au galop vers les Bassins d'Abrefande, accompagnés des trois autres Inuhaïns.

Chapitre 12 : Face à Rodin

Les quelques kilomètres restant à parcourir pour rejoindre les Bassins d'Abrefande furent effectués rapidement. Les Iluhaïns nous abandonnèrent ensuite au milieu d'une zone ondulant au gré de ses petites collines. Je récupérai mon paquetage (comme toujours) et Torghil se chargea du second. Puis, nous nous mîmes de nouveau en route vers le Nord. Après une première colline franchie, le paysage au léger relief nous permit de découvrir la plaine des Bassins qui se dessinait timidement avec, au loin, les monts Rodin. La vue était superbe. Il n'y avait pas une grande distance entre notre position et celle que nous devions rejoindre. Mais je pense que Gaïenwell n'avait osé envoyer ses loups plus loin par peur de rencontrer les habitants ou, pire, des gobelins et de risquer leur vie. Après une petite période venteuse, le climat humide de la région se fit sentir, intensifiant la sensation de froid. La plaine était creusée de nombreux étangs et de petits cours d'eau bordés de grands roseaux. Au loin, les montagnes décorées de leurs neiges éternelles dominaient le paysage. L'air pur s'engouffrait dans mes poumons et me donnait une sensation de bien-être. Le paysage était agréable mais déconcertant. Continuant de marcher à travers les herbes qui me montaient jusqu'aux chevilles, j'aperçus vers la gauche, un petit village entouré d'une grande palissade, construit sur la seule haute colline du territoire. Je présumai qu'il n'était certainement pas le seul en son genre au milieu des Bassins, même si l'on ne voyait que lui. Nous avions encore une bonne trotte à effectuer pour rejoindre les Monts et mes jambes devenaient rudement lourdes. Le temps défilait et nous avions traversé au moins les trois quarts du territoire. La petite pluie glaciale qui tombait depuis presque une demi-heure s'accentua, dégringolant tels de longs filaments et nous glaçant les os. Trempés jusqu'à la moelle, nous cherchâmes un endroit pour nous mettre à l'abri et le seul à proximité était un village de pêcheurs. Ainsi, après un bon quart d'heure, nous en franchîmes le portique de bois presque pourri. Les chausses pleines de boue, nous découvrîmes des bâtiments construits dans le même style que ceux d'Ellisé. Une base de pierres, des poutres agrémentées de torchis pour le reste de la façade. Face à nous, les petites rues de terre semblaient toutes rejoindre le centre où s'élevait une église. Sans chercher plus loin, c'est sous le toit d'une grange, sûrement utilisée pour les chevaux, que nous déposâmes les sacs. Torghil alluma un feu afin de pouvoir déguster la bonne soupe chaude offerte par Gaïenwell. L'endroit semblait susciter de la nostalgie chez notre ami le nain puisqu'il prit la parole pour évoquer ses souvenirs :

— Voyez-vous, j'ignore si mon histoire vous intéresse, mais ce lieu me rappelle ma jeunesse !

Les regards de Corbin et Corigane semblaient perdus ailleurs, mais moi, je restai à l'écoute de Torghil qui ne put s'empêcher de poursuivre pour moi seul:

— Tu vois, Ector, de mémoire, je suis né dans un village à l'ouest des monts Rodin, de parents forgerons. Mon père m'emmenait souvent pêcher dans les Bassins avec d'autres compagnons. Je me demande si ce n'était pas dans ce village ! (il se mit à réfléchir). Porteferl ? Oui, ce doit être ça ! Je suis certain que nous sommes à Porteferl !

— Vous devez être heureux de revenir dans votre région natale, non ? dis-je.

— Bien évidemment mon gars ! Plus je regarde autour de nous, plus je suis certain d'être venu ici par le passé. On allait même voler des bouteilles chez un vieux nain caractériel. Attends ! s'exclama-t-il soudain.

Il partit en courant, pour rejoindre une petite baraque non loin de la grange où nous nous trouvions. Je le perdis de vue quelques minutes avant de le voir revenir en courant, heureux et le visage couvert de poussière. Une bouteille à la main, il s'installa tranquillement.

— Nous devrions éteindre le feu. Il ne faudrait pas que l'on soit repéré, conseilla Corbin en entendant le « Poc ! » provoqué par le bouchon qui s'échappait de la bouteille.

— N'aie crainte, mon ami ! (Le nain but une gorgée avant de sourire avec satisfaction.) Par Feryld, voilà de quoi réjouir mes papilles ! Goûte-moi cela ! Elle a de l'âge, et de quoi nous perforer

133

l'estomac et me faire oublier jusqu'à mon propre nom.

Alors qu'il se remettait à boire Corigane plaça rapidement sa main dans les flammes pour éteindre le feu sans attendre.

— Mais qu'est-ce que tu fais, idiot de magicien ? s'énerva le nain.

— Silence, il a raison. Nous n'avons que trop profité du feu, rétorqua Corbin.

Seulement il était trop tard et, sans prévenir, des gobelins débarquèrent soudain, sortant des toits, des palissades et des rues. Nous étions en très mauvaise posture face à un tel nombre d'ennemis. Nous sortîmes nos armes, les regards vers les créatures hideuses et puantes qui infestaient la rue, pointant leurs lames et leurs gueules amusées vers nous.

« De la viande ! » dit l'un d'eux, de sa voix aiguë et menaçante. Nous étions perdus. Même avec notre magicien, il était évident que l'on ne pourrait pas tous les vaincre ! Nous étions pris au piège. Tout à coup, un sifflement retentit et un gobelin s'écroula, transpercé par une énorme lance au manche doré et décoré de gravures. L'arme vint se planter dans l'arrière du bâtiment, y clouant le monstre. L'agitation qui se fit sentir dans les rangs ennemis tourna à la panique lorsqu'ils découvrirent le groupe de nains fonçant sur eux. Montés sur d'énormes béliers, couverts d'armures, nos sauveurs étaient impressionnants. La puissance des nains terrorisa les parasites qui tentèrent de prendre la fuite. Mais les énormes armes les fracassaient, inondant la rue de sang tandis que nous assistions à la scène sans réagir.

Ces petits hommes se regroupèrent ensuite face à nous, l'un d'eux descendit de sa monture avant de retirer son casque ailé à visière. Avec ses cheveux coiffés en plusieurs nattes et sa longue barbe tressée, ce tas de muscles, recouvert en totalité par une armure de plates, avait fière allure. Il s'avança, nous observa de son regard noir puis prit la parole :

— Que faites-vous dans le Bassin d'Abrefande, voyageurs ?

— Salutation pour commencer… Nous cherchons à rejoindre les monts Rodin dans le but de nous entretenir avec le roi des nains, expliqua, hautain, le capitaine.

— Je m'adressais à mon semblable et non à vous autres ! répliqua l'autre, avec arrogance.

— Alors, passez votre chemin, nain, reprit Corbin avec un soupçon d'énervement.

— Attends Corbin ! Ils sont les seuls à pouvoir nous aider. C'est une chance que nous soyons tombés sur eux.

Le soldat, qui était retourné à son bélier, se retourna en entendant la réplique de Torghil qui poursuivit :

— Nous aimerions parler à votre roi, c'est très important. Je me nomme Torghil, voici Corbin, Corigane et enfin Ector.

Le nain remonta sur sa monture et lui répondit :

— Je ne peux vous assurer un entretien avec le roi Rodin et encore moins vous accorder ma confiance. Mais si vous restez ici, vous ne passerez pas la fin de la journée, car vous pouvez être sûrs que les gobelins vont revenir. Ils reviennent toujours. Je vous autorise donc à nous accompagner jusqu'à la forteresse. Je déciderai en chemin de votre sort.

— Alors, nous vous suivons ? demanda Torghil.

— Voyez-vous quelqu'un d'autre ici à qui je pourrais m'adresser ? Les derniers habitants se trouvent six pieds sous terre. Et, pour ma part, je préfère vous avoir à l'œil plutôt que de savoir des étrangers en train de fouiner sur nos terres. Si vous me paraissez suspect, vous finirez dans nos geôles. Sinon, peut-être aurez-vous le privilège d'obtenir un entretien avec le roi Rodin. (Il soupira.) Vous avez eu de la chance que nous traquions ce petit groupe depuis la nuit dernière, sinon vous auriez fini dévorés. Maintenant, en avant !

Il nous fit monter à l'arrière des animaux massifs, ce qui ne nous laissait que peu de place. Dans la nuit qui avait pointé le bout de son nez, nous repartîmes, éclairés par la lune et les torches. Devant nous, la montagne semblait prendre de la hauteur. Après quelques kilomètres rapidement avalés sous la nuit tombante, nous arrivâmes aux Monts. D'énormes statues représentant les anciens rois, ainsi que l'actuel, surplombaient la route principale montant jusqu'à la grande entrée. En haut des longs murs d'enceinte, je découvris sous la lumière des torches, des gardes qui baissèrent brièvement le regard vers nous avant de recommencer à scruter l'horizon. L'énorme porte s'ouvrit à notre arrivée. Derrière, la route pavée se séparait en deux pour entourer une nouvelle et colossale représentation d'un ancien roi. Accompagnés du bruit de nos pas martelant le sol, nous avançâmes jusqu'une seconde porte tout aussi grande, sculptée et décorée d'un marteau en argent. Mais le plus impressionnant était encore à venir ! Une fois la porte franchie, tout paraissait gigantesque. Le plafond était si haut que la pointe des plus longues lances n'aurait pas permis de le toucher. Il m'était quasiment impossible de le discerner, c'est tout dire ! De puissantes colonnes s'alignaient sur plusieurs mètres avant de finir devant un précipice dont je n'aurais pas pu mesurer la profondeur. De cet endroit, on avait une vue globale sur l'impressionnante forteresse. De grandes falaises sous la montagne, de longs ponts les rejoignant et des milliers de chandelles décorant la merveille. Nous étions ébahis tandis que Torghil, lui, était carrément aux anges.

Je regardai les nombreuses tours gardant le fort souterrain, dont une au sommet de laquelle reposaient des balistes. Une des plus puissantes défenses que devait compter les Monts Rodin, j'en étais certain ! Il y avait de quoi se sentir en sécurité en ces lieux.

Le nain au casque ailé (j'ignorais son véritable nom) s'éclipsa, puis, après une longue attente dans l'entrée, il réapparut. Étant donné l'heure tardive à laquelle nous arrivions, Rodin avait refusé de nous recevoir, mais il nous accordait l'hospitalité. Après une petite trotte à travers les escaliers et les couloirs de pierres, nous arrivâmes dans la salle à coucher. C'était une simple chambrette sûrement réservée aux invités. Cinq lits, un bureau, deux grandes armoires et, séparée du reste par un rideau rouge épais, une salle d'eau. Il n'y avait pas de quoi se réjouir en vérité, car les couches étaient adaptées pour des nains et non pour des hommes. Seuls, Torghil et moi les trouvâmes confortables, à quelques centimètres près. Installé au chaud, grâce à des pierres de combustion, Torghil fit les éloges de l'hospitalité naine, qui n'allait d'ailleurs par tarder à être prouvée :

— Vous allez pouvoir profiter des bons repas copieux des nains !

De leur compagnie agréable et de leurs nombreux breuvages me faisant saliver à l'avance ! Sans oublier les naines et leurs agréables formes ! s'exclama le nain.

— Une femme avec de la barbe ? Non, très peu pour moi ! rétorqua Corbin.

— Tu te trompes, l'ami, tu ne sais pas ce que tu rates ! Une fois ton mal guéri, tu retrouveras de folles envies, mon cher ! Et les naines te donneront de quoi te faire oublier toutes tes années de douleur !

— Moi, en tout cas, je meurs de faim ! dis-je.

— Ne t'en fais pas pour cela Ector, ça ne saurait tarder ! Et tu verras, je ne t'en dis pas plus ! me répondit Torghil, enthousiaste.

Corbin regarda le magicien assis sur un des lits, étrangement calme.

— Vous êtes bien silencieux Corigane ! Qu'est-ce qui vous turlupine donc ? Vous êtes ainsi depuis un moment déjà. Nous l'avons tous remarqué.

Torghil ouvrit grand les yeux :

— Ah non, pas moi ! Mais maintenant que tu le dis…

Le vieil homme ôta son capuchon puis s'allongea :

— Préoccupez-vous de vos histoires, plutôt que des miennes, Corbin. Vous me ferez plaisir.

Corbin n'insista pas, interrompu par le personnel qui nous apportait du sanglier et des pommes de terre, ainsi qu'une carafe d'eau et de vin, le tout sur deux beaux plateaux.

Aussitôt le repas terminé, je tombai de fatigue sur mon lit. C'est fou comme il était agréable de trouver une literie correcte. Je m'endormis aussitôt, exténué, sans même savoir à quoi mes camarades allaient occuper leur soirée.

Au petit matin, je me réveillai reposé, oubliant mes quelques douleurs aux cuisses. Torghil devait déjà être en train de découvrir les couloirs de la forteresse ou de s'adonner à ses pires passe-temps. Corigane, lui, était toujours allongé. Quant à Corbin, il se lavait. Je me fis aussitôt la remarque que je ne sentais pas très bon et que j'étais vraiment sale. Indéniablement, une toilette était obligatoire. À cet instant, je vis Corbin sortir torse nu. Tristement, je remarquai que l'homme avait perdu sa main gauche dans la nuit et que son poignet était maintenant d'une couleur noirâtre. Sa musculature portait de monstrueuses marques noires telles du charbon effrité. Cette espèce de pourriture démarrait de son amputation jusqu'au cou, en passant par la poitrine et descendant jusqu'aux jambes. L'une d'elles était d'ailleurs en piteux état. Cette fois, je compris vraiment à quoi ressemblait son tourment. Sa malédiction… Il pourrissait sur place. Je me dis qu'il valait mieux ne pas réagir et ne rien lui dire. Corbin devait déjà avoir assez de mal à supporter son propre reflet.

Détournant le regard, je pénétrai dans la salle de bain. Dans la glace, je découvris mon visage poussiéreux parsemé de petites éraflures. Je me glissai dans le bac avant de tirer sur une petite corde. De l'eau chaude se déversa dans le bain, me picotant légèrement au niveau des éraflures et contusions. Ce mécanisme était rudement bien pensé. L'eau venait des nappes souterraines, chauffées naturellement par la lave, sous l'ancien volcan endormi depuis des décennies. Démêlant mes cheveux, je remarquai qu'ils avaient grandi et surtout que l'eau était devenue aussi marron qu'un champ labouré. Après une bonne demi-heure à lambiner, je sortis pour me sécher et passer les nouveaux vêtements offerts par les nains. Une tenue à ma taille. Sans oublier une cape à capuche et une paire de bottes ! Enfin présentable!

Après un coup de brosse dans les cheveux, alors que je m'apprêtais à sortir, je m'arrêtai net derrière le rideau, en surprenant une conversation entre Corbin et Corigane :

— Je n'ai rien à vous dire de plus, Corigane.

— Vous n'avez rien à dire ? Mais vous n'êtes pas honnête ! Que ferez-vous lorsque la vie d'Ector sera en jeu ? Je sais très bien ce qui vous intéresse exactement, mais cela risque de lui coûter la vie, j'en suis persuadé, répliqua le magicien calmement.

— Silence ! Je ferai ce qui doit être fait, peu importe les conséquences. Vous ne savez rien…

Corigane ricana tandis que moi, je restais choqué après avoir entendu les paroles du capitaine.

— Vous vous entendez j'espère ? questionna le magicien.
Il racla sa gorge.
— J'essayerai d'éviter le pire, c'est certain. Mais notre voyage n'est en rien sans danger. Et vous ? Que cherchez-vous réellement ?! Autre chose vous motive. Ne me prenez pas pour un idiot s'il vous plaît ! s'énerva le capitaine.
Le magicien s'installa sur le lit en soupirant, le visage haineux.
— J'ai perdu la mémoire depuis bien longtemps et j'espère que l'arbre pourra me la rendre.
— Sauf que vous n'avez aucune certitude de la récupérer. À ce que je sache, l'arbre n'a pas un tel pouvoir.
— Nous ne savons rien sur le Maëll. Peut-être nous sauvera-t-il tous ! La seule chose que nous savons, c'est qu'Ector est la clé. (Il pointa son regard vers le rideau) Il vous aime, et vous lui mentez ! Suivra-t-il un menteur et un traître désirant l'immortalité au risque de voir mourir ses proches ? Je me le demande. Qu'en dis-tu, Ector ?
Je restai quelques secondes immobile avant de me montrer.
— Vous saviez qu'il était là n'est-ce pas, Corigane ?
Le magicien eut un sourire, mais n'eut pas le temps de répondre, interrompu par Torghil qui venait de surgir dans la pièce avec précipitation.
— Le roi nous attend. (Il resta un moment statique en découvrant nos visages.) Il se passe quelque chose ici ? Corbin ?
— Non, Torghil. Allons-y. Et essayons d'être le plus honnêtes possible.

Nous quittâmes la petite chambre d'amis, afin de rejoindre la salle du trône. Moi, je restais pensif, incapable d'oublier ce qui venait de se passer. Le magicien était étrange depuis Hirleveïn et Corbin, malgré ce qu'il était, semblait être une bonne personne. Mais je ne pouvais pas ignorer cette conversation ! Comment ne pas avoir confiance en cette personne que je chérissais un peu plus chaque jour que faisait mon aventure ? Qui devais-je croire ? Les deux semblaient tellement mystérieux.
Après un moment à marcher, guidés par plusieurs guerriers nains,

nous arrivâmes devant une grande porte ornée de joyaux. Là, les deux gardiens équipés d'armures légères et de lances poussèrent les deux portes. Elles s'ouvrirent sur une salle étonnamment belle. Le large chemin que nous empruntâmes était bordé de grands chandeliers posés devant d'immenses colonnes. Le sol était recouvert d'une mosaïque en complète démesure, comme toute chose ici. Cette œuvre d'art représentait un nain brandissant un marteau devant une montagne. Le tout était décoré de couleurs et de figures géométriques. En face de nous, le trône était immense, et c'est peu de le dire ! Il était orné de dorures et de joyaux représentant un large bélier dont le ventre était creusé pour servir de siège à Rodin. Un nain vieilli, je pense par les longues années passées à gouverner. Sa barbe blanche agrémentée de bijoux touchait le sol tandis que son corps semblait alourdi par sa haute couronne de fer sertie de joyaux. Il était accompagné à sa droite par le nain au casque ailé qui soutenait son bras et, à notre grande surprise, également par Bérignan…

— Par Aériis, vous êtes vivant ! m'exclamai-je à haute voix, oubliant le lieu où je me trouvais.

Rodin tapa du manche de son long marteau sur le sol, faisant résonner le bruit dans toute la salle. Je compris qu'il réclamait le silence. Je jetai un bref regard à gauche, puis à droite, et constatai que mes camarades de voyage semblaient aussi stupéfaits que moi. Nous nous arrêtâmes après quelques pas supplémentaires devant les petits escaliers mettant en évidence le trône. Face à lui, j'avais l'impression d'être ridiculement petit. Cela s'accentuait d'autant plus par la tapisserie rouge arborant un marteau blanc de plusieurs mètres, clouée au mur derrière le trône. Ici, tout était dans l'exagération en termes de taille. À se demander si les nains n'avaient pas un complexe d'infériorité. Après un léger silence, la conversation commença :

— Je vous souhaite la bienvenue dans mon royaume ! Je suis le roi Rodin, deuxième du nom. Sachez que je n'ai pas pour habitude d'accepter les requêtes des voyageurs… Néanmoins, puisque vous comptez un membre de mon peuple dans votre équipe, j'accepte de faire une exception. Mon cher ami et maître de guerre m'a fait part de votre désir de vous entretenir avec moi. Je vais donc vous écouter. Sans nul doute, Torghil était le seul à qui le roi s'adressait réellement. C'est pour cela que nous le regardâmes tous trois afin qu'il prenne la parole.

— Roi Rodin, sachez pour commencer que c'est une joie de pouvoir vous rencontrer enfin. Je me nomme Torghil. Voici, Corbin, Corigane et pour finir, Ector. Nous sommes des aventuriers à la recherche de l'impossible. Et vous êtes la seule personne à pouvoir nous prêter main-forte dans notre périple.
Je vis le roi nous jauger de haut en bas.

— C'est flatteur, mais pouvez-vous être plus précis et éviter de me faire perdre mon temps ?

— Si je peux me permettre…

— Non ! C'est au nain que je m'adresse ! Votre visage fébrile ne vous donne pas tous les droits, humain !

— La prétention des nains commence à me fatiguer ! chuchota Corbin.
Après un silence, notre ami de petite taille reprit :

— Nous venons du royaume d'Ellisé, d'où nous sommes partis pour rejoindre, après bien des difficultés, votre royaume des monts Rodin. Heureusement, mon ami Corbin, ici même, dispose d'une carte un peu spéciale qui nous a permis de nous guider jusqu'ici.

— Une carte « un peu spéciale », vous dites ? Toutes les cartes indiquent les montagnes du Nord. En quoi la vôtre est-elle si différente ?

— En vérité, roi Rodin, si nous sommes ici, c'est justement, parce que cette fameuse carte indique les montagnes comme un point clé dans notre recherche.

— Soyez plus clair, étranger !

— Nous cherchons un moyen de gagner les Tréfonds et plus précisément Océa. Voyez-vous, cette carte permet de rejoindre la cité légendaire. Nous pensons que les monts Rodin correspondent au lieu de passage pour les rejoindre.

— Les Tréfonds et Océa ? Tiens donc. Et dans quel intérêt ?

demanda le roi.

Torghil regarda Corbin qui lui fit un signe de tête, puis poursuivit :

— L'arbre de vie est une légende que beaucoup de pirates connaissent. Nous voulons découvrir si l'arbre existe véritablement. Quant au trésor, je ne vous cacherai pas que pour ma part, si je pouvais trouver quelques joyaux, j'en serais des plus satisfaits.

— Un voyage à haut risque simplement pour vous prouver que la légende est réelle. Après tout, certaines choses méritent d'être vues dans une vie. Bien que vos raisons me semblent suspectes, ma propre curiosité me pousse à m'y intéresser. Si ce sont les Tréfonds que vous voulez rejoindre, sachez que le passage pour y parvenir est ici même, gardé sous la montagne. (Il hésita un instant.) Seulement, sachez que si j'accepte de vous laisser passer, je ne pourrai pas vous aider davantage dans votre quête. Les gobelins menacent notre forteresse et s'apprêtent à nous attaquer sous peu.

— Nous désirons simplement passer, seigneur Rodin, rien de plus, dit Corbin.

Le roi eut un regard pensif, oubliant son arrogance.

— Vous êtes les premiers à connaître l'existence de ce passage. Votre carte est un trésor inestimable que beaucoup rêveraient de détenir. Océa est un endroit perdu qui a toujours été impossible à trouver, mais si vous avez les moyens de trouver la cité, cela mérite réflexion. (Il demeura plusieurs secondes de silence sans qu'aucun de nous n'ose dire un mot. Puis le roi reprit la conversation). Dans d'autres circonstances, j'aurais exigé cette carte et envoyé des armées sur Océa pour m'emparer de ses trésors. Malheureusement, avec cette guerre qui nous menace, cela me semble compliqué…

Il prit encore un instant pour méditer et poursuivit :

— Je peux exaucer votre vœu de traverser le portail pour les Tréfonds. Bien évidemment, j'y mets une condition.

— Voilà que maintenant il faut une condition pour pouvoir passer dans les Tréfonds, comme si le portail vous appartenait. Ce lieu n'est en rien sous la protection des nains, chacun est libre d'y pénétrer ! s'exclama nerveusement Corigane.

— Comment osez-vous contester la parole de notre roi ?! rétorqua le nain avec le casque ailé.

Le roi leva la main vers le haut afin de restaurer le calme :

— Les Tréfonds sont des lieux secrets. Il est rare que des personnes connaissent leur existence et encore plus qu'ils disposent d'une carte y conduisant. Vous êtes des pirates, rien ne m'oblige à vous garder ici ni à vous laisser la vie sauve ! (Il racla sa gorge et reprit :) Sachez que je ne suis pas idiot ! Nous ne sommes peut-être pas amateurs de magie, mais je sais en reconnaître lorsque j'en vois. Et votre ami souffre d'un mal que même les meilleurs médecins ne pourraient soigner ! Tout comme je sais ce que peut offrir le Maëll. Mais puisque vous vous moquez de mon autorité et de ma parole, je préfère vous bannir des monts Rodin ! Vous n'aurez plus qu'à prier pour que les gobelins ne vous trouvent pas ! gronda le vieux nain qui avait sévèrement pris la mouche.

— Attendez, Seigneur Rodin… (Le roi se leva, surpris par mon intervention. Ça ne présageait rien de bon. Je devais réfléchir rapidement…) Je vous supplie d'excuser notre vieil ami, le voyage a été rude et, malgré votre hospitalité, nous sommes encore à fleur de peau.

Le roi fronça les sourcils :

— Qui est ce garçon, à peine un homme, qui ose prendre la parole devant moi ? s'indigna le roi visiblement en colère.

— Roi Rodin, Ector est certes jeune, mais il est plein de bon sens et nous a prouvé à moi comme aux autres sa perspicacité et sa franchise. S'il y a bien une personne à écouter et à laquelle on peut faire confiance, c'est bien ce garçon. Discuter de votre parole n'était en rien dans nos intentions. Vous restez indéniablement un grand roi égalant sûrement le grand roi des monts Féryld ! Je vous saurais gré de bien vouloir revenir à la proposition que vous envisagiez.

Il était clair que Torghil en rajoutait afin de calmer le roi et faire oublier les paroles du magicien. Le vieux nain se redressa dans son trône, racla sa gorge de nouveau, puis reprit plus calmement :

— Mon peuple souffre à cause de la guerre. Malgré l'aide militaire que pourrait nous apporter notre voisin, nous nous appauvrissons de jour en jour. Vous pourrez passer seulement si vous me promettez qu'à votre retour, vous nous ramenez des richesses venant d'Océa.

— Comment refuser votre demande ? Nous vous en apporterons autant que nous le pourrons, reprit notre ami musclé.

Le roi se mit à sourire.

— Puis-je poser une question ? demandai-je. (Le roi me fit un signe pour que je continue) Les richesses serviront-elles à remettre votre royaume et vos terres en état ?

Au-delà de ma curiosité, je désirais surtout avoir la certitude que le roi utiliserait les richesses (si toutefois il y en avait réellement) à des causes justes et non pour satisfaire sa cupidité.

— Garçon, tu me sembles bien jeune et pourtant c'est une question très sage. J'ai effectivement l'intention d'utiliser l'ensemble du trésor que vous me ramènerez afin de reforger mes terres ! En attendant, revenez me voir ce soir pour que l'on parle des préparatifs. Le temps passe vite. Je dois vous laisser afin d'organiser les défenses de la ville. Soyez ici comme chez vous, déclara le roi.

Il fit ensuite un signe de la main afin que l'on déguerpisse et, après une révérence, nous nous exécutâmes. Seulement, à la sortie, Corigane me choppa par le col de mon vêtement, le regard rempli de colère :

— Pourquoi as-tu pris ma défense ?! Tu n'es qu'un gamin, je n'avais besoin de personne !

Surpris par son geste, je sentis mon cœur s'emballer vivement et je fus secoué de frissons. J'avais peur !

— Corigane, lâchez-le tout de suite ! ordonna Corbin, rejoint par Torghil.

Les yeux du magicien luisaient tel un bûcher. Un simple geste de sa part et nous étions tous morts. Pourtant, après quelques secondes, il me lâcha, calmé. Il frotta ma chemise afin de la défroisser puis me dit :

— Excuse-moi, Ector, je ne sais pas ce qui m'a pris. Je ne me sens pas très en forme depuis quelques jours. J'ai besoin de repos.

Sans attendre, il nous quitta pour rejoindre nos appartements.

144

Torghil

Choqué du comportement du magicien, Corbin me conseilla de rester sur mes gardes vis-à-vis de Corigane. Depuis le début de notre aventure, le capitaine se méfiait de lui. Avait-il raison ?

Accompagnés d'un valet du roi, après une visite rapide de la Place du Roc et de sa majestueuse Fontaine de l'Aigle, nous nous rendîmes dans une salle à manger en compagnie de Bérignan. Là, devant plusieurs bouteilles, des œufs brouillés et du lard, le miraculé nous expliqua comment il avait pu rester en vie. Selon ses dires, les gobelins l'avaient laissé pour mort en plein milieu de la prairie. Il aurait rejoint Aériis si quelques paysans ne l'avaient pas trouvé. Il avait ensuite été soigné et conduit jusqu'au Bassin avant de rejoindre, après une marche difficile, les monts Rodin. Son histoire paraissait pour le moins étrange. Surtout pour Corbin qui lui demanda souvent de répéter. Moi, en revanche, je ne voyais dans tout cela que du positif. Nous étions enfin tous réunis pour partir vers les Tréfonds. Même si je gardais en tête la saute d'humeur de Corigane et la conversation entre lui et Corbin. Tout cela serait à méditer… Plus tard.

Chapitre 13 : Raya à Océa

Le roi Rodin nous imposa deux jours de préparation pour cette excursion et tint à nous accompagner jusqu'au petit lac souterrain, d'où nous devions prendre le départ. Même si cela me paraissait totalement fou, c'était bien à partir de là que nous étions supposés rejoindre les Tréfonds, après avoir traversé un impressionnant tourbillon au centre du lac. Le petit appontement de bois que les nains avaient fabriqué et où notre bateau nous attendait surplombait les eaux turquoise de cette étendue d'eau. Sans s'éparpiller dans un flot d'explications, le roi pointa du doigt la rive opposée où l'on apercevait ce qui semblait être une issue permettant de s'extraire de ces montagnes. Cet étroit couloir, qui n'avait pas été utilisé depuis longtemps, semblait être le moyen idéal pour quitter la société des nains dans la plus grande discrétion, si un malheur arrivait. Il devait lui sembler important de nous l'indiquer dans cette période de guerre où l'incertitude régnait. Grâce à la force de persuasion de Torghil (un cadeau du ciel que de pouvoir compter un nain dans notre groupe !), nous avions obtenu une information très importante. Le mot « sahinésild » signifiait « sirène ». Nous avions eu la chance inouïe que le roi dispose de quelques vieux livres dont un dictionnaire complet en Ancien. Après nous avoir fait parcourir plusieurs couloirs richement décorés en tableaux et armures fièrement exposés, il nous avait menés à sa bibliothèque. Cette pièce arrondie était dotée d'escaliers menant à ses différents étages où l'on retrouvait étagères et autres tables d'exposition. On y avait passé une bonne après-midi à fouiller livres, manuscrits et tablettes, au point d'en recouvrir la table centrale en pierre. Corigane – calmé – nous avait d'ailleurs bien aidés puisque de nombreux titres n'étaient pas rédigés en langue commune. En pénétrant dans ce lieu, nous avions reçu deux consignes à scrupuleusement respecter : prendre grand soin des livres que nous consultions et proscrire toute utilisation de bougie – ce qui était largement compréhensible au vu de la quantité de papier qui dormait ici. Nous avions , bien entendu , été surveillés de près, mais nous avions fini par le débusquer, ce fameux dictionnaire. La copie centenaire d'un livre six fois plus âgé que moi, grâce auquel nous avions enfin obtenu la traduction complète des écrits sur la carte.

« Navigue par les eaux ou la terre, à traverser le monde et ses dangers avant de rejoindre monts et rochers. Les monts Rodin en sont la clé. Sages ils sont. Seuls les nains guideront, maîtres des montagnes et des profonds, avant la dernière vous irez.
Loin dans les Tréfonds, sillonnent les eaux. Vers le bon chemin, la lumière apaisante vous guidera. À la descente suivez sirène vers Océa, si toutefois de confiance vous arrivez, malgré la colère des damnés. À la porte, le bon cœur franchira, malgré le champ libre, le gardien brandira. »

Avant l'heure du départ, j'avais pu me reposer et profiter de la courtoisie des nains. Partageant la même chambre que Corbin, j'avais de nouveau assisté à sa toilette par hasard. Même se baigner dans l'eau semblait lui causer d'horribles douleurs. J'avais, certes, de l'affection pour lui, mais aussi de la pitié. Malgré les dangers qui nous attendaient encore, son état me motivait d'autant plus pour continuer l'aventure. Corigane restait pensif, ne nous adressant quasiment plus la parole. Cette situation m'avait clairement convaincu de rester méfiant. Surtout lorsqu'il avait insisté auprès du roi des nains pour rejoindre la salle des archives. Rodin, bien plus sympathique qu'il n'y paraissait, avait accepté sans hésitation. Corbin avait alors demandé à l'accompagner, au grand déplaisir du magicien. À la demande du capitaine, je les avais suivis. La petite pièce logée au plus haut de la forteresse disposait d'une étagère qui ne comptait pas plus de dix livres fins ainsi que quelques rouleaux sous un amas de poussière. L'amnésique n'avait plus quitté la bibliothèque et les archives avant les dernières heures précédant notre départ. Il lisait, lisait et lisait. Tout ce qui pouvait contenir des détails sur l'ancienne guerre entre Olevent et Ellisé l'intéressait. De mon côté, j'avais appris que cette première guerre avait été des plus dévastatrices et avait éradiqué une bonne partie de l'empire nain, forçant ses habitants à rejoindre les monts Rodin. Que l'apogée de ce combat avait eu lieu à Hirleveïn , regroupant elfes, hommes et magiciens, tous unis pour lutter contre un redoutable seigneur elfe. Cela avait été, certes, enrichissant pour ma culture générale, mais cela m'avait surtout permis de comprendre pourquoi Hirleveïn était aussi dévastée. Le magicien, lui, cherchait sans véritablement trouver. Surtout sans pouvoir obtenir ce qu'il avait espéré : des flashes sur sa vie passée. Une chose était évidente : Corigane avait un lien avec l'ancienne guerre. Tout comme l'arbre de vie. J'en étais certain !

Nous en étions presque venus à penser que le jeteur de sort était peut-être un danger pour notre mission. Idée perturbante puisqu'il pouvait aussi nous apporter une aide non négligeable. Concernant Torghil, toujours fidèle à lui-même, je ne l'avais que très peu vu. Je vous laisse deviner à quoi il avait bien pu passer tout son temps… J'étais donc resté avec Corbin, entre surveillance de Corigane et promenades à travers le fort, entre anecdotes de piraterie et conseils en tous genres. Avec ce rapprochement, j'espérais qu'il ressentait un semblant de sentiment pour moi malgré cette malédiction. Lorsque l'heure était enfin arrivée, Rodin nous avait convoqués une dernière fois dans son bureau. En effet, malgré notre accord, il voulait en savoir plus sur la façon dont Corbin avait obtenu cette carte. S'épargnant les paroles de politesse, Corbin avait fini par le lui avouer:

— Connaissez-vous la bibliothèque de Sivkell ? S'il y a bien un endroit où l'on peut trouver des informations sur tout, que ce soient dragons, sciences, magies ou autres, c'est bien là-bas. Je m'y suis donc faufilé et ai fouillé de fond en comble l'endroit jusqu'à tomber sur des informations évoquant l'arbre de vie, dont cette carte. Dessinée par les derniers premiers elfes, elle est en vérité l'unique document capable de conduire à Océa. La tâche n'était pas des plus simples, mais j'y suis parvenu.

— Il faut du cran pour se faufiler seul dans les tours d'ivoire. Vous m'impressionnez Corbin, même si je n'approuve pas ce vol ! Le capitaine laissa un sourire fugitif éclairer son visage sombre :

— Je ne crains plus vraiment la mort, car elle me frôle à chaque instant. Et puis, il suffit souvent de payer grassement certaines personnes pour passer inaperçu.

— Évidemment… En attendant, sachez qu'une fois le portail traversé, vous arriverez dans un immense océan où vous vous perdrez certainement. Je ne peux vous donner un quelconque conseil, même si j'en avais un. Plusieurs d'entre nous ont déjà tenté leur chance auparavant mais personne n'en est jamais revenu. Je ne donne donc pas cher de votre peau. Mais je garde espoir.

— C'est pourtant simple à comprendre : « *Vers le bon chemin, la lumière apaisante te guidera. À la descente, suivez la sirène vers Océa* ». Nous devons trouver une sirène et faire en sorte pour qu'elle nous guide à travers les eaux, rétorqua Corigane.

— Nous allons vraiment voir des sirènes alors ?! demandai-je, surexcité, sans que personne ne fasse attention à ma question.

— Seulement, on ne sait pas comment les trouver, ces sirènes. De plus, selon la légende, elles sont connues pour être dangereuses. Le magicien esquissa un rire puis répondit :

— Dangereuses pour vous… Savez-vous au moins ce que sont ces créatures ? (Il n'attendit pas de réponse pour nous l'expliquer.) Elles constituaient un peuple composé exclusivement de femmes haïssant le genre masculin. Un jour où des naufragés échouèrent sur leur île, leur reine, colérique et pleine de rancœur, les tortura par simple amusement et de la manière la plus cruelle (je me mis à imaginer le pire scénario). Aériis, la déesse, voyant ce qu'elles avaient commis, les maudit toutes, et les transforma en sirènes pour l'éternité. Seul un véritable amour envers quelqu'un du sexe opposé pourrait les libérer. Si toutefois elles étaient véritablement capables d'aimer. En outre, elle les enferma dans les Tréfonds afin que la libération de leur enchantement relève du miracle.

— Je n'aurais jamais imaginé cela, dis-je.

— La déesse a souvent eu honte de ses enfants… Il n'est donc pas étonnant qu'elle ne réponde plus aux nombreuses prières des hommes… rétorqua Corbin.

Le roi reprit la parole :

— Très intéressant… dit-il avec nonchalance. Maintenant que

tout est clair, vous voilà prêts, mes amis. J'espère que votre route sera bonne et que vous reviendrez avec assez de trésors pour que nous puissions reconstruire les villages environnants afin de redonner aux monts Rodin une splendeur digne des monts Féryld. Sept de mes guerriers vous conduiront au souterrain et vous accompagneront dans les Tréfonds. En espérant qu'ils pourront vous aider dans votre quête et que vous reviendrez vivants et la barque pleine !

— Nous ferons le nécessaire, seigneur Rodin, répondit Corbin.

— Ne vous inquiétez pas, si nous pouvons remplir le navire de trésors, nous le ferons sans hésitation ! promit Torghil.

— Me voilà ravi de l'entendre et de voir que votre ami Bérignan est apte à prendre la mer avec vous. Maintenant, partez ! J'ai une guerre à préparer et une forteresse à défendre.

Au bord de l'eau, une longue et basse embarcation dotée de nombreuses rames nous attendait. Il allait donc falloir ramer ! Corbin préféra laisser Cendre derrière nous, jugeant que les Tréfonds n'étaient pas appropriés pour un animal.

Une fois sur le bateau, chacun à une rame, nous nous tînmes prêts à franchir le portail. Après avoir franchi quelques mètres éclairés par les nombreux flambeaux autour du lac, nous remarquâmes que le courant augmentait. Très vite, cela suffit pour compliquer notre navigation. Le stress et la peur commencèrent à monter sur l'embarcation car, rapidement, il nous fut impossible de nous diriger. Les vagues montaient, descendaient et nous écrasaient de leur poids, tandis que nous commencions à nous enfoncer dans le tourbillon. Il ne nous restait plus qu'à prier pour ne pas nous retourner. Plus nous descendions plus le courant devenait rapide. Mon sentiment à ce moment ? Pour moi, c'était la fin !

J'ignore ce qu'il se passa ensuite et il en fut de même pour nous tous. En ouvrant les yeux, nous découvrîmes un océan souterrain. L'eau était calme. Seul le tourbillon au-dessus de nous qui devait servir de chemin en sens inverse, restait actif par magie.

Nous restâmes un moment sans parler, stupéfaits. Des globes de lumières bleutées éclairaient les plafonds, complétés par de longues lianes blanches et bleues se joignant de pierre en pierre. Sur l'eau, par endroit, des rochers en forme de polygones sortaient de l'eau comme s'ils étaient plantés dans la mer. Dans cette atmosphère paisible, il régnait une quiétude sans pareille. Par endroit, de gros coléoptères inoffensifs de la taille de ma main volaient au-dessus de l'eau à la recherche de nourriture. J'aperçus aussi, un minuscule îlot empli de plantes étranges aux multiples couleurs. L'ensemble surplombait l'océan, formant un contraste extraordinaire.

Comme nous ne savions quelle direction prendre, une question évidente se posa:

— Et maintenant que nous sommes ici, que fait-on Corbin ? demanda Torghil.

– « *Vers le bon chemin, la lumière apaisante te guidera. À la descente, suivez la sirène vers Océa* ». Les lumières venant des plafonds, permettent de nous diriger à travers les eaux et d'éviter les rochers. Si vraiment il nous faut trouver une sirène, espérons que ce sera simple, sinon nous allons voguer pendant une éternité ici, répondit Corigane.

— Avançons à l'aveugle en espérant que notre instinct et la chance nous guideront avec justesse, décida le capitaine

— Jusqu'à présent, la chance ne vous a pas beaucoup aidé ! se moqua Corigane

— Avançons ! répéta le capitaine préférant ignorer les paroles du mage.

Sans savoir vraiment où nous allions, nous ramâmes vers l'inconnu et après une bonne heure, nous étions toujours au milieu de tout et de rien. J'en profitais pour admirer cet endroit empli de magie et de mystère. De nombreux poissons de mille couleurs illuminaient les eaux et miroitaient en reflétant les lumières des Tréfonds. Mes yeux étaient éblouis, mais cela ne dura qu'un instant seulement… Car je fus vite lassé. C'est seulement après de nombreuses heures, c'est-à-dire à peu près une journée et une nuit, que nous découvrîmes les sirènes.

Nous étions fatigués et loin d'être vigilants, après ces longues heures de calme plat, à peine troublé par le claquement des rames sur l'eau. Cela nous avait conduits vers l'ennui et la déprime, raison pour laquelle nous fûmes tous surpris lorsque, après un fort bruit dû à un plongeon dans l'eau, une étrange créature mi-femme mi-poisson fit son apparition, sautant de part et d'autre de notre bateau. Lorsqu'elle attrapa l'un des guerriers nains au passage, la créature nous parut dotée d'une force effrayante, car elle avait réussi à le choper d'une seule main. Retombant avec elle dans l'océan, le petit homme s'enfonça dans les fonds marins. Nous surveillions les alentours, les armes brandies, sur le qui-vive, lorsqu'un liquide rouge remonta à la surface. Du sang ! L'alerte fut immédiate. Chacun regardait de tous côtés, en silence, sur ses gardes. Pourtant le calme revint. Puis, tout à coup, une tête pointa hors de l'eau. La sirène était à côté de la coque. Elle saisit la veste du capitaine et le tira de toutes ses forces. Ce fut par simple réflexe qu'il utilisa son arme, tranchant la main de l'humanoïde. Avec un cri de douleur, celle-ci regagna les fonds marins alors que plusieurs autres créatures se mettaient à nous attaquer de toutes parts, sautant par-dessus, nageant par-dessous et bondissant par l'arrière. Ces créatures féminines aux longs cheveux et au corps à moitié couvert d'écailles étaient loin de posséder la beauté que j'imaginais. Elles étaient malveillantes, agressives et sans pitié. Autour de moi, chacun se démenait face aux monstres marins. Un second guerrier nain tomba à l'eau. On entendait frapper leurs longues queues, on voyait leurs griffes et leurs dents pointues nous menacer. Durant le combat, Corigane, qui se défendait avec une simple épée, se fit surprendre. Personne d'ailleurs n'avait vu arriver cette sirène. Emporté dans les abysses, le vieil homme disparut. Malgré le combat, je regardai par-dessus bord. Alors que j'imaginais le magicien vaincu, une vive couleur jaune s'accompagnant de nombreuses bulles de gaz, illumina les profondeurs. Alors que plusieurs cadavres de créatures remontaient à la surface, le magicien sortit la tête de l'eau, vivant ! Nous ne perdîmes pas une seconde pour le hisser à bord. Autour, nos ennemies, effrayées par le sort de leurs sœurs, se dispersèrent. Ce n'était pas terminé pour autant. Les sirènes n'avaient pas abandonné. Bien au contraire, elles avaient simplement décidé d'agir tout autrement pour nous avoir. Environ cinq d'entre elles encerclèrent le bateau, sortant juste leur tête à une distance raisonnable de nos armes. Nous attendîmes, prêts à reprendre le combat.

Tout à coup, déchirant le silence de plomb, elles poussèrent un effroyable cri. Résonnant dans tout le périmètre, ce son aigu était insupportable. Collant les mains aux oreilles, nous recroquevillâmes sur nous-mêmes, paralysés.

J'étais collé contre le mât, les oreilles couvertes par mes mains, le visage crispé, lorsque mon regard se fixa tout à coup sur l'une d'entre elles. La sirène me regardait sans expression, calme. Elle était la seule à ne pas utiliser son horrible voix. Étrangement, par charme ou ensorcellement, les détestables sons me semblèrent soudain moins forts, presque supportables. J'admirai sa beauté qui me faisait tourner la tête. Était-ce l'un de leurs pouvoirs que d'envoûter les naufragés et de les faire succomber à leur beauté afin de les attirer dans les profondeurs de l'océan ? Ses longs cheveux noirs couvraient un visage légèrement arrondi avec de charmantes petites pommettes.

Autour de nous, les Tréfonds devinrent invisibles. Il ne restait que moi, regardant cette créature qui m'aurait sûrement dévoré si j'avais osé l'approcher de trop près. Pourtant, l'envie de sauter la rejoindre se faisait de plus en plus pressante. Je n'avais jamais croisé pareille beauté. Autour de moi, mes compagnons perdaient l'ensemble de leurs sens, tétanisés par les voix. Moi, c'était sur elle que mon attention se fixait. De fait, personne ne remarquait que d'autres sirènes s'étaient faufilées sous la coque. En peu de temps, elles auraient pu retourner l'embarcation, nous donnant en pâture aux poissons. Bérignan, accroupi à côté de moi, ses yeux fixés sur l'eau, devait avoir vu les ombres. Soudain, sans prévenir, il m'attrapa par mon pantalon, me faisant perdre immédiatement l'équilibre. Dans un grand bruit d'éclaboussures, je chutai dans l'eau. Tous l'entendirent. Il était simple à voir d'un coup d'œil que j'étais le seul manquant à l'appel sur le bateau. J'entendis Corbin ainsi que Torghil crier mon nom.

Il était trop tard. Plusieurs sirènes s'étaient déjà ruées sur moi. Je vis la lance d'un des nains transpercer une des femmes maudites. En haut, le combat avait repris pendant que deux sirènes m'entraînaient vers les profondeurs. Je sentais leurs griffes plantées dans ma peau bleuie par l'eau glacée. Leurs visages me fixèrent en jubilant et quand elles ouvrirent leurs larges gueules, je découvris de grandes dents pointues. Par réflexe, mes yeux se fermèrent. Alors que l'oxygène me manquait, je sentis qu'on me secouait dans tous les sens. J'entendis des cris sourds et soudain, on me lâcha. Il se passait quelque chose, c'était certain ! Je sentis que quelqu'un me poussait vers la surface. Ouvrant enfin les yeux, j'aperçus une sirène avec une large queue d'écailles bleutées ondulant de haut en bas. Elle avait ma joue proche d'une épaule, sa peau était douce. Une fois la tête hors de l'eau, je pris une grande bouffée d'air avant d'être hissé dans la barque par Torghil qui m'avait aperçu. Les autres sirènes venaient d'être mises en déroute. Seule une dernière était présente : celle qui m'avait sauvé. L'étrange femme poisson était collée à la coque, la lame de l'un des nains appuyée contre sa gorge. Corigane forma un bouclier autour du navire pour assurer notre protection pendant que je toussais pour évacuer l'eau qui s'était infiltrée dans mes poumons.

— Ector, comment te sens-tu ? demanda Corbin.

— Je vais bien, capitaine, dis-je encore essoufflé avant que mes yeux ne se posent sur la sirène.

C'était elle ! La sirène dont le regard avait croisé le mien. Intimidé, je ne trouvai rien à dire ni à faire à part lui adresser un regard éperdu de reconnaissance.

— Pourquoi l'avoir sauvé, monstre ? demanda Corbin tandis que Torghil joignait sa lame à celle de l'autre nain.

Silence.

— Peut-être ne parle-t-elle pas notre langue ? suggéra Torghil.

— Ou peut-être prépare-t-elle un mauvais coup, reprit Corigane en surveillant sa barrière.

Elle pointa sa main vers Bérignan, laissant mes compagnons perplexes. Je fus le seul à saisir le sens de ce geste.

— C'est lui, c'est Bérignan ! Il m'a poussé dans l'eau pour que les sirènes me dévorent !

— Ector, que dis-tu ? De quoi parles-tu ? Pourquoi aurait-il fait cela ?

Sans attendre, Bérignan sortit son poignard et l'enfonça dans le torse de Corbin.

— Va au diable, pourriture ! cria-t-il.

Le capitaine eut un regard amusé et chopa le pirate par le col de sa chemise.

— Seul mon propre sort peut me tuer, Bérignan. Sale traître !

Les nains pointèrent leurs armes sur lui

— Vous ne serez jamais guéri, Corbin ! Bientôt, Argolaïn sera ici et vous détruira tous (il se mit à rire). Je lui ai expliqué comment rejoindre Océa. Je lui ai livré vos moindres secrets.

— Pourquoi ?! hurla le capitaine.

— Vous vous souvenez de notre séparation après Hirleveïn ? (Il ne laissa aucune réponse interférer dans son monologue.) Les gobelins ne m'ont pas tué. J'ai même été l'invité d'Argolaïn, voyez-vous. Nous avons parlé longuement et nous sommes mis d'accord. Il m'a proposé plus d'argent que vous, à condition que je me charge de vous ralentir. (Il nous observa tous.) Comme tout pirate, j'aime l'or et je suis corruptible ! J'aurais continué à semer des embûches pour vous ralentir afin qu'Argolaïn nous rattrape. J'étais loin d'imaginer que ce monstre allait aider l'enfant à survivre.

— Tu es un idiot, Bérignan… Argolaïn ne pourra jamais atteindre l'arbre sans une âme pure. Crois-tu qu'il ait cela autour de lui ? À croire qu'aucun de vous n'a compris l'intégralité des indications de la carte, réagit Corbin.

Une âme pure ? Était-ce la raison pour laquelle Corbin m'avait choisi ? Et si Corigane avait vu juste ? Si Corbin m'avait menti et me voyait comme un simple pion ? Malgré tout, je continuai à penser que son tourment devait cesser.

Alors que Bérignan était dans l'impossibilité d'agir, le magicien poussa les nains devant lui et, de sang-froid, planta son arme dans le ventre du pirate. Il enchaîna son attaque d'un simple mouvement de bras, l'éjectant dans les fonds.

— Il ne méritait que la mort. Ne nous attardons pas ici, assura-t-il sans que personne ne bronche.

Le magicien s'approcha ensuite de la sirène, retira sa longue capuche et lui adressa la parole :

— Tu as sauvé le garçon. Pour cela, nous te sommes reconnaissants. Conduis-nous à Océa et vite.

La fabuleuse créature regarda l'homme au visage meurtri et menaçant, puis se retourna vers moi. Il était évident qu'il n'y avait eu aucun enchantement entre nous, car elle était toujours aussi belle. Je ne fis qu'un simple signe de tête, avant qu'elle ne s'élance dans l'eau puis, après un moment, elle réapparut à plusieurs mètres devant nous.

— Je pense que l'on peut lui faire confiance, suivons-la, conseillai-je.

Chacun regagna sa place oubliant vite la traîtrise de Bérignan. En revanche, nous savions désormais que notre ennemi savait comment rejoindre les Tréfonds et qu'il allait sûrement y parvenir lui aussi. Pendant que nous suivions la sirène, des questions se bousculaient dans ma tête : pourquoi m'avait-elle sauvé ? Qui était-elle ? Devions-nous craindre Argolaïn et ses gobelins ? Et bien d'autres interrogations.

Pendant que nous naviguions vers Océa, le temps défila longtemps sans qu'aucune cité ne se présente à nous. Après un long moment à ramer, nous arrivâmes dans une zone parsemée des rochers ce qui nous força à zigzaguer entre eux et nous ralentit énormément. Heureusement, les provisions sur le bateau ne manquaient pas. Nous pûmes donc manger quasiment à notre faim pendant les deux jours qui suivirent. Le roi avait vu large. Parfois, quand nous stoppions le bateau pour reprendre des forces, la sirène partait chasser des poissons ou se reposait sur une roche. Une fois même, je me souviens de l'avoir vue tendre son bras à la peau claire pour qu'un coléoptère se pose dessus. L'image me parut attendrissante. Cela m'émut encore bien plus que le souvenir d'Adeline que cette créature fit disparaître complètement de ma tête. Elle avait quelque chose de différent et ne me semblait pas aussi dangereuse que ses congénères.

Elle était tout bonnement fabuleuse. Tel était le seul mot qui me venait pour la décrire. Même si je ne lui avais jamais adressé la parole, une sorte d'alchimie se manifestait lorsque nos regards se croisaient (ou peut-être n'était-ce que mon imagination).

Le voyage parut interminable. Puis le paysage commença à se couvrir d'un léger brouillard violacé avant de devenir si épais qu'il nous empêchait de voir à plus de quelques mètres. La sirène finit même par disparaître dans la brume. Désormais, le plus grand risque était de s'écraser contre un rocher, ce qui faillit arriver quand nous évitâmes de justesse un petit récif. Alors que je regardais par-dessus bord, l'eau sembla soudain illuminée par le fond d'un très beau vert malgré la profondeur. On m'expliqua que c'était une réaction physique due aux pierres précieuses de Sagaÿnite, qui se mettaient à briller au contact d'une eau salée.

Après un bon moment à traverser la brume, l'atmosphère s'éclaira, et nous aperçûmes la sirène à quelques mètres. Bien plus loin, Océa exposait sa beauté. Je remarquai une légère ressemblance avec la ville d'Hirleveïn, mais elle était bien plus majestueuse et paraissait en parfait état, vue de là où nous nous trouvions. Située sur une haute montagne, elle était entourée de cascades qui brillaient comme du cristal. Disposés sur plusieurs étages, les murs blanc rosé, les grandes tours pointues, les obélisques et les quelques toitures en dôme offraient un contraste fantastique. Mais le plus fabuleux restait la pyramide centrale, toute transparente, composée de verre et reflétant les lumières bleutées des plafonds. Une prouesse architecturale jamais vue ailleurs. Devant l'entrée d'Océa était installée une énorme statue représentant un homme tenant un livre. Ce personnage, vêtu d'une longue toge découvrant timidement son buste, était pourvu de grandes et puissantes ailes dans son dos. Cette statue avait de quoi intimider les visiteurs par ses dimensions et la qualité des détails. À proximité, une route principale parcourait la montagne depuis le haut, avant de prendre fin sur un appontement de pierres. Là, une tourelle surveillait l'étendue marine. Avançant prudemment, la barque vint heurter le quai. Le bateau fut amarré à un crochet planté dans le sol et nous pûmes enfin poser les pieds sur Océa.

Après quelques pas vers la cité, le capitaine dut trouver un appui pour ne pas tomber. Corbin souleva sa jambe de pantalon, découvrant son mollet recouvert de marques noires ainsi qu'un os et de la chair en décomposition. Il ne lui restait que peu de temps avant qu'il ne perde son membre inférieur.

« Ça va aller », nous dit-il.

Nous l'espérions tous, mais il fallait faire vite. Cependant, il n'était pas question de partir vers l'inconnu en groupe. Un des quatre nains, accompagné de Torghil, partit discrètement en reconnaissance. De mon côté, je restai à profiter du paysage, les jambes pendantes, assis au bord de l'eau. Comment imaginer qu'un tel endroit pouvait exister sous terre ? Pourtant, nous y étions. Mon aventure était surréaliste ! Alors que tout était paisible, la sirène s'approcha de moi.

— Bonjour ! me dit-elle.

Dans un premier temps, je fus surpris d'entendre qu'elle parlait notre langue puis je lui répondis :

— Bonjour, je me nomme Ector. Ravi de voir que tu parles notre langue.

— Je parle énormément de langues, dont la vôtre. Cela fait bien longtemps que nous n'avions pas eu de visiteurs par ici.

Constatant que je buvais ses paroles, elle me sembla radieuse. Son regard me faisait rougir, sans même que je m'en rende compte. Pourtant, une question me turlupinait :

— Pourquoi m'avoir sauvé et nous avoir guidés jusqu'ici ?

— Ce n'est pas ce que vous vouliez ? répondit-elle, semblant avoir du mal à comprendre le sens de ma question.

— Si, bien sûr, mais tu as trahi les tiens et malgré ça, les autres membres de mon groupe doutent de toi, dis-je en regardant Corigane qui avait les yeux fixés sur moi.

Je n'eus aucune réponse à ma question.

— Océa est dangereuse. Autant pour vous que pour moi. Toutes ces années ont permis à des créatures bien plus hostiles que nous, les sirènes, de prendre possession des lieux.

— Quel genre de créatures ?

— Les Nagas. D'anciennes créatures reptiliennes entre serpents et poissons. Aussi intelligentes que vous et moi. Une fois dans la ville, sois attentif à chaque endroit. Elles peuvent être n'importe où.

— Merci de me prévenir.

Elle s'écarta comme si elle voulait disparaître à tout jamais.

— Quel est votre nom ? lui demandai-je, curieux.

— Raya.

Je restai une bonne minute les jambes pendantes à l'attendre et, par chance, elle regagna la surface. Nous restâmes un bon moment à parler, moi de mon passé sur Clane et elle de la vie rude qu'elle menait dans les Tréfonds. Raya était une sirène bien différente des autres, et elle se sentait exclue. Elle rêvait du monde du dessus et d'une vie plus féminine et surtout plus humaine alors que les autres désiraient juste chasser. En m'écoutant, ses yeux s'illuminaient, et elle m'avoua qu'elle avait envie de découvrir les pâtisseries, la peinture, les vêtements ou simplement de marcher dans la neige. Toutes ces choses qu'elle ne connaissait pas ou plus… Mes yeux commençaient à se fermer sous le poids de la fatigue quand soudain, dans un bruit d'éclaboussure, je la vis faire un bond, tel un dauphin. J'attendis quelques minutes, mais elle ne remonta pas. La première chose qui me vint à l'esprit fut :

— Comment allons-nous repartir sans cette sirène pour nous guider ?

Puis :

— Aurai-je la chance de la revoir ?

Aussi fou que cela puisse paraître, j'étais sous le charme de cette créature magnifique.

— Elle est partie ? me demanda Corbin, me faisant sursauter.

— Oui. (Je ressentis un petit goût amer en prononçant ce mot)

— Et tu ne l'as pas retenue…

— Pourquoi l'aurais-je fait ?

— Pour repartir. Enfin, une intuition me dit que nous la reverrons un jour… (Il me frotta le crâne puis reprit.) Que t'a-t-elle dit exactement ?

— Elle se nomme Raya. Elle l'a informé de la présence des Nagas dans la cité, fit une voix derrière moi.

160

— Comment savez-vous ce qu'elle m'a dit, Corigane ? demandai-je, choqué.

— Il n'est pas difficile de lire sur les lèvres. Tout n'est pas que magie, mon pauvre Ector.

Corbin reprit la parole sans avoir même accordé un regard au magicien.

— Espérons que Torghil reviendra indemne...

Corbin s'installa à mes côtés tandis que le jeteur de sort restait à distance. Je restai silencieux, comprenant que cet instant paisible permettait de se vider la tête en attendant le pire à venir.

Après une petite attente, les deux nains réapparurent en pleine forme sur le chemin descendant.

Ils n'avaient rien découvert de suspect. Les quelques rues qu'ils avaient parcourues dans le quartier des commerçants semblaient désertes.

Une fois nos affaires rassemblées, notre petit groupe se remit en marche. La voie était décorée de petites bordures arrondies en pierre et était humidifiée par les cascades éclaboussant le bas-côté. À mesure que nous avancions sur notre chemin, la statue grandissait au point qu'elle me donna le vertige une fois arrivé à ses pieds. L'énorme piédestal et la très haute arche franchis, un pont de pierre se présenta à nous, puis une seconde arche, décorée avec des représentations en marbre de chênes, qui menait à la ville et à son premier quartier. À l'entrée d'Océa, on pouvait voir de hautes demeures et des tours arrondies. Les étals, les fontaines et d'autres structures bien différentes de ce que l'on pouvait trouver ailleurs, semblaient avoir subi la dure loi du temps et de l'humidité. L'architecture était moins brute, plus artistique, agrémentée de petites gravures, de belles écritures indéchiffrables et des peintures sur le thème de la nature. Dans cet endroit légèrement encrassé par la vase et les années, tout était calme. Seuls les pas que nous faisions semblaient venir troubler le silence. Cependant, Raya m'avait prévenu du danger et je ne doutais aucunement de sa parole. Les

161

Nagas se trouvaient ici et mieux valait ne pas les déranger. À l'intérieur de la ville, il nous resta le plus difficile : trouver l'arbre de vie.

Chapitre 14 : L'arbre de vie

La cité n'était pas grande, pourtant cela faisait un moment que nous parcourions les étages décorés d'anciennes peintures, de sculptures et de moulures encrassées. Ici, tout paraissait enchanté, masqué sous les algues et la vase, vestiges d'un lointain passé. Nous avions choisi de rejoindre la structure de verre visible depuis l'appontement qui dominait tous les bâtiments d'Océa. S'il y avait bien un endroit qui paraissait important, c'était sans nul doute celui-là.

Ce qu'il y avait aussi de remarquable ici, c'était la richesse des lieux. Des diamants ornaient les murs ainsi que certaines fresques murales rehaussées d'or et d'autres matériaux précieux. Des gravures gravées dans le marbre représentant des arbres étaient décorées d'un feuillage sculpté exclusivement dans des cristaux.

Nous avions préféré nous aventurer dans les petites ruelles pour éviter la route principale. Quoi de plus visible et découvert que la route principale ? Cette précaution avait peut-être été inutile, mais mieux valait être prudent et ne pas se faire voir.

Chaque passage, chaque petite rue était déserte, veinant une cité sombre et lugubre malgré les lumières provenant des plafonds. Nous marchions seuls entre ces constructions garnies de frises mêlant formes géométriques et arborescences finement travaillées. Certaines demeures avaient la chance d'être dotées d'une petite terrasse privative où, par le passé, il avait dû être agréable de se reposer. Maintenant, beaucoup moins du fait de l'odeur d'iode entêtante régnant dans la ville.

Après une marche trop longue à mon goût sur les pavés vaseux et glissants, notre petit groupe arriva face à un site différent des précédents : un pont, entouré de hautes bordures de pierres, et agrémenté de statues brisées qui avaient dû être magnifiques par le passé. Entre chacune d'entre elles étaient construits des petits obélisques à la pointe colorée. En face : la pyramide de verre ! Alors que de loin, elle semblait sublime, de près, sa base verdie et partiellement brisée laissait apercevoir les murs à l'arrière. Juste avant la grande porte, pour barrer le passage, des lances avaient été plantées pour former deux croix, laissant comprendre aux visiteurs qu'ils n'étaient pas les bienvenus. Nous avançâmes prudemment. Autour du monument, d'autres lances étaient plantées dans le sol exposant sur leurs piques des crânes en putréfaction, ou de simples squelettes. Les sirènes étaient des proies ! Mais de qui ? Des Nagas ? Possible… De toute évidence, cette mise en garde n'augurait rien de bon.

— L'endroit n'est pas des plus accueillants ! grogna Torghil.

— Les Nagas sont loin d'être des créatures sympathiques. Il ne faut rien espérer d'eux. Mieux vaut ne faire aucun bruit et rester silencieux. En résumé, mieux vaut ne pas nous faire remarquer, ajouta Corigane.

— Entrer par la porte principale de cette pyramide n'est peut-être pas la meilleure option. Il y a sûrem… (Corbin s'interrompit brutalement pour chuchoter fortement :) Ector ! Que fais-tu ?! dit-il en me voyant ouvrir timidement un des battants.

Peut-être aurais-je dû attendre, mais à cet instant, la seule chose qui me guidait était la curiosité. Je jetai un regard à l'intérieur, il n'y avait personne. J'ouvris la lourde porte entièrement. Face à nous, un long couloir menant à la pièce principale était éclairé par des pierres lumineuses de Sagaÿnite, plongées dans une longue tranchée d'eau centrale. Nous avançâmes tout droit, après avoir pris soin de refermer la porte derrière nous, puis mes yeux distinguèrent plusieurs formes familières le long des murs. Un grand cerf en marbre trônait dans un recoin sur ma droite, légèrement tapi dans l'ombre. Les détails de l'animal le rendaient vivant au point de se sentir observé. Il y avait également trois autres statues d'animaux de la forêt parfaitement bien représentés dans ce long corridor : un sanglier, un renard et un loup. À l'extrémité du couloir, la lumière des plafonds des Tréfonds qui se reflétait sur les vitres formait un halo ne permettant de discerner qu'une avancée de mur.

Tout à coup, alors que nous marchions avec précautions, des voix étranges se mirent à résonner à l'extérieur.

En un instant, la panique nous gagna. Nous filâmes vers les grandes statues avant que Corbin n'ait à les montrer du doigt afin de nous cacher derrière elles. Tous dissimulés derrière les deux premières grandes représentations animales, nous guettâmes les futurs arrivants. J'étais aux côtés de deux nains des montagnes ainsi que de Corigane, dissimulé sous sa capuche. Sa présence, malgré les évènements passés, me réconforta. Lorsque la porte s'ouvrit sans discrétion, des bruits de frottement sur le sol se firent entendre. Puis vinrent s'y ajouter des voix :

— Ssst ! Siffla l'une d'elles, à la même manière qu'un chat énervé. C'est toujours à nous de devoir rapporter de la viande !

Enfin, je découvris le propriétaire de cette voix sifflante. Deux créatures reptiliennes avançaient en tirant chacune un gros sac taché de sang et contenant sûrement leur futur repas. Peut-être une sirène ? Je me mis à ressentir une profonde inquiétude : Et si Raya s'était fait attraper ? Les créatures reprirent :

— Il serait plus agréable de chasser ses satanées sirènes ! Le poisson me répugne ! Malheureusement, elles se cachent bien, ces maudites !

— Pourtant, nous en avons vu une roder ! Elle nous a échappé cette garce !

Ce monstre devait parler de Raya… Au moins, elle leur avait échappé.

— Dépêchons-nous de rapporter le poisson ! Il me tarde de sentir leur chair sous mes crocs.

— Oui ! Dépêchons !

C'était la première fois que je voyais de tels monstres. Leur long corps dépourvu de jambes rampait au sol, tandis que leur buste était redressé comme celui de n'importe quel homme. Des écailles bleu-vert recouvraient leur peau et semblaient solides comme de la pierre. Pour décrire leur visage, je pourrais simplement dire qu'il était entre le serpent et le lézard. En bref, des êtres bien étranges. Surtout pour moi qui étais loin d'être un amateur de reptile.

Je restais immobile à regarder ces humanoïdes, je fus le seul à ne pas voir les signes du capitaine. La lance d'un des nains vint percuter la tête d'une des créatures tandis que, sans attendre, tout mon groupe quittait son poste (presque en me bousculant). Brandissant les armes vers le dernier Naga encore vivant, ils l'encerclèrent. Par chance, ce n'était pas le plus courageux, car il abandonna à la seconde le harpon qu'il tenait de son autre main.

— Où se trouve l'arbre de vie ? Parle et nous t'épargnerons ! interrogea Corbin sans attendre, alors que je les rejoignais.

Le Naga semblait ne pas comprendre, paraissant terrifié de voir des humains et des nains dans les Tréfonds. Autant que moi, quand j'avais découvert l'existence des nagas.

Corigane prit la parole en constatant l'incompréhension de l'humanoïde :

— Où se trouve le Maëll ?

— Vous cherchez le Maëll ! Comme tous ceux qui descendent dans les Tréfonds, vous cherchez le Maëll, répéta la créature. C'est simple, il vous suffit d'avancer, puis de descendre… Puis d'avancer, d'entrer, de continuer à avancer et vous y serez ! siffla l'humanoïde.

Il était curieux de voir que ces créatures, malgré la tonalité étrange de leur voix, parlaient aussi bien que vous et moi.

— Ne joue pas avec mes nerfs, espèce de monstre à la langue fourchue ! l'injuria le magicien.

— Dépêchons-nous d'obtenir les renseignements avant que d'autres nagas nous voient, conseilla le nain.

— Dans la salle principale devant vous, se trouve un escalier descendant. Suivez les lumières, et vous arriverez devant une porte qu'aucun de vous ne pourra passer ! Tout comme nous, nous ne l'avons jamais pu. Enfin si vous survivez suffisamment longtemps pour y arriver !

Il eut un rire étrange entre le gloussement et la suffocation.

— Nous avons nos réponses, en avant ! ordonna Corbin impatient.

— Et lui ? demandai-je.

Tous se mirent à tenir la créature, pendant que Corbin l'étouffait pour éviter qu'il sonne l'alerte. Ensuite, les deux corps furent dissimulés derrière les statues. Je n'étais pas vraiment enchanté qu'ils aient choisi cette solution, surtout après lui avoir promis de l'épargner en échange de ses informations. Un peu de pitié n'aurait pas fait de mal pour une fois. Pourtant, Corbin au début de mon voyage, ne me semblait pas aussi cruel et son cœur beaucoup moins noir. Plus nous approchions du but et plus sa hâte se faisait pressante. À y réfléchir maintenant, Corigane et le capitaine étaient bien plus semblables au niveau du comportement qu'ils ne le pensaient.

La lumière vive devant nous commençait à s'amenuiser, mais nous y voyions encore suffisamment pour détailler le grand espace. Ce dernier était entouré de murs qui formaient une sorte d'antichambre donnant accès à la pièce principale par le biais de trois passages. L'un faisait face à la porte principale et les deux autres, sur le côté gauche et droit, donnaient sur un couloir faisant le tour de la pièce, et où gisaient quelques énormes tas de foin ainsi que d'énormes vases désormais en morceaux. Sans oublier, quelques tonnelets d'eau douce entassés contre les parois intérieures de l'édifice. C'était sans doute aussi dans cette pièce qu'étaient entreposés les centaines de trésors de la ville, rassemblés ici par les Nagas. Nous dissimulant derrière les murs, nous observâmes l'intérieur de la salle. C'était un grand cirque, sans exagération, où flottait une odeur de poisson pourri. Sur le sol, il y avait de nombreux squelettes de poissons, des draps, des coussins, des meubles brisés, des tas de planches et des détritus. À cela s'ajoutaient des richesses en grande quantité : bijoux, orfèvreries, couverts, diamants, or… Il y avait de quoi être époustouflé. Au-dessus des créatures, une sorte de structure géométrique en ferraille était suspendue par une corde enroulée sur une poulie au plafond qui revenait se nouer à un anneau scellé dans un des murs. Cela ne ressemblait pas à grand-chose, cependant, il y avait là, une pointe artistique dans laquelle un amateur aurait peut-être trouvé de la beauté mais, pour ma part, je ne lui prêtai aucune attention.

Quant aux Nagas, certains se reposaient en attendant les victuailles tandis que d'autres préparaient un feu ou s'entraînaient à la lutte. Ils étaient plus d'une vingtaine ! L'escalier descendant menant à la porte que nous recherchions était en plein cœur de leur camp.

Rejoindre cet escalier allait être compliqué. Nous étions en pleine réflexion, à observer nos ennemis et à réfléchir à un plan lorsque les portes extérieures, se remirent à claquer avec force. Après encore quelques secondes, un groupe de créatures arriva. Cela nous sembla étrange, car pendant tout le temps que nous avions passé à tourner dans Océa ; nous n'avions pas croisé âme qui vive et voilà qu'il en arrivait une dizaine. Il s'en fallut d'un rien pour qu'ils nous tombent dessus. Mais, par chance, nous avions été suffisamment silencieux pour ne pas être repérés et nous eûmes juste le temps de nous faufiler dans le foin et de nous en recouvrir au mieux pour ne pas nous faire voir. Bien sûr, s'ils avaient fait attention, ils auraient remarqué la barbe de Torghil et son grand nez qui dépassaient du foin, ce qui me fit sourire, même si la situation était loin d'être drôle. De notre cachette, j'entendis converser les Nagas dans la grande salle de la pyramide. C'était une aubaine, vu ce qu'ils disaient de leurs voix sifflantes :

— Karkadold, des gobelins en nombre viennent de débarquer sur Océa.

— Des gobelins ? répondit celui-ci avec étonnement.

— Gobelins, oui. Et d'autres, arrivés plus tôt. Des bateaux maîtres, amarrés devant la cité.

— De la viande fraîche ! C'est une chance. Arrachez-leur les yeux, j'en ferai des bijoux. Et de leurs os, des cure-dents !

Étant donné le raffut qui suivit, nous devinâmes qu'une bonne partie des nagas avait quitté le monument, afin de débusquer les visiteurs.

— Ce chien de Bérignan ! Il les a vraiment conduits jusqu'aux Tréfonds ! cracha entre ses dents Corbin, toujours caché dans sa meule de foin.

Après leur départ, deux humanoïdes allèrent se placer devant l'entrée du monument. Les nagas restant dans la salle principale étaient maintenant moins nombreux certes, mais passer sans se battre n'était toujours pas envisageable, car nous étions seulement neuf (en me comptant malgré mes lacunes en combat). Il était évident que ce serait prendre des risques inutiles, d'autant plus que nous ne connaissions rien à ces créatures. Soudain, une idée germa dans la tête de Corbin. Je le compris lorsqu'il me demanda de le rejoindre, malgré le risque encouru.

C'est à tâtons et non sans crainte de me faire repérer que je m'exécutai. Une fois à l'abri derrière des bottes de foin trop petites pour s'y cacher, il m'expliqua son subterfuge :

— Ector, il est temps de nous montrer ton talent. J'avais pensé demander cela à Torghil, mais il n'est pas du genre discret. Quant à Corigane ou moi, nous sommes bien trop grands, nous nous ferions voir aussitôt.

— Dites-moi vite, dis-je, observant autour de moi.

— Écoute bien. Je présume que tu as remarqué la structure suspendue au-dessus de ces créatures ? (J'opinai du chef) Elle est maintenue par une longue corde nouée sur un anneau fixé dans le mur à l'opposé du nôtre. Tu me suis toujours ?

Comment avait-il pu voir cela aussi rapidement alors que nous avions à peine eu le temps de jeter un œil ? Corbin était décidément impressionnant.

— Oui, je comprends Corbin. Tu veux que quelqu'un aille détacher la corde pour que la structure leur tombe dessus ?

— Je veux que TU (il insista sur le « tu ») détaches la corde et que la structure leur tombe dessus, oui.

— Moi ? demandai-je, craignant d'avoir bien compris.

— Tu vas rejoindre la partie opposée de la pyramide et, discrètement, tu iras détacher la corde. Lorsque la structure tombera, ils seront distraits et ne nous verront pas lancer l'assaut.

— Vous êtes sûr que ça marchera, Corbin ? Si je me fais repérer ? Loin de douter de vous, mais…

Il était évident que je n'étais pas très emballé par la tâche qu'il voulait me confier.

— C'est le seul moyen pour limiter les pertes. Ne t'inquiète pas, si ça tourne mal, tu n'auras qu'à crier et nous arriverons.

— Voilà qui est très rassurant…

Malgré mes doutes, je lui obéis, je n'avais guère le choix.

J'abandonnai ma cape, pour ne pas être gêné dans mes mouvements et je les quittai. Passant par l'arrière, longeant les murs entourant le camp, je rejoignis le côté opposé sur la pointe des pieds. La corde était attachée à un petit anneau maintenu au mur, juste au-dessus de plusieurs vases d'eau que j'allais devoir éviter pour m'approcher discrètement. Collé contre la pierre froide, je pris une grande respiration avant d'expirer lentement pour évacuer mon stress. Calmé, je jetai un œil le plus discrètement possible.

Les Nagas étaient occupés à recouvrir leur trésor avec de grandes couvertures par peur d'être volés. D'autres barricadaient le passage principal qui menait vers la grande porte d'entrée, afin de ralentir les visiteurs imprévus. La corde était maintenant toute proche ! Il me suffirait de quelques coups de lame pour la couper et ce serait terminé. Me reculant sans bruit, je tirai l'épée de ma ceinture « *Clinc !* ». Mon pied heurta un vase, faisant retentir un léger bruit qui me parut assourdissant. Je restai immobile un moment, le souffle court. C'est souvent lorsqu'on ne veut faire aucun bruit qu'on est le plus bruyant. Je pensai à mes camarades cachés dans la botte de foin, espérant que j'allais réussir. Il n'était pas question d'échouer. Je jetai un regard vers la salle. Rien ne bougeait.

« Il me suffit de couper la corde et le tour est joué », me répétais-je.

Parler dans sa tête, quoi de mieux pour se redonner courage ?

« Allez, Ector ! Tu as fait bien pire ! »

Malheureusement, ce n'était pas si simple. Pour atteindre la corde, je devais me mettre à découvert. Si une de ces horribles créatures pointait par malchance le nez dans ma direction, il n'y aurait pas d'échappatoire… Je restai encore un instant collé au mur, priant Aériis que l'on ne me repère pas. Je devais agir. C'était maintenant ou jamais. Sans plus attendre, je me levai, épée en avant, prêt à couper la corde. Je me souviens encore de l'horrible tête du premier naga qui m'aperçut en se retournant. Alors que ma lame attaquait la corde, je vis les yeux de la créature s'écarquiller de surprise en me voyant là. Lorsqu'il se mit à crier, attirant tous les regards vers moi, la corde craqua, faisant s'effondrer la structure. Un énorme bruit de ferraille résonna dans tout le monument quand la masse métallique écrasa sans pitié quelques-unes de ces créatures hideuses. Le coup avait été encore plus efficace que détourner l'attention !

170

Corbin et les autres sortirent de leur cachette, pour commencer le combat. L'idée avait été bonne et la chance nous avait souri, même s'il s'en était fallu d'un rien pour qu'il échoue. Torghil arriva comme une bombe, muni de ses deux armes, et fonça sur l'ennemi tournant sur lui-même et tranchant tout ce qui se trouvait à la portée de ses lames. Corbin semblait être plus en difficulté qu'auparavant. Boitant d'une jambe, et une main en moins, il avait beaucoup plus de mal à se battre. Ce qui n'en faisait pas pour autant un mauvais combattant. Corigane et les nains, eux aussi se mirent de la partie. Je vis malgré tout un de ces petits guerriers tomber au sol…

Les Nagas, pourtant en nombre inférieur, utilisaient leurs puissantes queues en plus de leurs armes pour se défendre. Tout leur corps était en mouvement, permettant d'étonnantes esquives et des attaques souvent imprévues. Il était évident que je n'étais pas de taille à combattre ces bêtes. Lorsque les derniers tombèrent, il ne resta plus que leur chef.

Karkadold était le plus redoutable, et il fit mordre la poussière à deux autres nains. Il tenait une grande lance dans chacune de ses mains et les agitait en les faisant tournoyer. Sa défense était excellente et ses attaques rapides. Rien ne semblait pouvoir l'atteindre. Heureusement pour nous, il finit par céder sous le nombre (même si, pour ce coup-ci, je restai à l'écart). La petite fumée que forma Corigane pour aveugler la créature octroya un court laps de temps à Corbin qui en profita pour trancher la tête de Karkadold. Après un grognement en montrant ses horribles dents noires, la bête s'écroula au sol, se recroquevillant sur elle-même, baignant dans un sang jaune et malodorant.

Le bilan était lourd, Torghil avait reçu une blessure au niveau du mollet et trois nains avaient été tués. Mais nous n'avions pas le temps de leur dédier une prière ! Aussitôt vainqueurs, il fallait continuer. Torghil eut certes une petite larme pour les morts, mais il les oublia vite lorsque son regard tomba sur les richesses. Ses yeux comme ceux de tous les autres étaient éblouis par l'or. La couleur jaune se reflétait dans leurs pupilles telles des petites chandelles étincelantes. J'étais le seul à ne pas m'en soucier, m'arrêtant juste pour ramasser une petite dague sur un tas de babioles à moitié couvert par une couverture. Elle avait un manche sculpté en ivoire, gravé d'une fleur de lys et une lame en argent, légèrement courbée. Me voyant admirer le pommeau en losange avec un griffon en son centre, Corbin intervint.

— C'est une pièce magnifique.

— J'ai failli échouer. Pourquoi les choses ne se passent-elles jamais comme nous le désirons, Corbin ?

Le capitaine me regarda mais continua sans tenir compte de ma question :

— Les meilleures armes portent souvent un nom. Quand on entend prononcer leurs noms sur un champ de bataille, cela peut faire trembler les adversaires. Mais le talent provient de celui qui l'utilise et non l'inverse.

Je rangeai l'arme à ma ceinture de l'autre côté du fourreau où se logeait mon épée, fier de la porter.

— Alors, je la manierai avec intelligence et seulement pour les causes qui me sembleront juste !

— Et face à la bonne personne… conclut le capitaine avant de se retourner et de se diriger vers les escaliers, sans la moindre expression sur le visage.

Corbin avait compris que le doute envers lui et Corigane me tourmentait et que je ne ferais désormais confiance qu'à une personne que je jugerais bonne.

Rejoignant les escaliers, j'eus un petit sourire en voyant Torghil les poches emplies de pièces d'or à en déborder et une couronne bien trop petite pour sa grosse tête poilue. Il restait fidèle à ses principes et c'est ce que j'aimais chez ce nain. Il fit une petite tape amicale sur l'épaule de Corbin avec un air satisfait de voir toutes ces richesses. Seulement, ces trésors n'étaient pas notre seul but : il fallait trouver l'arbre !

Une fois les nombreuses marches d'escalier descendues, plusieurs petites torches de lumière bleue et rouge s'allumèrent pour éclairer deux couloirs. Chaque couleur indiquait un chemin différent. Sans attendre et presque instinctivement, nous suivîmes le bleu. Redoutant un nouveau piège surgissant de nulle part, nous étions aussi silencieux que des tombes. Après un bon quart d'heure de marche et un passage en angle droit, la fameuse porte double se présenta devant nous. La large et grande porte était entièrement recouverte de pierre, et en son centre était sculpté un arbre majestueux illuminé par des torches. Celui-ci était entouré de plusieurs bordures en relief et d'écritures en Ancien. Nous devions encore franchir trois marches. De chaque côté de celles-ci, deux profonds bassins étaient remplis d'eau très claire qui rejoignaient un endroit qui nous était inconnu.

Après ce dernier obstacle, la question se posa:

— Comment passe-t-on maintenant ? demanda Torghil.

Corbin s'avança, s'appuya contre la porte et poussa de toutes ses forces.

— C'est impossible ! … constata-t-il.

Torghil vint lui prêter main forte, rejoint par Corigane et les deux nains :

— C'est coincé ! me désolai-je, à l'écart.

On prit deux secondes pour réfléchir. Se rappelant de l'énigme, tous me regardèrent.

– À la porte, le bon cœur franchira, malgré le champ libre, le gardien brandira. C'est à toi maintenant. Passe la porte et apporte-nous le pouvoir de l'arbre, réagit le magicien.

— Moi ?! Mais, elle ne s'ouvre pas et je n'ai pas envie d'y aller seul ! dis-je.

Là encore, ce cher Corbin trouva les mots qu'il fallait pour me convaincre :

— Tu es le seul à pouvoir franchir la porte, j'en suis certain. Nous tous, sommes des gens peu respectables. Tandis que toi, ton cœur respire la bonté. Tu es le seul en mesure d'aller chercher le pouvoir qui me guérira de cette malédiction.

Sans réfléchir, ému par ses paroles, je fis un petit signe affirmatif de la tête.

« Corbin !! » résonna alors une forte voix grave venant du fond du couloir.

— Liésa et Argolaïn ! … Ector, passe la porte ! Vite ! cria le capitaine avant de sortir son arme, imité par Torghil et les deux derniers nains.

Une fois devant la porte, je la regardai de haut en bas, puis sans réfléchir, je posai ma main toute crasseuse au centre du tronc d'arbre décorant la porte. Une petite lumière se mit à luire sous ma paume. S'ensuivit une sensation d'attraction. Ma main se mit à traverser la surface comme par enchantement en émettant une lumière dorée. Sans réfléchir plus, je fermai les yeux et je fis un grand pas en avant. Une sensation de fraîcheur me gagna, de même qu'un sentiment d'apaisement. Alors que je franchissais la porte magique, j'entendis une voix sourde derrière moi :

« Corigane, non ! »

Je sentis quelque chose m'attraper le bras et me le tenir fortement. Lorsque je rouvris les yeux, sous une étonnante lumière violette éblouissante, je découvris à mes côtés Corigane. Il semblait mal au point. Son nez saignait et son visage déjà vieux avait pris dix ans de plus. Moi, je ne ressentais que quelques picotements dans les jambes, rien de plus. Surpris, je lui adressai la parole :

— Qu'est-ce que… ? Comment avez-vous réussi à passer ?

— Tu m'as ouvert la voie, gamin !

— J'ignorais qu'en me tenant, vous pouviez passer la porte.

— Je ne suis pas un petit magicien, je te rappelle, et ce n'était pas sans conséquences. Tais-toi donc et observe cette merveille, Ector. C'est bien la première et dernière fois que tu verras quelque chose d'aussi grandiose, me recommanda Corigane en s'essuyant le nez. Pour le coup, il avait raison. L'arbre était à cinq ou six mètres de nous, sur une grande plateforme entourée de vide. Un vide sans fond. Seul un petit pont de pierres séparait la porte du Maëll, qui était absolument magnifique. De taille moyenne, son large tronc au bois clair brillait et reflétait les lumières de la pièce comme des milliers de paillettes, faisant ressortir les centaines d'écritures gravées dans son écorce. Ses branchages réguliers portaient des feuilles ressemblant à celles d'un érable teintées d'une légère coloration violette. Tout autour, l'espace était empli d'une brume de même teinte et d'une odeur me rappelant les forêts d'Ellisé, lorsque je les avais traversées au début de mon voyage. Du plafond relativement haut pendaient de longs filaments lumineux entre le bleu et le blanc, sortes de lianes colorées touchant presque l'arbre. Sur une des branches, à ma grande surprise, je crus voir Cendre avant qu'il ne disparaisse. Ou peut-être n'était-ce qu'un simple corbeau, aussi fou que cela puisse paraître. Je m'approchai, suivi de Corigane qui avait retiré sa capuche pour profiter du spectacle.

— Fais attention, on ne sait ce que nous réserve cet endroit ! me conseilla-t-il.

Après avoir passé le pont de pierres, je remarquai, sur le sol de la plateforme, de nombreuses gravures représentant des cercles, des triangles et des symboles inconnus. Ces formes géométriques entouraient le Maëll, formant une énorme rune. Je me souviens encore de l'étrange sensation que cette merveille de la nature produisait sur moi. Je sentais, j'ignore comment l'expliquer, que cet arbre était magique, vivant et surtout, bienfaisant ! Sans réfléchir, observé par Corigane, je voulus poser ma main dessus. Et lui, sans prévenir, en fit de même.

Corigane

Chapitre 15 : Cendre et trahison

Une épaisse lumière blanche m'éblouit les yeux, avant même que je ne pose timidement la main sur l'écorce. À peine sentis-je son contact avec ma paume, que des flashes se bousculèrent dans ma tête. Je reconnus Corbin, Torghil et Argolaïn, se battant devant les portes de l'arbre. Liésa était au sol, ainsi que plusieurs gobelins, transpercée par le capitaine qui l'avait tuée sans aucun remords. Une autre vision me montra les monts Rodin attaqués par d'innombrables autres gobelins qui faisaient face aux coups dévastateurs des nains. Ce combat terrible faisait trembler le sol sous les impacts des énormes projectiles de pierre lancés par les deux camps. Tel un spectateur devant une pièce de théâtre, je portai instinctivement mon regard vers le ciel, où une nuée de corbeaux s'activaient dans les airs avant de se jeter sur moi telles des bêtes effrayées. Je tentai de les chasser en battant des bras, tout en fermant les yeux. Lorsque je les rouvris, un homme encapuchonné, habillé d'une longue et élégante robe bleue, se tenait devant moi, épuisé, les jambes tremblantes. Appuyé sur un long bâton blanc, il étreignait avec peine dans sa main gauche une épée bâtarde qu'il laissait pendre, affaibli par son poids. Face à lui, j'aperçus une grande forteresse plongée dans les ténèbres. Il attendait seul, face à une armée qui courait en hurlant sur les longs remparts de la ville. De nombreux cadavres jonchaient le sol autour de cet étrange individu. Le combat avait sûrement été intense, et l'homme était le dernier encore debout. Soudain, les portes de la cité décorée de part et d'autre de statues dorées, s'ouvrirent avec un bruyant grincement. De la cité, sortit un combattant portant fièrement une armure de chevalier fanfaronnant face à ses soldats qui l'acclamaient. S'ensuivit un duel dont il ne sortirait qu'un seul vainqueur. Les flammes et les crépitements résonnaient dans toute la région qui ne pouvait être qu'Hirleveïn. Sous les lumières des attaques magiques lancées par ces êtres puissants, l'attaquant de la cité finit cloué au sol, couvert de blessures et de brûlures, inerte. Je reconnus alors Corigane. Je vivais son histoire. Une partie de son passé oublié. Une partie de l'ancienne guerre et des histoires que l'on nous racontait. Tout devint très clair. Corigane n'était autre que l'Archimage qui avait lancé une attaque folle sur Dor afin d'anéantir l'ancien roi elfe. C'était donc là la raison du mystère autour de ce magicien et de son amnésie.

Alors que je tentais de m'approcher de lui, tout bascula dans une autre scène. Cette fois-ci, j'étais face à Corbin. Il tenait un objet qui brillait d'une forte lueur jaune entre ses mains. Étrangement, je sentis qu'il devenait une créature bien pire qu'Argolaïn ! L'immortalité de l'arbre le transformait en une liche immonde et indestructible tout en lui infligeant une douleur mentale qui allait rapidement le rendre fou. Était-ce là le futur qui attendait cet homme ? Dans ce cas, Corbin semblait être le plus gros menteur de toute cette histoire. Je sortis de ma torpeur en découvrant mon cadavre, étalé sur le sol devant le Maëll.

Avec un petit sursaut, je revins à moi devant l'arbre, le corps tremblant. Corigane, à mes côtés, semblait être dans le même état. Avait-il eu les mêmes visions ? Je devais savoir :

— Co… Corigane, bégayai-je. Avez-vous vu ce que j'ai vu ?

Le vieil homme semblait hagard. Son visage était sombre et perdu. Incapable de prononcer un mot, ni même d'esquisser un clignement d'œil, il était paralysé par ce qu'il venait de découvrir.

— Les souvenirs perdus ont maintenant été rendus… résonna une voix à travers la salle.

Je me mis à balayer l'endroit du regard, pris de panique, alors que la voix reprenait :

— Des visions du passé et du futur entremêlées…

Regardant de tous côtés, je vis un corbeau voler à travers la pièce avant de se poser au sol, proche de nous. C'était Cendre, il n'y avait pas à douter !

Le corbeau croassa deux fois avant de se métamorphoser en une créature féminine. La tête surmontée de bois, elle avait de très longs cheveux bruns descendant jusqu'au bas de son dos. Habillée d'une longue tunique blanche bordée de dentelle en argent, elle possédait une grâce incomparable. Ses oreilles étaient pointues et ses pieds en forme de sabots. Certains endroits de son corps étaient recouverts d'une matière ressemblant à de l'écorce de bois vert. Le seul élément me rappelant Cendre, était la petite perle accrochée à la chaîne qu'elle portait autour de son cou.

La main et le bras légèrement relevés en équerre, gracieuse, elle s'adressa à moi :

— Le Maëll est un trésor inestimable, né de l'immortalité des elfes. Vous sentez-vous capable de porter un tel pouvoir sans que de mauvaises intentions ne vous guident, jeune Ector ?

— Cendre ? C'est… C'est vous ? demandai-je, trouvant cela absurde, même si ma vue n'avait pu me duper.

— C'est ainsi que Nécoléas m'a baptisée. Ou plutôt Corbin, comme il est surnommé depuis qu'il ne se sépare plus de moi. Cependant, je préfère qu'on me nomme Iredette, la dryade de l'Ile des Deux-Fendus.

Alors son véritable nom était Nécoléas… Elle eut un sourire charmant me rappelant la description que Corbin en avait fait.

— Comment est-ce possible ? Il nous a juré vous avoir vu mourir, protestai-je, surpris.

— Parmi les plus sages, certains ne meurent jamais, même lorsque la mort les gagne. Seule la juge en décide. Je suis ici pour guider l'homme que j'ai aimé et puni, afin qu'il fasse un juste choix. Corigane, à mes côtés, observait la scène sans un mot, pourtant, étrangement, je ressentais un trouble en lui, une sorte de combat entre bien et mal. Je le regardai dans le but de capter son attention, ne sachant plus quoi faire.

La dryade reprit :

— Pose ta main sur l'arbre.

— Que se passera-t-il ?

— Sais-tu ce que peut offrir l'arbre de vie, Ector ?

— La possibilité de sauver Corbin, dis-je sans hésiter.

— En es-tu certain ? Qui t'a informé que l'arbre pouvait sauver le capitaine de sa malédiction ?

— Lui-même, Madame.

— Une malédiction ne se brise que par un contre-sort, Ector. Maintenant, pose ta main. C'est pour cela que tu es ici, non ?

— Oui, bien sûr, mais que se passera-t-il ensuite ? répétai-je effrayé.

La dryade me regarda d'un œil conciliant et me rassura :

— Il suffira que tu penses à ce que tu désires le plus. Fais-moi confiance, Ector.

— Et l'arbre ? Que va-t-il devenir ?

— Le pouvoir des elfes quittera son coeur. Le Maëll ne sera plus qu'un recueil pour les plus instruits

— Les écritures sur l'arbre ?

— C'est exact, elles révèlent la connaissance des elfes anciens.

Observant l'impressionnante source de magie devant moi, avec une pointe d'inquiétude, je m'apprêtais à poser ma main lorsque :

— Attends ! m'ordonna Corigane en me poussant brutalement.

Aussitôt, Iredette le coupa.

— J'ai vu vos visions… Corigane, ancien Archimage. Vous avez abandonné votre rôle et Ellisé, pour vous battre face à Olevent. Et vous avez échoué !

Le magicien eut un rictus de colère, donnant à sa trogne balafrée, un aspect encore plus laid que d'habitude. Iredette poursuivit son discours:

— Vous êtes rongé par l'esprit de vengeance ! Quelles sont vos ambitions maintenant que vous avez retrouvé l'ensemble de votre mémoire ?!

Les yeux de Corigane se mirent à luire tel un brasier, totalement dévorés par la haine.

— Anéantir les Archimages, ainsi que le roi qui siège sur le trône d'Ellisé (il s'énerva). Ils auraient dû m'accompagner pour attaquer notre ennemi, plutôt que d'attendre ! Ils m'ont laissé seul alors que j'étais Archimage ! Ils devaient suivre mes conseils et ils ont préféré me repousser ! L'immortalité et les connaissances des premiers elfes me permettront de trouver le moyen d'anéantir Ellisé !

— Les erreurs permettent même aux plus idiots d'apprendre. Vous avez la chance de tourner le dos à tout cela, Corigane, dit-elle d'une voix sereine alors que le magicien observait les écritures sur le tronc.

Sans attendre, il posa sa main sur l'arbre qui, en une fraction de seconde, le repoussa d'une puissante onde lumineuse et l'éjecta contre la porte avec un bruit sourd.

« Corigane ! » criai-je inquiet, malgré ma découverte.

Étourdi au sol, il n'eut aucune réaction, mais je compris que comme tous mes compagnons il était rongé par la rancœur et l'avidité. Que devais-je faire ? Quelles étaient vraiment les intentions de Corbin puisqu'il savait depuis toujours que l'arbre ne pouvait rien offrir d'autre que l'immortalité ? Était-il donc égoïste au point de m'avoir trompé tout ce temps ?

Iredette adressa la parole au jeteur de sort, toujours au sol :

— Vous ne pourrez jamais atteindre le pouvoir de l'arbre. Et je doute que notre jeune ami souhaite vous aider dans votre quête. N'est-ce pas, Ector ? questionna la dryade.

— Si tout cela est vrai… dis-je avec hésitation.

— Seules les personnes les plus sages peuvent toucher l'arbre des anciens immortels. Pose ta main et n'oublie pas, l'arbre offre son pouvoir seulement à un cœur pur.

Je regardai Corigane assis au sol, puis sur la femme et enfin le Maëll sur toute sa hauteur. Avec hésitation, ma main se posa dessus. Le tronc se mit à luire d'une couleur d'or se répandant du tronc aux branches. Je sentis ma paume chauffer jusqu'au bout de mes doigts, sans ressentir de douleur ou de brûlure, simplement une chaleur agréable. Fermant les yeux, j'orientai inconsciemment mes pensées vers Corbin et sa malédiction. Vers les Bassins d'Abrefande et le village abandonné. Puis, vers le Flot-Rouge ravagé par les gobelins, vers Gordu et sa triste existence. Et puis, dans une atmosphère tapissée de blanc, j'aperçus une entité féminine devant moi. Aériis ? La déesse elle-même se présentait à moi alors qu'on disait qu'elle avait abandonné Erildor?

Sans attendre, une voix multipliée par l'écho s'adressa à moi :

— Bonjour Ector.

Choqué, les yeux ronds, j'étais abasourdi par ce que je voyais.

— Que veux-tu, Ector ? Que recherches-tu ? La richesse, le luxe, la force ?

Je compris qu'elle me testait pour découvrir ce que mon cœur voulait réellement.

— Je… Je désire le pouvoir de l'arbre pour sauver Corbin.

— Est-ce vraiment ce que tu désires au plus profond de ton cœur ? En es-tu bien certain ?

Je remis un peu d'ordre dans ma tête, pensant à tous ceux qui avaient souffert dans cette histoire et à mes dernières découvertes sur mes camarades. Je me souvins avoir hésité quelques secondes, avant de reprendre :

— Je désire sauver mes amis de leur calvaire, je souhaite que Raya puisse quitter les Tréfonds et vivre normalement. Je veux que la guerre prenne fin et que les nains puissent reprendre leur vie sans craindre les gobelins. Je désire que personne n'utilise le pouvoir du Maëll et l'immortalité. Je… (J'hésitai de nouveau) Je veux rentrer chez moi et vivre une vie heureuse en sachant que mes amis le sont eux aussi, avouai-je.

À la fin de mon discours, la lumière blanche autour de moi se mit à s'amplifier jusqu'à m'éblouir complètement. Lorsque je rouvris les yeux, la lumière dorée qui réchauffait mes mains s'estompait. À la place, un petit globe de la taille d'un gros caillou apparut dans ma paume. Cette sorte de petite pierre géométrique était chaude et brillait d'un jaune étincelant.

La petite voix résonna à nouveau dans ma tête :

« Ton cœur est bon Ector. mais est-ce que celui des autres l'est aussi ? »

À l'instant où la voix se taisait, la porte de la chambre du Maëll s'ouvrit et j'aperçus Torghil et Corbin ferraillant tous deux contre Argolaïn qui ne se laissait pas faire. Il était même étonnamment doué. Je comprenais mieux pourquoi il avait autrefois désiré rejoindre l'académie.

Au sol, Liésa était noyée dans son sang, entourée des cadavres des gobelins et des derniers nains. Le visage du capitaine n'était plus qu'une face à moitié décharnée dont un œil était tapissé de blanc, tel un aveugle. Les nombreux efforts demandés au capitaine le faisaient se rapprocher de la mort et chaque seconde devenait vitale. Le combat cessa lorsqu'ils posèrent les yeux sur le globe magique. Ils découvrirent Corigane toujours au sol tentant de retrouver ses esprits et observant Iredette. Les trois pirates passèrent devant le magicien sans même faire attention à lui, éblouis par la beauté de l'endroit. Corbin finit par me regarder et pointa ensuite le regard sur la dryade avec étonnement et dit :

— La… La dryade ? Iredette, c'est impossible. Quel maléfice se joue donc de moi ?

— C'est bien elle ! confirma Argolaïn sans que je décrypte un seul signe de sentiment sur son visage en putréfaction.

— Mais, c'est impossible ! Je t'ai vue mourir devant mes yeux ! Tu étais morte ! insista Corbin, le regard luisant.

— J'ai survécu et je suis restée à tes côtés depuis toutes ses années Corbin. Et ce, dans le seul but de protéger l'arbre et de te faire agir convenablement.

Corbin observa le collier :

« Cendre ? »

Iredette eut un sourire qui lui fit comprendre qu'il visait juste. Seulement, Argolaïn avait vu ce que je tenais dans ma main et il agit précipitamment. D'un coup de son énorme lame, il coupa net la jambe de Corbin au niveau du genou. Celui-ci s'effondra sur le sol en hurlant des injures. Quant à Argolaïn, vibrant de toute sa rage, il cavala tel un fou jusqu'à moi, empli de colère.

Immédiatement, Torghil tira le capitaine en arrière pour le mettre en sûreté pendant que je reculais jusqu'à ce que je me heurte à l'arbre. La puissante épée d'Argolaïn allait me trancher quand Iredette me secourut. Sortant de la roche, des lianes se glissèrent entre moi et la lame, bloquant son attaque.

— Donne-moi ce pouvoir ! L'immortalité me revient de droit ! Quant à toi, crève ! hurla-t-il en frappant de toutes ses forces sur le bouclier naturel.

Mais il semblait impossible de briser la protection de bois. Il comprit alors qu'Iredette devait mourir pour pouvoir m'atteindre. Il se jeta sur elle, balançant son arme de toute sa puissance. Elle esquiva puis tendit le bras, faisant sortir de la paume de sa main des ronces qu'elle dirigea tout droit vers lui. Les lianes s'enroulèrent autour de sa main, et de ses jambes pour l'immobiliser. Mais pensez-vous, Argolaïn était animé par la colère oubliant sa propre promesse de ne plus jamais utiliser la magie. Des flammes sortirent de sa main cadavérique et percutèrent le bouclier d'écorce en brûlant les ronces. Argolaïn voulait ce pouvoir, et surtout l'immortalité. Il lâcha sa lame lorsqu'une liane percuta sa défense. Mais Que pouvait la nature face au feu de la magie ? Après avoir reçu un coup violent, Iredette chuta au sol avant de courir se réfugier sur les petites marches d'escalier à quatre pattes, apeurée, à côté du nain et de Corbin. Le pirate elfe, guidé par sa folie, se rua sur elle, puis l'attrapa violemment à la gorge. Des petites flammes s'échappèrent entre sa main et le cou. Il allait la tuer. Tuer Cendre…

« Tu devrais être déjà morte depuis bien longtemps !!! » hurla-t-il en postillonnant.

Je voulus intervenir, mais Iredette tendit sa main, me disant de ne rien faire. Évidemment, quel idiot ! S'il arrivait à récupérer le pouvoir de l'arbre, tout serait perdu. Avec un sifflement l'épée de Corbin fendit l'air vers la dryade. L'arme ne put atteindre sa cible, mais deux petites lianes sortirent de la paume de la femme et la récupérèrent en vol, tel un grappin. La maîtresse de la nature, accompagna la lame dans son élan, tranchant la tête d'Argolaïn. Son corps s'effondra sur le sol, libérant Iredette. C'en était bel et bien fini d'Argolaïn.

Après un long soupir, nous nous approchâmes de Corbin, alors que Torghil souriait béatement, content de voir que notre ennemi était vaincu et que nous avions tous gardé notre tête sur nos épaules, contrairement à lui.

Le capitaine était amputé au niveau du genou. La plaie, bien que pas très belle, était déjà refermée, recouverte d'une peau noire et épaisse, ainsi que la malédiction l'avait toujours fait. Lorsqu'il toucha l'endroit, son moignon s'effrita légèrement. Bientôt, c'est toute la jambe qui allait disparaître. Anxieux et inquiet, je lui demandai :

— Comment vous sentez-vous Corbin ?

La porte du Maëll

— J'ai connu des jours meilleurs. C'est le pouvoir de l'arbre de vie que tu tiens dans ta main, Ector ?

— C'est possible, en effet, dis-je, laissant planer le doute, plus très sûr de vouloir le lui offrir.

— Donne-le-moi…

Je le regardai un instant. Son regard était identique à son habitude… Sombre… Froid… Je me mis à hésiter.

— Désirez-vous vraiment guérir de votre malédiction, capitaine ? Ou c'est l'immortalité que vous recherchez ?

— L'un ou l'autre, dans tous les cas je guéris, non ?… (Après un instant, il reprit)Donne-moi ce pouvoir, gamin ! Allez, sois gentil !

Je tournai le regard vers Iredette qui semblait peinée.

— La malédiction ne t'a jamais enlevé un soupçon de sentiment Nécoléas… En fait, tu n'en as jamais eu pour personne. Tu es donc prêt à mentir ? À lui mentir pour obtenir un pouvoir si égoïste… dit-elle. Si c'est ce que tu désires, tu resteras à jamais maudit, Corbin. (Elle me regarda ensuite.) Fais ton choix maintenant, Ector.

Je cachai le globe derrière mon dos faisant comprendre à Corbin que je refusais de le lui donner.

— Est-ce que la pierre peut le guérir ? demandai-je.

— Elle lui donnera de grands pouvoirs dont celui d'immortalité qui lui permettra de survivre malgré la malédiction, mais à quel prix ! Tu as vu à quoi ressemblera ton précieux ami une fois la pierre entre ses mains. Le pouvoir des elfes est un don que personne ne méritera jamais, Ector. Aériis l'a bien compris. Il rendrait fou même l'homme le plus sage en ce monde. Ce n'est pas pour rien qu'elle a privé les elfes de leur don le plus précieux.

Le capitaine me voyait hésiter et je sentis monter sa colère, son impatience.

— Pourquoi me priverais-je d'un tel pouvoir ?! Vivre et traverser tous les âges de ce monde. Devenir le maître incontesté des mers et en finir une fois pour toutes avec l'oppression de l'armée sur les pirates ! dit Corbin.

— Même si l'obsession et la vengeance vous enveniment au point de vous rendre fou ? Argolaïn, Corigane, ou vous, vous êtes pareils…

Je repris après avoir regardé Torghil, immobile, puis le capitaine, silencieux :

— Pourquoi vivre éternellement, si c'est pour voir les autres mourir. Je vous ai suivi et je vous ai fait confiance ! (Mon ton était rempli autant par la colère que la déception.) Personne ne mérite quoi que ce soit… La pierre n'est rien sans la sagesse.

— Ector… ajouta Corbin, sans rien ajouter, mais me faisant comprendre de bien réfléchir aux décisions que je prenais.

— Seule la juge a le pouvoir, conclut Iredette.

Sans attendre une quelconque réponse, je me dirigeai vers l'arbre, bien décidé à jeter la pierre au fond du gouffre, tandis que Corbin criait mon nom pour que je la lui rapporte. Finalement, Corbin restait égoïste comme à son premier jour. Personne ne valait la peine d'être sauvé.

Et vous ? Aviez-vous oublié Corigane ? Parce que nous, à cette heure-ci, oui… Et ce fut notre plus belle erreur.

Personne ne l'avait remarqué, pourtant, il se releva lorsque je fus presque à sa hauteur. Avec un fort bruit de souffle, une large brume noire et crépitante, composée de petites braises, me percuta de plein fouet. La grosse chaleur que je ressentis se transforma en une douleur atroce et indescriptible. Le coup me fit chuter depuis les marches jusqu'à un des bassins proches de la porte. J'entendais crier mon nom, mais je m'enfonçais. D'une main, j'essayai de toucher mon ventre et je sentis un trou béant dans mon abdomen. Des filaments rouges se mélangeant à l'eau salée remontaient vers la lumière de la surface. C'était mon sang… Fermant les yeux, et sûrement grâce à l'objet magique que je serrais toujours dans ma main, je vis la scène de combat qui se déroulait un peu plus haut. Je vis Corigane tendre le bras vers Corbin et Torghil et les frapper de plein fouet de son étrange pouvoir maléfique, les projetant contre la roche. Le nain, dont la tête heurta durement le mur arrière, resta sonné un bon moment. La force du magicien semblait décuplée, comme si découvrir son passé l'avait rendu bien plus fort. Iredette se mit à combattre, bien que parfaitement consciente qu'elle était loin

187

d'atteindre son niveau. Les coups des deux jeteurs de sorts devaient sans doute s'entendre jusqu'à l'extérieur du couloir.

Soudain, une voix s'adressa à moi dans ma tête :

— Ton cœur est bon Ector. Est-ce que celui des autres l'est aussi ?

Instinctivement, j'ouvris les yeux et je crus revoir la magnifique femme que j'avais aperçue un peu plus tôt. Peut-être était-ce Aériis me rendant une seconde fois visite, mais pour me conduire dans le monde des morts, cette fois ?

Lorsque je refermai les yeux, Corigane n'était plus qu'à quelques pas de l'arbre, face à la dryade qui tentait de protéger le Maëll au péril de sa vie. J'avais des frissons. Je partais lentement. Tout allait donc se terminer ainsi.

Pensez-vous vraiment que cela s'est terminé aussi mal ? Qui vous raconterait cette histoire si je n'avais pas survécu ?

Contre toute attente, alors que le froid de la mort me gagnait, je sentis un corps chaud se coller à moi, afin de m'aider à remonter. Lorsque ma main libre toucha par inadvertance des écailles, j'ouvris les yeux, et je découvris Raya filant vers la surface. Comment pouvait-elle être là, à cet instant ? Je l'ignorais. En tout cas, elle était arrivée à point nommé (par la suite, elle m'expliqua qu'un long et étroit passage connu seulement des sirènes lui avait permis de m'atteindre).

Je restai les yeux rivés sur elle, oubliant ma douleur. Lorsque ma tête sortit enfin à l'air libre, le chaos était total. Océa tremblait du sol au plafond, les murs et les roches criaient et se fendaient. La ville était sur le point de s'écrouler. Après m'avoir poussé vers le bord, Raya me fit un sourire, avant de me tendre la petite dague glissée à ma ceinture. Sans prévenir (et je m'en souviens comme si c'était hier), elle posa ses lèvres sur les miennes. Je sentis sa douceur et sa chaleur et cela me donna une force et une volonté totalement ridicules. Alors que je me trouvais au bord de la mort, je me relevai pour courir vers le Maël, la dague dans une main et la pierre dans l'autre. Un regard sur l'arbre me fit remarquer que ses feuilles dégringolaient, le laissant dénudé tel un arbre en hiver. La pauvre Iredette n'en pouvait plus, le corps affaibli et couvert de graves blessures. Le magicien la tenait par les cheveux, prêt à lui asséner un coup final. Sans réfléchir, malgré mon agonie et ma vision qui se troublait, je courus en toute hâte vers Corigane avec une seule idée en tête : Je devais y arriver ! Le dernier coup que le magicien porta à la dryade l'envoya rouler à proximité du capitaine. À ce moment, j'étais arrivé derrière lui. À sa grande surprise, lorsqu'il se retourna et me découvrit, ma lame se planta entre ses deux poumons. Les yeux écarquillés, il resta figé et surpris.

Lorsque j'extirpai ma lame de son torse, provoquant une giclée de sang, je fis quelques pas en arrière. L'ancien Archimage tomba à genoux, observa l'arbre puis s'écroula au sol. Autour de nous, des grondements retentissaient, le pont s'effritait et le passage se fermait. C'est en zigzaguant que je réussis à quitter le lieu magique, assourdi par le grincement des portes qui se refermaient. Gelé, je m'écroulai, prêt à rejoindre le monde des morts en laissant rouler la pierre sur le sol.

Ce qui suivit me fut raconté bien plus tard par le nain. Il est cependant judicieux que je vous le raconte maintenant, afin de ne pas vous perdre. Cela se passa à peu près ainsi :

Mes amis me virent m'écrouler et Torghil se précipita vers moi. Corbin, quant à lui, avait rejoint Iredette en rampant. D'après notre ami nain, c'était la première fois que Corbin alias Nécoléas, montrait des sentiments tant pour moi que pour Cendre. Chamboulée par un flot d'émotions, Iredette s'adressa à lui :

— Voilà que je te retrouve et voilà que je pars de nouveau… La vie n'est pas toujours des plus justes.

— Tais-toi… Ne dis rien. Tu ne vas pas mourir.

— Serait-ce une pointe de sentiment que je perçois là, mon vieil ami ? dit-elle avant de cracher du sang.

— Je dois récupérer la pierre, Iredette ! C'est pour cette raison que je me suis battu tout ce temps.

— Quels étaient mes mots que je t'ai dits lorsque je t'ai revu sur l'île, Corbin ?

Il hésita et réfléchit un instant comme s'il avait oublié ce détail daté.

— *Pour guérir, l'arbre de vie est ta solution. Si l'immortalité, elle peut donner, bien pire la malédiction te sera procurée.*

Elle eut un rire douloureux et compléta en voyant qu'il avait négligé le plus important.

— *Amour tu as joué, un geste noble tu devrais…*

— Je ne comprends pas Iredette… Que dois-je faire !

Il était rare de voir le capitaine incapable de gérer une situation. Sans un mot, elle posa la main sur le cœur de Corbin.

— Utilise ce que tu as ici.

Après un instant, la dryade se mit à nouveau à cracher du sang. Le pouvoir de Corigane, dévastateur et maléfique, agissait comme un véritable poison sur elle, et il ne lui restait plus que quelques minutes à vivre.

Corbin sentit une larme couler le long de sa joue. Il l'essuya avec la main qui lui restait avant de la voir en putréfaction. Il observa ensuite mon cadavre au sol et aperçut la pierre qui brillait toujours autant.

— Avec ce pouvoir, je serai le maître de tout l'océan.

— Oublie l'immortalité et la malédiction, gémit la dryade. Tu n'en feras rien de bon. Sauve le garçon ! Nous avons tous des torts. Nous avons tous causé du mal. Lui, il n'a fait que te suivre parce qu'il tient à toi…

— Mais…

Elle le coupa :

— Utilise la pierre pour le sauver ! Agis comme il se doit pour une fois dans ta vie. Necoléas, fais parler ton cœur, une première et dernière fois.

Corbin la regarda tendrement.

— La malédiction m'empêche de ressentir pleinement les choses, Iredette. Pourtant, je crois que je t'aime… dit-il avant qu'elle ne ferme les yeux, conservant un sourire sur son visage.

Il la déposa délicatement au sol sachant qu'elle n'avait plus que quelques secondes à vivre et rampa jusqu'à moi tandis que la malédiction gagnait en ampleur.

Lorsqu'il fit à ma hauteur, Corbin avait le visage défiguré. Il était au bord de la fin. Il récupéra la pierre en me regardant. Il était évident qu'il ne savait pas comment s'y prendre pour que le don divin puisse me sauver.

Alors, il plaça la pierre sur mon cœur et ferma les yeux :

— Je vous prie, reine d'Erildor et de tous les peuples, écoutez ma prière et sauvez cet enfant. Ôtez-moi le peu de vie qu'il me reste pour le guérir. Que le pouvoir de l'arbre de vie sauve Ector. Aériis parmi toutes les paroles qui montent vers vous en ce monde, entendez les miennes et sauvez-le. Que le pouvoir du Maëll protège cet enfant pour tous les sacrifices qu'il a consentis, malgré mon égoïsme.

D'après le nain, une forte lumière apparut alors et nous engloba entièrement, le capitaine et moi. Après avoir donné toute sa puissance, la forte énergie magique s'estompa petit à petit, faisant retomber l'endroit dans les ténèbres. À l'instant même, Torghil vit Iredette claquer dans ses doigts avant que sa main ne retombe définitivement, laissant une petite étincelle verte grésiller un instant. Devant le nain allongé à l'écart, Corbin s'écroula sans un signe de vie.

Cendre

Chapitre 16 : Un dernier repas

Lorsque j'ouvris les yeux, ce n'était pas auprès de la déesse que je me trouvais, mais devant Raya. Appuyée contre notre embarcation, elle avait la tête au-dessus de la mienne, le regard tendre et inquiet. J'étais allongé, encore faible, avec un fort mal de crâne et une douleur désagréable sur le côté du ventre. Je me tâtai doucement l'abdomen et fus rassuré de sentir mon ventre en un seul morceau. Ma blessure était guérie et j'étais vivant ! La sirène me repoussa doucement contre le fond de la barque et me conseilla de me tenir tranquille. Je ne pouvais que répondre à sa demande. En face de moi, à ma plus grande (et agréable) surprise, à l'avant du bateau, j'aperçus ce coriace de Corbin ! Il était assis et bien vivant, son visage arborant de grosses cernes, mais il semblait avoir repris des couleurs. Il paraissait en forme, malgré son œil borgne et de vilaines marques qu'il garderait toute sa vie. Torghil, le dernier membre de notre groupe, était au centre, ramant lentement pour ne pas s'épuiser plus qu'il ne l'était déjà. Juste derrière le nain, se trouvait un drap recouvert de différentes richesses.

Bien qu'ayant passé une journée complète à dormir dans la barque, je refermais souvent mes yeux à cause de la fatigue. Et pour le plaisir de redécouvrir à chaque fois Raya à mes côtés. Elle caressait mes cheveux sales et humides qui m'arrivaient maintenant aux épaules. Ces gestes tendres faisaient naître en moi des sentiments inconnus et troublants. Je me souvins soudain du tendre baiser qu'elle m'avait donné et, un peu honteux, je préférai tourner le visage vers l'eau calme des Tréfonds. Pourtant, je ne parvenais pas à le regretter… Après tout, c'était la première fois qu'une fille m'avait embrassé !

Après une demi-journée supplémentaire et après avoir mangé quelques algues orangées au goût très amer apportées par notre guide aquatique, je me sentis reprendre vie. Suffisamment pour retrouver ma curiosité habituelle et en faire profiter mes amis :

— Comment vous sentez-vous ? leur demandai-je, alors que la sirène était retournée dans les profondeurs afin de rapporter à nouveau des algues pour mes deux compagnons.

— J'ai connu des jours meilleurs, me répondit Corbin.

— Je serais mieux entre deux donzelles, et attablé devant un bon verre, dit Torghil. Tout le monde n'a pas une petite sirène pour prendre soin de lui. Espérons qu'elle ne finira pas par te dévorer, gamin ! ajouta-t-il en rigolant avant de tousser fortement.

Je ne pus m'empêcher de rougir, puis je me souvins de Cendre.

— Où est Iredette ?

— Tu ne te souviens de rien ? demanda Corbin.

Je réfléchis un moment avant de répondre :

— Je me souviens… de Corigane… Il est… Je l'ai… (À cet instant, j'éprouvai des difficultés à poser des mots sur mon acte.)

— Tu as empêché une personne de faire le mal. Il n'y a rien à regretter. Tout ce que tu as fait était ce qu'il y avait de mieux pour nous comme pour lui.

— Je… Vous croyez ? Que s'est-il passé après ? Et vous, Corbin ?

Sans attendre, le nain m'expliqua tout avec un maximum de détails. Sans oublier ce que Corbin avait fait pour moi au détriment de sa propre vie. Je n'en crus pas mes oreilles. Corbin m'avait sauvé ! Je voulus en savoir davantage :

— Mais… Et la malédiction ? Vous allez mourir Corbin ! Tout ce voyage n'aura donc servi à rien ? dis-je désespéré de savoir Iredette morte et Corbin condamné.

— Ce voyage m'aura servi de leçon. Je ne l'avais entrepris que par simple égoïsme. J'ai mis en jeu bien des vies. Et surtout la tienne. En vérité, c'était bien l'immortalité que je désirais. Je t'ai menti dès le premier jour, Ector. Je voyais seulement en toi un moyen d'atteindre l'arbre. Tu étais le cœur pur et bon qu'il me fallait. L'arbre n'a jamais eu la possibilité de me soigner de cette malédiction. Seule l'immortalité m'intéressait

— Alors, vous avez finalement cédé. Vous voilà immortel !… (Je fus emparé d'une profonde rancœur.)

— Non ! s'exclama-t-il aussitôt percevant ma déception. (Car il était enfin capable de ressentir certaines émotions.) Iredette m'a rappelé une phrase importante qu'elle m'avait prononcée lors de notre dernière rencontre sur l'île des Deux-Fendus.

« *Pour guérir, l'arbre de vie est ta solution. Si l'immortalité, elle peut donner, bien pire la malédiction te sera procurée. Amour tu as joué, un geste noble tu devrais…* »

— Encore une énigme ? soupira le nain.

— Je me suis toujours arrêté aux premières phrases. J'en avais donc déduit que la légende du Maëll était réelle et que je devais le trouver et devenir immortel dans un seul but: devenir le plus puissant capitaine de tous les océans. Sans Iredette, je pense que je serais maintenant le plus grand des pirates… Mais aussi le plus seul et le plus malheureux. C'est toi, Ector qui m'a donné envie de changer. Lorsque je t'ai vu au sol, que je me suis rappelé tous ces moments passés avec toi et c'est devenu très clair. Ta vie valait bien plus que tous les pouvoirs de ce monde.

— Merci Corbin. Mais… et la malédiction ? demandai-je.

— Il faut croire que mon geste, si vraiment on peut le considérer comme noble, m'a sauvé de la malédiction du Maëll !

— Pas du Maëll ! La malédiction venait de Cendre, Corbin. Lorsque tu as sauvé le garçon, c'est elle qui t'a délivré de ta malédiction. Je l'ai vue ! Elle a considéré que ton action était digne de te valoir le pardon de tes erreurs passées.

— Si ce que tu dis est vrai, Torghil, alors effectivement, je peux considérer qu'elle m'a pardonné d'avoir été l'homme que j'étais…

Corbin partit dans ses songes un instant avant que je poursuive en changeant de sujet, voyant que le capitaine avait du mal à accepter la perte de Cendre.

— Et l'arbre, qu'est-il devenu ?

— Je l'ignore, avoua le petit homme musclé. J'ai quitté les lieux rapidement malgré la difficulté. Raya t'a conduit à l'extérieur d'Océa par un passage sous l'eau. C'est une bonne gamine, pour une sirène. Tu pourras la remercier.

J'eus beaucoup de satisfaction et de baume au cœur en apprenant cela.

— Et toutes ces richesses alors ? Expliquez-moi donc ! questionnai-je.

— Après avoir conduit Corbin à l'extérieur de la ville, je me suis hâté de dégoter un grand drap dans la pyramide pour l'emplir avec une partie des trésors d'Océa. J'ai eu bien du mal à le tirer ensuite jusqu'au bateau, mais j'y suis parvenu. Rien ne m'arrête, lorsqu'il est question d'or ! me répondit le nain.

Il se mit à s'esclaffer de bonheur, avant qu'on ne l'imite comme des imbéciles, sans véritable raison. Comme si le stress et la peur de toute cette aventure s'évacuaient grâce à nos rires. Ce qui était certain, c'est que l'arbre avait réalisé mon vœu : voir mes amis sauvés. Je n'en voulais plus à Corbin pour ses mensonges. Comment lui en vouloir vu ce qu'il représentait pour moi ? Le principal était qu'il avait fini par agir sagement.

Après encore un bon moment à guider notre navigation sur l'eau calme des Tréfonds, Raya rebroussa chemin afin de venir s'entretenir avec nous :

— Pour rejoindre le monde d'en haut, maintenant que les récifs sont dépassés, il vous suffira de continuer tout droit. Peut-être devrais-je vous quitter ici ? Ne craignez pas mes sœurs, elles reconnaîtront l'odeur que vous portez et elles n'oseront pas vous attaquer. de nouveau

Torghil rigola fortement.

— Et il vaut mieux pour elles qu'elles n'essayent pas, ces idiotes !

L'insulte déplut à Raya et cela se vit sur son visage. Après tout ce qu'elle avait fait pour nous, il n'était pas question de laisser le nain l'insulter, ni elle, ni les autres sirènes. De plus, étions-nous vraiment prêts à livrer un nouveau combat ? Je ne le pensais pas.

— Torghil ! Ayez un peu de respect tout de même ! Raya est une sirène elle aussi ! dis-je, prenant sa défense, tandis que les joues de la femme poisson viraient au rouge.

— Mille excuses, Maître Ector. Je vois que maintenant que vous nous avez démontré vos talents, il ne sera plus question de vous contrarier, dit-il en esquissant une révérence exagérée.

Je demandai ensuite à Raya de rester avec nous jusqu'au portail, et elle accepta. Ainsi, c'est le regard fixé sur elle que je passai le reste de mon temps entre deux ou trois conversations avec mes deux camarades. Le moment le plus agréable fut celui où elle s'endormit contre la coque, car il me permit de l'admirer tout mon saoul. Elle avait la tête adossée contre le bord, et une mèche de ses longs cheveux noirs tombait sur son visage. Quand je voulus la remettre à sa place, ses cheveux touchèrent son petit nez et elle fit une petite mimique qui me fit sourire. Je ne comprenais pas ce qui se passait en moi, même si cela avait l'air parfaitement clair pour mes deux compagnons. Mes sentiments grandissaient pour cette créature non humaine, que je n'aurais aucunement la chance de revoir un jour, de surcroît. Pourtant, tout me laissait croire qu'elle avait un cœur et une âme des plus tendres et à cela, je ne pouvais résister.

Tout à coup Raya se mit à crier d'horreur… Devant elle se trouvaient des dizaines de cadavres de sirènes. Cela ne pouvait être que l'œuvre d'Argolaïn lorsqu'il avait voulu rejoindre Océa. Cela causa un choc terrible à la jeune créature qui fondit en larmes. Je me fis aussitôt la réflexion que si Raya ne nous avait pas accompagnés jusqu'à Océa, elle aurait sûrement fini comme ses congénères.

Valait mieux partir rapidement de cet endroit. Je partageais sa peine et tentai de la consoler de mon mieux. Je pense que ma présence et mes mots lui firent du bien. Mais à présent, une question me trottait dans la tête : « Qu'allait-elle devenir toute seule dans les Tréfonds maintenant qu'elle était sans doute la dernière des sirènes ? »

En quelques coups de rames, la zone fut rapidement derrière nous et la jeune femme commença à sécher ses larmes. Le portail se présentait enfin. Plus que quelques mètres et il serait temps de rejoindre les monts Rodin… et de quitter Raya.

Lorsque je me retournai, elle avait déjà lâché la barque et se tenait à trois ou quatre mètres de notre bateau, nous regardant comme l'on regarde quelqu'un que l'on voit pour la dernière fois. Finalement, l'adieu allait se faire aussi simplement que cela ? Sa tête disparut dans l'océan souterrain, et… Non ! Il n'en était pas question, je devais faire quelque chose ! Je ne voulais pas la laisser seule dans cet endroit et ne plus jamais la revoir. C'était inconcevable. Je me rappelai soudain la légende des sirènes. Seul l'amour pouvait les libérer de leur triste sort. Alors, une idée me vint à l'esprit. Je devais essayer, même si j'ignorais tout du verbe « aimer ». La voir partir me faisait trop mal. Oubliant mes douleurs toujours aiguës je me jetai dans l'eau, les yeux fermés, prenant de court mes deux camarades qui ne s'attendaient pas à cela. Ils me virent m'enfoncer dans les eaux avec horreur, mais, par chance, ce que j'avais espéré voir arriver, se produisit.

De nouveau, je sentis la chaleur de son corps quand elle se colla contre moi. Mes mains glissèrent sur ses écailles avant d'arriver sur dos nu à la peau douce. Je me mis à sourire avant d'ouvrir les yeux. Elle était face à moi dans l'eau claire. Nos regards restaient rivés l'un à l'autre, tandis que sa queue s'agitait pour me remonter à la surface. Lorsque nos têtes sortirent de l'eau, au grand soulagement de Torghil et de Corbin, je l'embrassai tout en l'enlaçant. Un tendre baiser. Sa queue se mit à balancer bizarrement et elle manqua de couler, alors je la conduisis vers la barque, espérant que mes désirs s'étaient réalisés. Quand nous la hissâmes hors de l'eau, nous découvrîmes qu'elle avait désormais deux grandes et belles jambes. L'impossible était devenu possible. Comme elle était entièrement nue, Corbin abandonna sa longue chemise pour l'en vêtir le temps de rejoindre les Monts.

Nous nous remettions à peine de nos émotions quand Torghil s'exclama :

— Tu es la personne la plus folle que je connaisse, gamin !

— Non ! reprit Corbin. Ce n'est plus un gamin, c'est un homme. Un homme bourré d'audace et de courage.

J'étais fier de voir le changement qui avait eu lieu en moi au cours de ces dernières semaines. Et cela me faisait chaud au cœur de me savoir aimé par ma sirène, mais aussi par ces deux énergumènes. Raya, elle, était sous le choc. Elle se tâta plusieurs fois les jambes, puis elle explosa de joie en me serrant dans ses bras et en m'offrant, en prime, un nouveau baiser. Ainsi, la légende disait vrai et l'amour l'avait sauvée. (C'est du moins ce que j'en déduisis). Comme il ne s'était rien passé lors de notre premier baiser à Océa, je me dis que peut-être nos sentiments n'avaient pas encore éclos à ce moment-là.

Ou qu'ils n'étaient pas réciproques. Ou peut-être pour une autre raison que personne ne saurait jamais. Le monde est bourré de mystère et de magie à l'origine des pires horreurs, comme des plus belles histoires.

C'est donc à quatre que nous passâmes le portail. Juste avant de le franchir, Corbin posa un dernier regard sur les Tréfonds et y abandonna la carte qui nous avait menés jusque-là. Elle disparut lentement à travers les profondeurs. C'était sa façon à lui de tirer un trait définitif sur cette histoire, afin de pouvoir en réécrire une, pour sa nouvelle vie. Le passage magique nous causa quelques frayeurs supplémentaires, mais s'effectua sans dommage.
À mon réveil, j'étais dans une chambre, éclairé par une petite lampe et je portais des vêtements propres,. Je reconnus aussitôt la pièce où nous avions séjourné précédemment dans la forteresse naine. Après avoir émergé, j'entendis résonner des grondements auxquels s'ajoutaient quelques tremblements. La guerre n'avait pas encore pris fin entre les nains et les gobelins.
À mes côtés, Corbin était assis sur un tabouret, appuyé sur un grand bâton servant de béquille pour sa jambe estropiée. Là, il me tint à peu près ce langage :
— Alors, comment notre jeune aventurier se porte-t-il ?
Faiblard, je répondis :
— Si je vous dis que je vais bien, est-ce que ma réponse vous fera vous sentir mieux, ou est-ce par simple politesse que vous me le demandez ?
Aussitôt, Corbin se rappela ses mêmes paroles prononcées lors de notre première rencontre à l'orphelinat et enchaîna :
— Ector… Comment te remercier ? Tu as fait de moi quelqu'un de meilleur et j'aimerais te prouver ma gratitude pour cela.
— J'ai fait ce qui me semblait juste. Et vous, vous avez fait de moi un homme… Vous ne me devez rien Corbin, mais si vous pouviez me dire comment vont Torghil et Raya, j'apprécierais.
Il eut un sourire attendri. Enfin les sentiments de Corbin s'exposaient au grand jour.

199

— Torghil est dans une autre chambre. Il a utilisé beaucoup d'énergie et malgré sa force et sa détermination, il a besoin de repos. Et… (il reprit) Je dirais qu'il se porte toujours bien tant que sa bouteille n'est pas vide (nous rîmes avant qu'il ne reprenne). Raya va pour le mieux, elle aussi. Elle est en compagnie des naines qui lui apprennent à mettre un pied devant l'autre. Elle répète sans cesse que c'est prodigieux et demande sans arrêt de tes nouvelles.

Après un sourire, il poursuivit plus sérieusement :

— Lorsque nous sommes arrivés de l'autre côté du portail, les nains repoussaient les derniers gobelins qui avaient pénétré dans la forteresse par le petit passage secret dont le roi nous avait parlé et que Bérignan leur avait indiqué. En revanche, comme tu l'entends, le combat fait toujours rage au-dehors. Je n'imaginais pas les gobelins si nombreux. J'espère de tout mon cœur que nous sommes enfin en sécurité ici.

Après un silence, il reprit la parole :

— Que vas-tu faire maintenant ? Veux-tu continuer à vivre en tant que pirate ou non ? Ce sera plus compliqué sans le Flot-Rouge. La nouvelle du saccage de notre ancien repaire a déjà dû se répandre. Ellisé et Dunelein vont chasser les derniers d'entre nous. Ce sera la fin de la piraterie.

J'hésitai avant de répondre :

— Je n'aurais jamais cru que ce voyage se déroulerait ainsi. J'imaginais des combats en mer, des trésors cachés sur des îles mystérieuses, bref, une vraie vie de pirate… Mais cette aventure s'est trouvée être bien différente. En y repensant, je dirais même que nous avons traîné beaucoup trop de malchance derrière nous.

— Tu sais, les trésors et les coffres enterrés, ce ne sont que des histoires pour les enfants. Nous ne faisons que voler les cargaisons et les richesses des navires. Une aventure comme celle que nous avons vécue, il y avait une chance sur mille qu'elle nous arrive. Alors peut-être pouvons-nous dire que c'est une chance malgré tout, si tu regardes autour de toi, Ector… Je vais te laisser maintenant, j'ai bien envie d'aller trinquer avec notre alcoolique préféré.

— Nous ne craignons plus rien ici, n'est-ce pas ?

— C'est du ressort des nains maintenant. Ce combat ne nous concerne pas, dit-il en se levant avant de quitter la chambre en sautillant, appuyé sur sa béquille. À l'extérieur, un serviteur s'approcha afin de l'installer dans une chaise roulante en bois. Une petite boule se forma dans ma gorge. Je sentais arriver le jour des « au revoir », suivi d'un retour à ma vie d'autrefois. Peut-être avais-je simplement peur que tout redevienne comme avant ? Après un bon moment de réflexions moroses, je quittai ma chambre. Les couloirs étaient vides, toutes les troupes combattaient pour sauver la montagne. Discrètement, je me rendis sur les remparts. Le combat touchait à sa fin. Les dernières pierres lancées par les grands trébuchets postés sur les murs s'envolaient, pour s'écraser sur le sol d'Abrefande. Les cadavres de nains et de gobelins pourrissaient au sol, piétinés par les derniers combattants. Malgré le nombre de créatures mises à mal, les gobelins me paraissaient toujours aussi nombreux. Heureusement, s'étalant sur tout l'horizon, j'aperçus des cavaliers qui venaient rejoindre la bataille. Portant fièrement l'étendard d'Olevent, un drapeau blanc et noir quadrillé sous un cheval cabré, ils arrivaient au galop. La ville de Gardevent et le Roi du Nord envoyaient leur soutien au roi des nains. Observateur, je remarquai à la tête du cortège un homme portant un chapeau pointu. La glorieuse cavalerie vint percuter les gobelins, rendant la tâche des nains plus facile et leur permettant de remporter la victoire. Je vis les derniers monstres hideux s'enfuir, poursuivis par les nains qui chevauchaient leurs énormes béliers. Les gobelins étaient vaincus. Leur terrible défaite les conduisit à se terrer pour toujours, sans jamais entrer à nouveau en guerre. J'étais depuis un bon moment sur le mur, quand des gardes m'interpelèrent :

— Vous n'avez rien à faire là, gamin !

Il n'était plus question de me laisser faire, alors je répondis avec assurance :

— Je prends l'air. La bataille est finie, je ne crains plus rien et j'en ai vu des pires !

Tout à coup, je fus surpris par une voix derrière moi :

— Êtes-vous bien Ector ? demandait un vieil homme.

Il portait une robe poussiéreuse de couleur marron clair et le fameux grand chapeau pointu que j'avais remarqué un peu plus tôt, recouvrait ses longs cheveux gris entremêlés. À ceci s'ajoutait une grande et longue barbe ressemblant davantage à une poignée de foin, tellement elle était mal entretenue.

— C'est moi, effectivement, dis-je, suspicieux.

— Je me nomme Urle Firbleu et je suis un des trois Archimages. Il me semblait avoir déjà entendu ce nom pendant mon voyage, mais pour l'heure, je fus incapable de me souvenir où exactement. En revanche, les magiciens, moi, j'en avais par-dessus la tête et il le comprit bien vite.

— Excusez-moi, mais je n'ai ni le temps ni l'envie de discutailler. Je venais juste prendre l'air.

— Quelle étrange manière de prendre l'air face à un spectacle aussi triste ! Bien loin de moi l'envie de vous importuner, mais j'ai entendu dire que vous aviez un magicien à vos côtés. Où est-il ? me demanda l'Archimage.

— Il est mort.

— Je vois… (Il se mit à réfléchir) Et quel était son nom ?

— Corigane. Et je n'ai pas envie de subir un interrogatoire ! Pourquoi ces questions ?

J'étais à peine rentré et déjà un magicien venait me retourner les méninges avec ses questions, alors que moi, je souhaitais juste oublier les réponses.

— Pour savoir… Juste pour savoir… Je suis venu après avoir eu vent de votre aventure, car j'étais inquiet pour l'arbre de vie. Je me suis retrouvé bien malgré moi à devoir aider les nains dans leur bataille en accompagnant le roi d'Olevent.

Croyez bien que je m'en moquais royalement. Néanmoins, il reprit :

— Je vais retourner à Océa afin de voir dans quel état sont la ville et l'arbre. Et en sauver le peu qu'il en reste. Je suis rassuré de voir que le pouvoir de l'arbre n'a pas été utilisé inutilement. L'arbre dispose encore de grands secrets qu'il vaut mieux ne jamais découvrir. Je vais fermer définitivement le portail. Vous demander de m'accompagner serait peut-être de trop, n'est-ce pas ? me demanda cet Urle Firbleu.

— Effectivement, ce serait vraiment trop !

Comment savait-il pour notre quête et la façon dont le pouvoir du Maëll avait été utilisé ? Je l'ignorais et pour une fois, je me fichais complètement de la réponse. Cela conclut notre conversation. Je quittai rapidement les murs, afin de rendre visite à Raya qui se précipita dans mes bras.

On stationna quatre jours chez les nains. Les quelques trésors que Torghil avait rapportés furent fort appréciés par le roi Rodin. Il précisa que puisque la guerre était désormais bel et bien finie, il allait redonner aux bassins d'Abrefande une nouvelle jeunesse, et redonner vie au village de pêcheurs. L'aide de Gardevent, fort appréciée par le roi des nains, permit, moins de deux mois plus tard, la construction d'une route commerciale entre les deux peuples.

Il était temps de quitter les montagnes et c'est devant les portes de la ville souterraine que nous fîmes nos adieux au roi :

— Merci de tout votre soutien, roi Rodin. J'espère que votre règne sera encore florissant pendant de longues années, dit Corbin, témoignant son respect.

— Merci, seigneur Rodin, de votre aide, dis-je, et Raya en fit de même.

En revanche, Torghil fit un tout autre discours :

— Pour ma part, je vais rester ici pour vivre avec mon peuple. Avant que vous ne disiez quoi que ce soit, je tiens à t'inviter à rester tel que tu es, gamin. Et à toi, Raya, de bien prendre soin de ce garçon bavard et trop curieux. (Il tourna la tête, les yeux luisants.) Quant à toi, Corbin… Quoi te dire de plus qu'adieu, mon ami…

— Vous nous abandonnez ? dis-je, surpris, en sentant mes larmes monter.

— Sacré Torghil ! Tu me prends au dépourvu. Eh bien, adieu cher nain !

C'était un peu léger, comme discours d'adieu entre deux amis aussi proches. Heureusement, ils se serrèrent l'un contre l'autre, puis le nain souleva le capitaine de son fauteuil roulant.

— Adieu, mon ami, c'était un plaisir d'être à tes côtés toutes ses années

— Puisses-tu être heureux au sein de ton peuple et ne pas vider toutes leurs caves !

Je me mis à fondre en larmes. Que voulez-vous, même le plus grand des héros peut pleurer… Je le serrai à mon tour dans mes bras. Après plusieurs sourires tentant de cacher notre tristesse respective, nous nous séparâmes afin de nous rendre sur la côte où un navire nous attendait. Ce fut à trois et dans la bonne humeur que nous avalâmes les quelques kilomètres nous séparant de notre embarcation. Comme nous étions habillés de vêtements chauds offerts par le roi, la petite neige qui tombait ne nous refroidit pas pour un sou. C'était le vent, bien connu sur le royaume, qui se trouvait être le plus gênant. En moins de deux heures, nous étions en bordure de l'océan, au village nain de Pierre-taille, connu pour sa grande carrière de pierres. Exténué d'avoir poussé Corbin tout le long du chemin, je fus heureux de reprendre la mer, et de me mêler à un équipage fort sympathique, dans un navire presque identique à celui du Capitaine. Ce fut d'ailleurs bien agréable pour l'ancien pirate de prendre du bon temps sans devoir diriger des hommes. Notre voyage dura trois semaines bien tassées, en prenant notre temps et en faisant des arrêts pour nous réapprovisionner en nourriture et faire quelques visites en bordure de côtes. Je pus ainsi découvrir certains villages du Nord et goûter à plusieurs mets forts appétissants. En route (si l'on peut dire), nous croisâmes quelques navires de guerre venant de Dunelein ainsi que plusieurs bateaux marchands, sans qu'aucun ne nous dérange, car nous étions protégés par les couleurs d'Olevent. Je ressentis une petite nostalgie lorsque, en longeant les côtes de Cozé, je me rappelai Gaïenwell et ses Iluhaïns avec émotion. Par contre, lorsque le bateau passa au large des falaises de Hirleveïn, c'est le souvenir des durs moments passés dans cette triste région qui me revint, quand nous étions poursuivis par les monstrueux loups.

Un court instant, mes pensées allèrent vers Corigane. Il me semblait si sympathique, avant que l'on ne découvre sa véritable personnalité. Il avait même risqué sa vie nombre de fois pour nous protéger. Mais la vengeance est un poison qui ronge l'âme de n'importe quel être vivant. J'eus enfin une dernière pensée pour le Flot-Rouge, sans oublier ma rencontre avec Torghil.

Les jours passant, la relation entre Raya et moi devenait chaque jour plus riche, c'était presque troublant de voir à quel point nous nous entendions bien. Quant à Corbin et moi, nous étions tout bonnement devenus de véritables amis. Lorsque l'on vit au loin le port de Clane, je compris que mon voyage se terminait. L'air s'était réchauffé légèrement et la neige avait cessé de tomber, laissant une mince couche sur les sols d'Ellisé. L'hiver touchait à sa fin.

Alors que j'allais descendre la passerelle pour rejoindre le quai, Corbin installé sur sa chaise, attira mon regard en claquant des doigts.

— Eh ! Gamin, que vas-tu faire maintenant que tu es de retour à ton point de départ et en bonne compagnie ?

— Je l'ignore. Vivre tranquillement aux côtés de Raya, je pense…

— Nous allons trouver une petite maison et passer ensemble les nombreuses années qui nous restent, ajouta la jeune femme, pressée de découvrir la vie dite « normale ».

Corbin eut un sourire.

— Bien, je présume dans ce cas que je ne peux plus compter sur toi pour partir avec moi en mer pour vivre quelques années de combats et de pillages de navires, comme tout bon pirate le ferait.

— Eh bien, Corbin, si je puis me permettre, je vais effectivement refuser. Le voyage que vous m'avez fait vivre était bien loin de tout ce que je pouvais imaginer. (J'hésitai un moment, pesant mes mots et ouvrant grand mon cœur.) Sachez que vous êtes d'une certaine manière, le père que je n'ai jamais eu.

— Ector… Mon enfant… Tout le monde n'est pas amateur de danger. Prends au moins cela en gage de remerciements. Il y a là le compte, plus un bon supplément.

Il me rendit mon ancienne bourse où je gardais autrefois mes pièces, me rappelant qu'il avait utilisé les quelques piécettes qui s'y trouvaient pour s'acheter de l'alcool. Elle était maintenant pleine à craquer de grosses pièces d'or. Je me mis à sourire, tout en laissant une larme s'échapper, avant de prendre Corbin dans mes bras comme un fils le ferait avec son père.

— Merci Corbin.

— Merci à toi, Ector. Soyez heureux, prenez soin de vous et qu'Aériis vous protège.

Ce fut un « au revoir » difficile, mais presque trop bref, puis je me retournai, tenant Raya par la main et je quittai le navire où Corbin resta seul, le regard fixé sur moi un long moment.

C'était la fin de mon voyage. Les pièces d'or me servirent à acheter une petite ferme dans le village de Lineblé, ainsi que quelques terres et je pus m'établir comme un noble commerçant. J'ignorai très longtemps ce que Corbin avait pu devenir après notre séparation. Pendant de très longues années, je restai chez moi, gardant cette histoire dans ma tête, avec comme seuls souvenirs ma petite dague et ma tendre Raya. J'eus le plaisir de raconter mon périple et celui du grand Corbin à mon enfant qui porte le nom de Nécoléas. Comme vous le devinez, nous lui avons donné ce nom en gage d'amitié pour ce pirate qui avait été une sorte de père pour moi.

Ce fut bien des années après, lorsque mon enfant eut atteint l'âge de neuf ans et moi de trente-huit ans, que l'on frappa à ma porte avec force et insistance. J'abandonnai ma gamelle de soupe et, en ouvrant la porte, je découvris deux hommes sous la chaleur de l'été. Le premier était un vieux monsieur au chapeau pointu et l'autre, un homme à la barbe grisonnante, la tête couverte d'un tricorne. J'avais face à moi respectivement Urle Firbleu et Corbin alias Nécoléas. Mais pourquoi, diable, ce fichu magicien était ici ? Quant au capitaine, qui portait un bandeau sur l'œil, je remarquais qu'il avait bien vieilli et avait remplacé ses béquilles par une jambe de bois et sa main par un crochet, ce qui avait de quoi faire peur au premier regard. Après les avoir fait entrer et leur avoir servi un repas, je demandai à Corbin de me raconter ce qu'il était devenu depuis tout ce temps.

Constatant les difficultés à être pirate, il avait abandonné cette voie et était devenu un capitaine respectable au service d'Ellisé. Urle y était d'ailleurs pour quelque chose, ce qui avait rapproché les deux hommes et les avait amenés à devenir de bons amis. D'où la présence de l'Archimage au côté de Corbin ce jour-là. Quant à Urle, il me reparla des Tréfonds. Il avait bien verrouillé l'accès à Océa et au Maëll. Il m'apprit que le roi des nains avait respecté ses engagements par et m'informa de la réussite de Torghil. Ce dernier était devenu maire du village de pêcheurs et était un nain des plus appréciés, même s'il prenait toujours autant de plaisir avec les femmes et l'alcool. D'ailleurs, Corbin envisageait d'aller lui rendre visite un jour prochain. J'appris aussi, avec un peu de peine, la mort de Gaïenwell. Je n'en fus pas réellement surpris, étant donné son hygiène de vie déplorable. De leur côté, ils constatèrent que Raya était toujours aussi belle et possédait une joie de vie sans égale. Enfin, je me souviens avoir vu un corbeau, posé sur le rebord de la fenêtre, avec une jolie chaîne autour du cou. Le capitaine avoua son amitié avec l'animal. Pour moi, je suis encore persuadé que ce ne pouvait être que Iredette. Même si, en toute honnêteté, je ne saurai jamais la vérité.

Ce jour-là, pendant de longues heures, Corbin et moi avons ressassé le passé et rigolé face à une bonne chope d'alcool et de lait de chèvre. Un jour qui restera gravé dans ma mémoire à tout jamais. Un jour de retrouvailles !

*****

C'est ainsi que se termine mon histoire. Ce fut la dernière fois que je vis Corbin. Seul Urle revint me voir par la suite et devint mon ami jusqu'à aujourd'hui encore, alors que j'ai atteint quarante-six ans. Il était le dernier que j'avais rencontré pendant cette aventure, à la toute fin et par simple hasard. Mais c'est toujours par hasard que l'on rencontre un magicien.

Ce qui est certain, c'est que je n'oublierai jamais un seul détail de mon épopée. Même les pires moments. Parfois, il m'arrive encore de rêver de l'arbre de vie, de la déesse et de sentir la chaleur de cette pierre magique au creux de ma main. À ce moment, je me lève de mon lit et je regarde les étoiles, pensant à Torghil et Corbin. Puis, je vais me recoucher auprès de Raya endormie, me rappelant que grâce à ce voyage, je découvris à la fois l'amitié et le véritable amour.